FOLIO JUNIOR

Cette édition est enrichie d'une carte
et d'une note historique (voir p. 332).

Titre original :
Upon the head of the goat

Aranka Siegal

SUR LA TÊTE DE LA CHÈVRE

Traduit de l'anglais
par Tessa Brisac

FOLIO JUNIOR/GALLIMARD JEUNESSE

Ce livre est dédié à ceux qui n'ont pas survécu. Ils ne sont ni dans la mort ni dans le temps, et Auschwitz n'est pas parvenu à trancher les liens de l'amour et de l'amitié qui m'ont tant aidée à survivre et qui vivront en moi jusqu'à mon dernier jour.

KOMJATY

Chapitre 1

Depuis mes cinq ans, tous les étés, ma mère m'a envoyée passer les vacances hors de Beregszász, chez mes grands-parents, à Komjaty.

Les champs ouverts, la rivière et les bois de ce village ukrainien sont devenus mon terrain de jeux. J'y ai découvert les couleurs des fleurs sauvages, l'odeur de la forêt, le bruit de l'eau, le bourdonnement des insectes, la chaleur des animaux de la ferme – tout ce qu'on apprend en jouant.

Je me levais au chant du coq et je traînais partout jusqu'au crépuscule. Au début, tout m'avait paru bizarre, les gens, leurs vêtements, leurs coutumes, mais très vite je m'y suis habituée et ils me sont devenus tout à fait familiers. On parlait ukrainien, à Komjaty, mais Babi me parlait en yiddish.

– Non, laisse le hongrois et l'ukrainien, disait Babi, tu dois apprendre le yiddish. Et bientôt je savais poser des questions en trois langues.

En 1939, la guerre qui menaçait le reste de l'Europe semblait encore très loin de nous ; j'avais neuf ans et ma mère m'avait envoyée passer les vacances de printemps à Komjaty avec Babi et ma sœur aînée, Roszi. Depuis la mort de notre grand-père Rosner, maman, qui ne voulait pas laisser sa mère vivre seule, avait décidé que chacune de ses cinq filles irait vivre, à tour de rôle, avec Babi. C'est Lilli, l'aînée, qui était partie la première. Mais Lilli n'est pas restée longtemps tenir compagnie à Babi. Elle a rencontré son mari, Lajos, à Komjaty, et, après un été d'idylle, elle s'est mariée, à seize ans. Alors Roszi a pris la relève. C'était, comme Babi, une fermière-née, et elles partageaient le même amour pour les animaux et la fertilité des champs. La vie à Komjaty était simple et routinière : le climat et les saisons prenaient les décisions à la place des habitants. Roszi, à douze ans, a compris qu'elle voulait vivre comme ça, à la campagne : sentir sous ses pieds de la terre, pas du ciment.

Ce printemps-là, quelques jours après mon arrivée, une bataille importante a éclaté sur la frontière que se disputaient la Hongrie et les combattants de la Résistance ukrainienne, qui essayaient de maintenir leur État indépendant. Babi, Roszi et moi, on entendait presque toute la journée des coups de feu éclater du côté de la frontière. Dans les petites maisons crépies à la chaux, les femmes, les enfants et les vieilles gens s'entassaient les uns sur les autres, blottis sous les toits de chaume. Tous les animaux avaient été rentrés et enfermés dans leurs étables. Babi, assise sur sa chaise habituelle dans la cuisine, emmitouflée dans son châle, tournait les pages usées de son livre de prières, et ses lèvres remuaient silencieusement en suivant avec ferveur le texte des prières. Roszi, à côté d'elle, crochetait paisiblement.

J'avais peur et je pleurais, j'aurais voulu être chez moi, bien en sécurité dans ma ville natale, en Hongrie. La maison de Babi me paraissait toute petite et vulnérable, au milieu de ces champs si plats. La clôture qui l'entourait m'arrivait à peine aux épaules et les barrières n'avaient pas de cadenas. Le porche d'entrée n'avait même pas de porte et l'allée menait droit à l'entrée de la cuisine, qui était le centre de la maison. Il y avait une chambre de chaque côté de la cuisine : la plus grande servait de séjour, de salle à manger, et aussi de chambre à coucher. De l'autre côté, la chambre d'amis servait surtout à ranger les provisions. Et je ne me sentais en sécurité ni dans l'une ni dans l'autre : n'importe qui aurait pu y entrer n'importe quand.

– Je veux rentrer chez moi !

– N'aie pas peur, a dit Babi, rassurante, il ne peut rien nous arriver de mal. La maison est pleine de Ses livres, ils nous protégeront.

Je n'étais pas encore tout à fait rassurée quand j'ai entendu, ce soir-là, une troupe bruyante de Hongrois victorieux qui remontaient la route devant chez nous. Je suis sortie en courant et je suis allée accrocher au montant du porche d'entrée, en signe de bienvenue, ma longue écharpe de laine verte, blanche et rouge. Le vacarme de la taverne, où les Hongrois fêtaient leur victoire, a tenu tout le village réveillé jusque tard dans la nuit. Babi a allumé la lampe au kérosène et l'a laissée brûler jusqu'à ce que je sois endormie.

Le lendemain matin, en me réveillant, j'ai bondi à la fenêtre pour regarder dehors : j'avais hâte de savoir si l'occupation hongroise avait déjà, pendant la nuit, transformé Komjaty. Je me suis habillée très vite et je suis descendue à la cuisine ; j'espérais y trouver Babi et Roszi mais elles étaient déjà dans l'étable à s'occuper des animaux. Alors j'ai mis mon manteau de mouton et mes bottes de caoutchouc rouge et je suis partie dans les bois. Sous les arbres, la terre avait l'air d'un vrai patchwork de couleurs, avec les taches vives des fleurs, le gris glauque des flaques et la blancheur éclatante de la neige. Le temps de cueillir un bouquet de crocus, mes chaussettes de coton étaient trempées d'eau glacée et j'ai réalisé que mes bottes avaient les semelles toutes percées. Je me suis mise à courir pour rentrer à la maison de Babi, mais en chemin j'ai entendu le flot puissant de la rivière et j'ai fait un détour pour aller la regarder. A cette époque de l'année, tous les petits ruisseaux et toute la neige fondue allaient se jeter dans la Rika et la gonflaient tellement qu'elle se transformait en torrent et emportait tout ce qu'elle rencontrait sur son passage, sauf les plus gros rochers.

Un tronc qui flottait a attiré mon attention, mais quand le courant l'a rapproché j'ai découvert que ce n'était pas un tronc. C'était un corps, un corps vêtu d'un uniforme ukrainien qui flottait vers moi sur le dos, la tête la première. Ça m'a fait un choc mais, malgré mon trouble, je me suis quand même approchée du bord de l'eau et j'ai grimpé sur un rocher pour mieux le voir. Le visage, gonflé par la mort, était celui d'un garçon de dix-huit à vingt ans. Il avait les hautes pommettes saillantes caractéristiques des jeunes gens de Komjaty, et je n'aurais pas pu dire si ses yeux étaient ouverts ou fermés. J'ai laissé échapper mes crocus, ils sont tombés à l'eau et se sont mis à dériver tout autour du corps du jeune homme que le flot emportait. J'ai vu encore deux autres soldats dans la rivière avant de repartir : au milieu du courant, les deux corps rebondissaient de roche en roche, entraînés à la dérive. Les trois morts avaient quelque chose en commun : ils ne portaient ni casque ni chaussures. J'ai pensé à mon beau-frère que j'avais vu si souvent en uniforme d'officier, et à mon petit frère, Sandor, encore bébé mais qui devrait en porter un, à son tour, quand il serait grand. Et je suis repartie en courant, sans m'arrêter une seule fois, jusqu'à la tiédeur de la cuisine de Babi.

Babi, debout sur le seuil, mettait son châle pour partir à ma recherche.

– Tu n'as rien de mieux à faire que de disparaître sans nous dire où tu vas ? m'a-t-elle grondée, mais il y avait dans sa voix plus d'inquiétude que de colère.

– Mais, Babi, j'ai vu trois hommes morts qui flottaient dans la Rika !

Elle n'a rien répondu. Simplement, elle a enlevé son châle, me l'a posé sur les épaules et m'a poussée doucement dans la cuisine pendant que je continuais :

– C'était des soldats ukrainiens. Qu'est-ce qu'ils vont devenir ?

Sans répondre, Babi m'a entraînée gentiment vers sa chaise, m'a fait asseoir, a enlevé mes bottes et mes chaussettes trempées, a mis du lait à chauffer et m'a coupé une grosse tranche de pain qu'elle a tartinée de beurre et saupoudrée de sucre brun. J'ai bu le lait et mordu dans le pain sucré et croquant, en regardant les bûches se changer en cendres dans le poêle ouvert, pendant que Babi se remettait à son métier et s'absorbait dans le va-et-vient de sa navette. Après un long silence, elle a dit lentement, sans cesser de tisser :

– Ils sont en paix, maintenant.

Sa voix semblait venir de très loin et pourtant elle n'était qu'à deux mètres de moi. Bientôt, je me suis endormie et, quand je me suis réveillée, Roszi rentrait déjà de sa journée aux champs.

Il n'y a pas eu de représailles de la part des Ukrainiens et, quelques jours après avoir vu les corps dans la rivière, je suis retournée dans les champs où les gens du village essayaient de rattraper le temps perdu, car depuis plusieurs jours ils n'avaient pas osé sortir de chez eux à cause des combats. Après les avoir regardés travailler un moment, j'allais prendre le chemin de la Rika quand j'ai entendu le bruit métallique des sabots d'un cheval qui claquaient sur les pierres du chemin. Les chevaux étaient rares à Komjaty ; la plupart des charrettes étaient tirées par des bœufs et, au village, presque personne n'avait de cheval. Je me suis retournée, surprise, et j'ai vu un policier de la police montée hongroise : c'était, à Komjaty, un spectacle encore plus extraordinaire qu'un cheval. Il portait l'uniforme hongrois traditionnel en flanelle vert-de-gris, fermé par des rangées de boutons de cuivre et orné de passementeries. Son casque haut se terminait par un panache de longues plumes de coq vertes et noires et il était attaché, sous le menton bien rasé du jeune homme, par une mince courroie de cuir. Le cavalier a attendu de croiser mon regard avant de rompre le silence.

– Je vais à Komjaty, je suis sur la bonne route ?

– Il n'y a qu'une route, ai-je répondu.

– Je viens de Salánk, et je dois être de retour avant la nuit. On m'a dit que c'était à quatre kilomètres.

– Alors, c'est sûrement à Komjaty-le-Grand que vous allez, parce que Komjaty-le-Petit est juste là, de l'autre côté de la clairière, ai-je dit en indiquant la direction de la main. Vous arrivez à le voir, de là-haut ?

J'arrivais à peine à la hauteur des jambes du cheval.

– On m'avait dit que les gens d'ici ne parlaient pas le hongrois.

– C'est vrai, mais moi, je suis de Beregszász. Je suis ici pour les vacances, chez ma grand-mère.

– Et où habite ta grand-mère ?

– Juste en haut de la route, la sixième maison sur la gauche.

Alors il a sauté à terre en demandant :

– Ça te ferait plaisir que je te ramène à cheval ?

Et avant que j'aie eu le temps de répondre, ses mains gantées m'ont attrapée par la taille et hissée sur le cheval géant. Il est monté derrière moi et, comme je m'appuyais sur sa poitrine, j'ai senti à travers ma légère robe de coton les boutons de cuivre et la boucle froide de sa ceinture. Il m'a demandé mon nom et j'ai dit d'une voix entrecoupée :

– Piri Davidowitz.

J'avais très peur, mais j'étais aussi très fière d'être si haut perchée et je me voyais déjà raconter toute l'histoire à mon amie Molcha.

Babi attendait sur la route, devant la maison, avec tout un groupe de villageois et regardait avec une crainte respectueuse le spectacle incroyable d'un gendarme à cheval. Ça avait provoqué à Komjaty presque autant de remue-ménage que l'apparition de la première automobile à Beregszász.

– Il y a quelque chose qui ne va pas ? a réussi à demander Babi au Hongrois.

– Oh, non. Votre petite-fille vient juste de m'indiquer la route pour aller au quartier général de la police à Komjaty-le-Grand. Je viens de Salánk, en mission officielle. Elle m'a aussi raconté qu'elle est ici en vacances et qu'elle vient de Beregszász. Je ne sais pas si vous êtes déjà au courant mais la frontière est fermée et les trains ne circulent plus. Les vacances de Piri pourraient bien durer plus longtemps que prévu.

Babi a pris son temps pour bien comprendre cette information, puis elle a répondu lentement :

– Pourvu que la guerre ne nous apporte rien de pire que cela. Voulez-vous boire un verre d'eau fraîche avant de continuer votre route ?

Il est descendu de cheval, puis m'a attrapée par la taille et déposée par terre à côté de Babi. Alors il a enlevé son casque et l'a saluée en faisant claquer les talons de ses bottes.

– Je m'appelle Wajda, Ferenc, a-t-il annoncé avant de répondre à sa question. Oui, un verre d'eau me ferait grand plaisir.

Babi est entrée dans la cuisine et en est ressortie avec un de ses plus beaux verres rempli d'eau fraîche. Elle l'a tendu à Ferenc qui l'a bu en quelques gorgées et le lui a rendu d'un geste respectueux.

– Votre petite-fille est une vraie petite dame... J'ai eu de la chance de rencontrer quelqu'un qui parle le hongrois.

Babi a hoché la tête.

– Je m'appelle Rosner, Fage.

Ferenc a remis sur sa tête son lourd casque à plumet, puis il est remonté à cheval. Aussitôt après son départ, les villageois se sont dispersés sans mot dire. Les sourcils froncés et l'air méfiant, Babi m'a prise par la main et fait rentrer à la maison.

[illegible] a touché la terre.

— Je m'appelle Kaspar [illegible].

Chapitre 2

Quelques semaines plus tard, j'étais devant la maison quand j'ai aperçu Ferenc qui s'approchait sur la route. Il s'est arrêté devant le porche et, en me voyant courir vers lui, il m'a reconnue tout de suite. Ça m'a flattée.

– *Szervusz*, Piri, m'a-t-il saluée. Est-ce que ta grand-mère verrait un inconvénient à nous laisser boire un peu d'eau, mon cheval et moi ?

– Grand-mère est sortie, elle est aux champs ; mais je suis sûre qu'il n'y a pas de problème si je vous donne un peu d'eau.

En réalité, je n'en étais pas tout à fait sûre. Je sentais qu'il y avait quelque chose qui clochait entre Babi et lui. Je ne savais pas très bien pourquoi, mais j'avais l'impression qu'il ne collait pas avec sa vie à elle : elle tenait si peu de place et lui en avait besoin de tellement. D'une certaine façon, je sentais qu'il risquait de l'écraser, sans peut-être même s'en rendre compte. Mais j'ai essayé de cacher ma peur.

– Vous êtes encore en mission officielle ?

– Oui. Je vais devoir faire ce trajet régulièrement.

– C'est quoi une mission officielle ?

– Eh bien, je dois porter à Komjaty les nouveaux règlements faits par le nouveau gouvernement.

Je suis allée prendre le seau dans la cuisine et j'ai traversé la route en courant pour puiser de l'eau au puits de la voisine, pendant que Ferenc conduisait son cheval à l'abreuvoir. L'eau de Tercsa venait d'une source de montagne, elle était plus claire que celle de Babi. En tirant l'eau du puits, j'ai jeté un coup d'œil dans notre jardin et j'ai regardé Ferenc qui m'attendait, à l'ombre d'un des pruniers. Sous l'ombrelle blanche du prunier en fleur, il avait l'air d'une énorme statue de pierre. Soudain, comme s'il m'avait entendue penser, il a enlevé son casque et secoué les pétales tombés sur le plumet. Sans son casque, il avait l'air bien plus jeune – et plus humain. Il avait un beau visage mais sa bouche et son menton étaient un peu mous, un peu féminins. J'ai fini de tirer l'eau et je suis revenue au jardin en portant le seau plein. Après avoir bu un verre d'eau, Ferenc a demandé :

– Tu ne te sens pas seule, ici, sans amis ?

– D'habitude, ma sœur Iboya vient avec moi aider Roszi l'été, mais cette fois-ci elle était malade et je suis venue sans elle. Et puis les trains ont été bloqués et elle n'a pas pu me rejoindre.

– Ta grand-mère a toujours vécu ici ?

– Toujours.

– Mais alors, comment a-t-elle fait pour apprendre le hongrois ?

– Elle vient souvent nous voir à Beregszász.

A nouveau, l'image d'un Ferenc énorme devant la toute petite Babi m'est passée devant les yeux et j'ai senti une boule au creux de l'estomac. J'ai cessé de parler.

– Qui est Roszi ?

– Ma sœur aînée. Elle est aux champs avec ma grand-mère.

Quand le cheval a eu fini de boire, Ferenc m'a saluée de nouveau et a repris sa route.

Quelques mois plus tard, Ferenc est revenu. Roszi, absorbée par son travail, cueillait en chantant gaiement des gueules-de-loup au bord de la haie pour décorer notre table du sabbat, quand elle l'a vu apparaître au détour de la route. Aussitôt, elle s'est arrêtée de chanter et, sans bouger, l'a regardé approcher. De la terrasse où j'épluchais des pommes de terre, je pouvais voir son air stupéfait.

Ferenc s'est approché de la barrière, est descendu de cheval, puis, enlevant son casque, il a salué d'une galante révérence.

– Je m'appelle Wajda, Ferenc. Je suis un ami de votre sœur Piri.

Roszi est restée la bouche ouverte mais j'ai couru vers elle.

– Ferenc est le gendarme dont je t'ai parlé.

– Et vous devez être Roszika, a dit Ferenc en ajoutant, de sa propre initiative, la terminaison ka au nom de ma sœur.

Il y a eu alors un long silence ; Ferenc et son cheval

attendaient derrière la barrière et on restait de l'autre côté, Roszi et moi, sans bouger. Finalement Roszi a retrouvé sa voix :

– Vous pouvez faire boire votre cheval ici, si vous voulez.

– Je vais puiser de l'eau chez Tercsa, ai-je proposé, et j'ai couru chercher le seau de la cuisine.

Quand je suis revenue, Roszi était près de Ferenc, à l'abreuvoir. Elle tenait le bouquet de fleurs dans sa main droite et flattait le cheval de la main gauche. Ferenc la regardait et c'est à peine s'il s'est aperçu que je lui tendais un verre d'eau. Roszi portait ce jour-là une robe d'été, le corsage moulait son buste menu et la jupe large flottait de sa taille à ses chevilles fines. La tête bien droite, elle regardait Ferenc par-dessus le cheval et ses longs cheveux châtains brillaient au soleil. Ils étaient en train de parler des effets de l'occupation hongroise à Komjaty.

– Ces gens n'apprendront jamais le hongrois, disait Roszi, ils sont ukrainiens et ils seront toujours ukrainiens. Il n'y a pas beaucoup de place dans leur vie pour la politique ni pour apprendre des choses nouvelles. Ils ont bien assez à faire pour survivre.

– Et vous ? demanda Ferenc. Vous ne vous ennuyez pas, avec cette vie si simple ? Le cinéma ne vous manque pas ?

– Pas vraiment, commençait à répondre Roszi quand Babi est apparue, dans les champs derrière la maison.

Alors on l'a vue s'arrêter, mettre une main devant

ses yeux pour se protéger du reflet du soleil de midi et faire un détour pour rentrer à la maison par le potager. Elle n'avait pas envie de rencontrer notre visiteur, c'était clair, et sa contrariété était visible.

Roszi a cessé de caresser le cheval. Ferenc m'a rendu le verre, il a repris la bride et emmené son cheval jusqu'à la barrière.

– Est-ce que je pourrai revenir ? a-t-il demandé, hésitant.

Roszi, en jouant avec son bouquet de fleurs, a répondu lentement :

– Oui, je crois qu'il n'y a pas de problème.

Ferenc est monté à cheval et s'est retourné une fois avant de disparaître de notre vue.

En entrant dans la maison, Roszi et moi avons échangé un regard inquiet. Babi était à la cuisine en train d'éplucher des navets et, en nous voyant, elle a laissé retomber lourdement le couteau sur la planche à découper. Roszi a pris un vase sur l'étagère et s'est mise à arranger les fleurs. Babi a jeté ses navets dans une casserole, y a ajouté de l'eau et l'a posée sur le poêle brûlant. Puis elle a explosé.

– C'est du joli, ce que je viens de voir dans mon jardin. On finit vraiment par en voir de toutes les couleurs, si on vit assez vieux ! Je peux comprendre que Piri fasse amitié avec l'un d'entre eux, mais toi, Roszi, tu me déçois, j'aurais cru que tu étais assez grande pour te rendre compte.

– Mais on lui a seulement donné de l'eau, ai-je protesté.

– Mes petites-filles n'ont pas à calmer la soif de nos ennemis. Le jour où il t'a ramenée de la Rika, je n'avais pas le choix, mais Roszi ne devrait pas lui adresser la parole.

– Ce n'est pas parce qu'il est hongrois qu'il est notre ennemi, a protesté Roszi en rougissant.

Cela me faisait de la peine de voir Babi en colère contre ma sœur, c'était la première fois qu'elle lui parlait sur ce ton. Je me suis assise sur un des tabourets de la cuisine, sans rien dire.

Babi a repris, d'une voix plus calme :

– Roszi, tu ne sais pas que les Hongrois sont nos ennemis depuis des années et des années ? Pendant la Guerre mondiale, ils étaient contre les Juifs. C'est nous qu'ils accusaient de la perte de leur territoire et des temps difficiles. Chaque fois que quelque chose allait de travers c'était de notre faute. Ils ont tout ravagé avec leurs pogromes. Jusqu'ici, à Komjaty, ils voulaient tuer les Juifs jusqu'au dernier. On n'était même pas en sécurité dans nos propres maisons, on avait peur même de dormir. C'est pour ça que trois de mes enfants se sont enfuis en Amérique.

– Mais ça, c'était sous Béla Kun. Maintenant, c'est Horty qui est chef d'État en Hongrie et c'est un ami des Juifs, a dit Roszi.

– Non, Roszi. Tant qu'il y aura des guerres, ils auront besoin de boucs émissaires et, tant que nous serons là, c'est nous qu'ils...

Roszi, qui avait commencé à mettre la table, a posé les assiettes et quitté la pièce. Babi s'est assise près de moi. Elle m'a caressé les cheveux et, tout d'un coup, je me suis rendu compte que je venais de pleurer. Quand elle s'est remise à parler, sa voix était douce.

– J'aurais dû te parler de tout ça depuis longtemps, Piri, mais j'espérais que votre génération serait épargnée. Les Juifs espèrent toujours, c'est dans notre nature. Mais maintenant j'ai bien peur que nous ayons affaire à un nouveau fou furieux, avec cet Hitler qui est en train d'agresser l'Europe entière. Il avance comme la peste sur les terres des autres, et ce qu'il veut, c'est prendre toute l'Europe, que toute l'Europe devienne allemande. Il donne d'une main aux Hongrois ce qu'il vient de prendre aux Tchèques de l'autre. Mais il ne donne jamais rien pour rien, évidemment. Avec ces terres volées, il veut s'acheter l'armée hongroise. Et ils ont déjà commencé à chasser les Juifs de leur travail. Ça, c'est ce qui se passe aujourd'hui, et demain qui sait jusqu'où ça peut aller.

– Il est où, en ce moment ? ai-je demandé d'une voix tremblante, imaginant un homme monstrueux qui avançait à travers champs en brandissant des armes aussi grandes que les poteaux de téléphone de Beregszász.

– En Pologne, a dit Babi.

Elle s'est levée et s'est approchée du fourneau pour continuer de préparer le dîner. Ça me rassurait un peu de savoir qu'Hitler était si loin de nous, mais quand j'essayais de comprendre tout ce que Babi venait de nous dire, à Roszi et à moi, je me sentais emportée par une espèce de tourbillon. Pogromes, boucs émissaires... c'était ça que ça voulait dire, être Juif ?

Tout au fond de moi, j'avais toujours su que je n'étais pas tout à fait pareille que mes amies chrétiennes ; je vivais dans leur monde et elles pas dans le mien, les lois venaient de leur monde et pas du mien, les écoles fermaient pour Noël, pas pour *Hanoukka* ou *Pessah.* J'avais toujours accepté ces règles sans trop y penser, comme j'acceptais de devoir me débarbouiller et me brosser les cheveux. Je savais comment il fallait faire, mais je n'avais jamais pris la peine d'y réfléchir. A Beregszász, j'allais à l'école publique, et je n'avais jamais choisi mes amies en fonction de leur religion. Dans notre rue, il y avait des familles hongroises, tchécoslovaques, russes, juives, et ma mère s'entendait bien avec tout le monde. J'étais allée à des services protestants avec Ica Molnar et à des services orthodoxes russes avec Vali et Milush Veligan, et quand j'en avais parlé à maman, ça n'avait pas eu l'air de la déranger.

Mais l'attitude de Babi vis-à-vis des Hongrois n'était pas du tout celle de maman. Je me souvenais d'un incident qui s'était produit l'été de la mort de mon grand-père Rosner, quand Babi s'habillait encore en noir et restait à la maison à lire son livre de prières. Moi, je passais de plus en plus de temps à jouer dehors avec les enfants – de Komjaty et, un jour, en passant devant une chapelle au coin d'une des rues du village, tous les autres enfants s'étaient arrêtés ; faisant le signe de la croix sur leur poitrine, ils s'étaient inclinés pour réciter des prières en ukrainien. Leurs gestes m'avaient impressionnée ; je les avais d'abord regardés en silence et puis je les avais imités, faisant à mon tour un signe de croix sur ma propre poitrine. Plus tard, quand j'étais rentrée à la maison, Babi m'avait appelée dans sa chambre et avait refermé la porte derrière moi. Elle était furieuse.

– On m'a dit que tu as fait le signe de la croix sur ta poitrine. C'est vrai ?

– Non. Tous les autres enfants l'ont fait mais pas moi.

Elle m'a soulevée de terre et m'a posée debout sur une chaise pour pouvoir me regarder droit dans les yeux.

– Regarde-moi. Est-ce que tu t'es signée, ou est-ce qu'on m'a menti ?

– Je me suis signée.

– Tu ne sais pas que tu es Juive ?

– Oui, Babi.

– Oui, quoi ?

– Oui, je regrette.

– Si toi, tu ne respectes pas notre religion, comment veux-tu que les autres la respectent ?

Je respectais ma religion, oui, mais j'avais du mal à me convaincre que tous ces gens qui faisaient tellement partie de ma vie à Beregszász étaient nos ennemis. Les fermiers ukrainiens de Komjaty me paraissaient beaucoup plus hostiles que les Hongrois que je connaissais.

– Et les chrétiens d'ici, les fermiers, ils aiment les Juifs ?

Elle s'est retournée vers moi pour me répondre.

– La seule chose qui compte pour eux, c'est la terre, ils se moquent bien des histoires de frontières. Ils sont trop occupés à faire pousser de quoi se nourrir et, si la récolte est mauvaise, ils accusent le mauvais temps et la sécheresse, pas les Juifs. Et puis, ici, nous vivons modestement. Ils n'ont rien à nous envier.

Et elle s'est replongée dans la préparation du dîner. Quand Roszi est rentrée, elle apportait un journal et son visage était soucieux.

– Je peux lire le journal ? ai-je demandé en tendant la main.

– Tu n'y comprendras rien, ça ne parle que de politique, a-t-elle répondu.

Quand Babi l'a ouvert j'ai aperçu le mot JUIFS en grosses majuscules noires. Babi a survolé la page d'un coup d'œil, a replié le journal et l'a posé sur la table en disant à Roszi :

– On parlera après le dîner.

Le lendemain après-midi, pendant que Babi et Roszi étaient aux champs, Molcha et moi, on a pris le journal sur la table de nuit où Babi l'avait laissé en allant se coucher. On est allées dans le champ de trèfle et, pendant que Molcha faisait le guet pour m'avertir si jamais quelqu'un approchait, j'ai essayé de le lire. Les expressions « regroupés de force » et « travailler comme esclaves » ont attiré mon attention, mais beaucoup de mots m'ont paru bizarres et je n'arrivais pas à tout comprendre. Ça parlait aussi de plusieurs endroits qui avaient des noms étranges : Kamenets-Podolski, Novi-Sad...

– C'est où ? a demandé Molcha quand j'ai essayé de prononcer les noms.

– Je ne sais pas, c'est peut-être en Pologne, Babi dit que c'est là qu'Hitler est arrivé.

– C'est qui, Hitler ? a demandé Molcha.

– Babi dit que c'est un fou qui veut monter tout le monde contre les Juifs.

– Mais pourquoi ?

– C'est ce que j'essaie de comprendre. Là-dedans, ça dit qu'on est dangereux et qu'on mange beaucoup trop. Que c'est notre faute s'il n'y a pas assez de pain.

– Mais on ne mange que notre propre pain, comment ça peut être de notre faute si le pain manque ?

– Je ne sais pas.

Molcha mit fin à la discussion.

– Viens, on va remettre le journal à sa place et puis tu vas m'apprendre d'autres mots hongrois.

Chapitre 3

Du marché de Szölös, les fermiers rapportaient des bribes de nouvelles, et on allait les écouter tous les jours, en espérant qu'un accord sur les frontières permettrait enfin la reprise de la circulation des trains entre Beregszász et Komjaty. Babi passait de plus en plus de temps à prier. Après le dîner, elle mettait son châle d'angora, prenait son livre de prières, s'asseyait dans son fauteuil, face à la fenêtre, et s'absorbait tellement dans sa lecture qu'elle ne s'apercevait même pas de la tombée de la nuit.

Un soir, en rentrant de la terrasse, nous l'avons trouvée penchée sur son livre, dans la chambre à coucher plongée dans l'obscurité.

– Babi, tu me dis toujours que je me crève les yeux à travailler sans lumière, et je te trouve en train de lire dans le noir, a dit Roszi en allumant la lampe à kérosène.

– Je ne lis pas vraiment. Cela fait plus de cinquante ans que je lis et relis et récite ces prières, elles font partie de moi, maintenant. Je garde seulement le livre ouvert pour si j'oubliais un mot ici ou là.

– Babi, ai-je demandé, tu ne t'ennuies pas à force de relire toujours le même livre ?

– Avec ce livre-là, on ne s'ennuie jamais, Piri. Chaque fois que je lis ou que je récite un fragment, j'y découvre quelque chose de nouveau. Il y a là toutes les traditions et toutes les lois du foyer juif.

Babi a fermé son livre et gardé le silence un long moment. Tous les soirs, elle se reposait ainsi après avoir fini sa journée de travail : elle disait que c'était sa manière de remercier pour le jour écoulé, de demander pardon pour ses péchés et d'exprimer son espoir que la paix règne enfin entre les hommes.

Une semaine avant *Rosh ha-Shana,* un homme est venu nous apporter une lettre de maman pour Babi. Maman l'avait envoyée à Szölös, chez ma tante Helen, car le courrier n'arrivait toujours pas jusqu'à Komjaty, et elle avait mis trois semaines à nous parvenir. Papa avait été rappelé à l'armée, mais comme il était tchèque, on l'avait dégradé de son rang d'officier et il n'était plus que simple soldat. Mon beau-frère Lajos avait aussi été recruté. A Beregszász, les gens commençaient à se plaindre de la dureté des lois imposées par les Allemands. Maman écrivait :

« Ici, tout est bouleversé, tous les jours il y a de nouvelles lois auxquelles il faut s'adapter. Notre vie a tellement changé qu'on ne sait jamais à quoi s'attendre pour le lendemain. C'est M. Kovacs qui a dû reprendre la direction de notre magasin de chaussures, jusqu'au retour de papa. »

Maman s'inquiétait aussi pour nous et nous pressait

de lui envoyer des nouvelles le plus vite possible. Elle demandait à Roszi d'essayer de m'inscrire à l'école au cas où la frontière resterait fermée en septembre.

– On dirait que Babi avait raison à propos de l'occupation hongroise, ai-je murmuré à Roszi dès que Babi nous a laissées seules dans la cuisine.

– Elle a toujours raison, a répondu Roszi.

– Il faut qu'on essaie de faire parvenir une lettre à maman le plus vite possible pour lui dire que tout va bien. Je voudrais bien savoir s'ils vont venir pour *Rosh ha-Shana.*

Babi est rentrée dans la pièce.

– Et comment pourrait-on envoyer une lettre ? Tu as une idée ?

– On peut peut-être trouver quelqu'un qui va à Szölös et qui accepte de nous la poster.

Babi a fermé les yeux à demi et s'est mordu la lèvre.

– Est-ce que tu crois qu'en cas d'urgence ton policier hongrois serait un ami sûr ?

Roszi s'est retournée pour la regarder en face et a répondu en hésitant :

– Un ami ? Je ne sais pas. Je ne lui ai parlé qu'une fois...

– Tu crois qu'on pourrait lui faire confiance pour poster une lettre sans traîner ?

– Je ne sais pas.

Babi m'a regardée et a conclu :

– Surveille la route et, dès que tu le verras approcher, cours prévenir Roszi.

– Qu'est-ce que je dois lui dire ? a demandé Roszi.

– La vérité. Que ta mère s'inquiète pour nous. Il devrait pouvoir comprendre ça, il sait ce qui est en train de se passer, a-t-elle répondu d'une voix dure.

Quelques jours plus tard, j'ai aperçu Ferenc à l'orée du bois et j'ai couru prévenir Roszi qu'il arrivait. Elle était sur la terrasse quand je suis arrivée à la maison. Trop essoufflée pour parler, j'ai montré du doigt la direction de la forêt, et Roszi est aussitôt rentrée chercher la lettre, puis elle est sortie sur la route en la tenant derrière son dos, et je l'ai suivie. Ferenc a guidé son cheval jusqu'à la barrière avant de sauter à terre.

– Quelle belle journée ! C'est vraiment dommage que vous ne puissiez pas venir faire un tour à cheval avec moi.

– Non, ce n'est pas possible, a dit Roszi. Mais nous avons un grand service à vous demander. J'ai écrit une lettre pour ma mère, mais je ne sais pas comment l'envoyer. Est-ce que vous pourriez me la poster ?

Sa voix tremblait et j'avais peur qu'elle ne se mette à pleurer.

Ferenc a pris la lettre et l'a mise dans la poche de sa tunique.

– C'est tout ? Je serais heureux de pouvoir vous rendre service, mais ce n'est vraiment rien du tout. Et il a ajouté, en posant la main sur l'épaule de Roszi : Je la posterai aujourd'hui même.

Alors elle a regardé Ferenc dans les yeux et, d'une voix calmée, elle a simplement dit :

– Merci.

La veille même de *Rosh ha-Shana,* Babi refusait d'abandonner l'espoir qu'un miracle amènerait le reste de la famille à notre table. De temps en temps, en plein milieu des préparatifs du repas rituel, elle quittait la cuisine pour aller sur la route guetter l'apparition des silhouettes attendues du côté de la forêt.

– Tu crois qu'ils peuvent encore arriver, Babi ? lui ai-je demandé alors qu'elle revenait dans la cuisine après un de ces allers-retours.

– Il ne faut jamais désespérer. C'est l'espoir qui nous sauve.

Les grosses marmites émaillées étaient pleines à ras bord. Au coin du fourneau, la soupe frissonnait, le poulet grésillait et les *tsimmes* fumaient. Les nouilles fines préparées par Roszi attendaient sur un grand plat qu'on verse dessus le bouillon doré du poulet. Elle a astiqué le chandelier de cuivre et mis sur la table autant de couverts qu'elle pouvait en porter. Pendant qu'elle travaillait, j'ai encore demandé :

– Roszi, tu crois qu'ils vont venir ?

Elle m'a fait signe de la suivre et dès qu'elle a été sûre que Babi ne pouvait pas l'entendre, elle m'a répondu gentiment :

– Réfléchis un peu. Tu verras qu'il n'y a pas beaucoup d'illusions à se faire.

– Mais alors, pourquoi vous faites semblant, Babi et toi ?

– On ne fait pas semblant. Ça fait vingt ans que Babi prépare ce repas pour toute la famille. Elle fait comme d'habitude, c'est tout.

– Mais elle n'arrête pas de sortir pour voir s'ils arrivent.

– Ça aussi, ça fait des années qu'elle le fait. Ça fait partie de son rituel.

Ce n'est qu'au moment d'allumer les chandelles pour la bénédiction du nouvel an que Babi est allée fermer la porte d'entrée. Roszi et moi, debout à côté d'elle, on l'a écoutée en silence réciter la prière. Elle s'est noué le foulard de dentelle blanche sur la tête, a fixé le mur droit devant elle et s'est mise à parler d'une voix calme.

– Béni sois-tu, ô Seigneur notre Dieu, Roi de l'Univers, qui nous a sanctifiés par tes commandements et nous ordonne d'allumer les lumières saintes.

Le lendemain, Babi a passé toute la journée de *Rosh ha-Shana* en prières, à la synagogue. Je suis restée avec elle un petit moment, mais je ne me sentais pas à l'aise sous le plafond de l'immeuble. Aussi bien les visages des femmes, du côté où nous étions Babi et moi, que ceux des hommes, dans l'autre moitié de la salle, étaient tendus, tirés. Ils chantaient à voix monotone et, de temps en temps, ils imploraient à voix haute la pitié du Juge tout puissant. Babi me tenait la main, pour m'unir à elle et, à travers elle, à la communauté mais, moi, j'essayais de me distraire en regardant les minuscules carreaux de verre des fenêtres, les murs de ciment tout déformés et l'autel d'acajou affaissé où reposaient les rouleaux de parchemin. Tout me paraissait triste et abandonné, et je n'ai pas pu retenir mes larmes. A la première pause dans les récitations, j'ai abandonné la main de Babi et je me suis échappée discrètement. J'ai passé le reste de la journée à jouer dans le jardin du temple avec Molcha.

Le lendemain matin, quand Roszi est rentrée de la traite, un seau de lait mousseux au bout de chaque bras, j'étais déjà dans la cuisine.

– Qu'est-ce que tu fais debout si tôt ?

– Je ne peux plus dormir, je suis trop excitée à cause de l'école. J'ai entendu les coqs chanter mais je suis restée au lit jusqu'à ce que vous soyez sorties, toi et Babi.

Roszi a posé les seaux sur le banc de la cuisine et, s'adressant à Babi qui me préparait la bouillie du petit déjeuner, elle a commenté avec un drôle de sourire :

– C'est drôle, c'est la première année que je ne vais pas à l'école, et maintenant c'est Piri qui va y aller.

Molcha m'attendait déjà quand je suis arrivée devant chez elle. Elle était un peu inquiète à l'idée de devoir apprendre une langue nouvelle.

– Je me souviens de tous les mots que tu m'as appris : écoute. Et elle s'est mise à réciter des mots hongrois tout simples comme si ç'avait été le début d'un long poème.

Quand on est entrées dans la classe, une jeune femme bien habillée nous attendait devant le tableau noir. D'autres enfants sont entrés sans se presser. Je les connaissais presque tous, les uns plus âgés, les autres plus jeunes que moi. Le professeur nous a fait asseoir puis elle nous a demandé de nous lever un par un en disant nos noms. Les enfants ont commencé à se lever lentement en murmurant leur nom à voix presque inaudible. Quand ç'a été mon tour, j'ai dit bien fort, d'une voix claire, Piri Davidowitz.

– Voilà, c'est comme ça que j'aime entendre dire son nom, a dit la maîtresse.

Ensuite, elle a passé le reste de la journée à nous apprendre la prononciation hongroise de chacun de nos noms et les mots hongrois pour désigner chacun des objets de la classe. J'étais l'élève vedette, et à la fin du cours elle a annoncé que je serais son assistante. Ravie, j'ai couru vers la maison pour raconter les bonnes nouvelles à Babi et à Roszi. Mais, quand j'ai trouvé Babi dans le champ où elle finissait de cueillir les légumes, elle n'a fait qu'un commentaire sarcastique :

– Ta mère serait ravie de savoir que tu es devenue traductrice de hongrois.

L'automne s'est terminé, laissant les arbres nus et les champs déserts. Les gens ne sortaient de chez eux que quand c'était vraiment indispensable. Plusieurs fois, en rentrant de l'école, j'ai trouvé Roszi sur la terrasse, enroulée dans son châle, les yeux fixés sur la lisière de la forêt. Cela faisait déjà longtemps que Ferenc n'était pas passé.

De temps en temps, Babi trouvait des gens qui allaient à Szölös et acceptaient de nous poster des lettres. En novembre, nous avions reçu une lettre d'Amérique, toujours par l'intermédiaire de tante Helen. Babi l'a ouverte en déchirant l'enveloppe d'un geste nerveux. Plus tard, elle en a parlé avec Roszi.

– Ils en savent plus que nous sur ce qui est en train de se passer ici.

– Qu'est-ce qu'ils disent ? demanda Roszi.

– Toujours la même chose : « Vendez tout et venez. » Comment pourraient-ils comprendre ? Pour eux, c'est juste un bout de terre et une maison, on les vend et on les laisse. Seulement, ce n'est pas si simple. On ne vend pas sa vie et, pour moi, cette petite maison, cette terre, mes bêtes, c'est tout ce que je connais. Qu'est-ce que je sais de l'Amérique ? Je suis une vieille femme ; il est trop tard pour m'enfuir vers un nouveau monde. Non, je finirai aussi bien mes jours ici.

Cette nuit-là, la première chute de neige a couvert la route de plaques blanches et de tas bizarres. Au moment de partir à l'école, Roszi m'a accompagnée à la porte et m'a noué une écharpe sur la tête de façon à me couvrir la bouche. Quand j'ai retrouvé Molcha, elle aussi était emmitouflée jusqu'aux yeux. Dans la salle de classe, la maîtresse se chauffait les mains au-dessus du fourneau ventru où un bon feu ronronnait.

– A partir de demain, vous apporterez du bois pour le feu, nous en avons tout juste assez pour aujourd'hui. Piri, explique à tes camarades que vous devrez apporter une bûche chacun tous les jours, à partir de demain. Sans ça, il faudra fermer l'école.

Quand j'ai raconté à Babi et Roszi ce que demandait la maîtresse, Babi a eu l'air ennuyée.

– Ta maîtresse ne connaît pas les gens d'ici. Ils la laisseront fermer l'école. Leur bois de chauffage est bien plus important pour eux que les classes.

Roszi avait l'air étonnée.

– Ça n'était encore jamais arrivé. On avait toujours tout le bois dont on avait besoin.

– Tout change, tout change... a dit Babi.

Nous nous sommes organisées pour résister au vent et à la neige. Le feu restait allumé toute la journée dans notre chambre, on l'alimentait avec des bûches fendues stockées derrière le fourneau, et Roszi et moi étions chargées de réapprovisionner la réserve par des voyages périodiques au bûcher. On essayait d'avoir quelques jours de réserve pour que le bois soit bien sec au moment de le brûler. Quand, en janvier, l'école a été fermée jusqu'à la fin de l'hiver, Babi a poussé un soupir de soulagement ; ça ne lui plaisait guère de me voir sortir sur la route avec les congères qui étaient presque aussi hautes que moi. On n'abandonnait la tiédeur de la maison que pour s'occuper des bêtes, rapporter l'eau et le bois et aller aux toilettes du jardin.

On a vécu comme ça jusqu'au début de mars, où l'école a rouvert ses portes. Alors, on a appris que les trains circulaient de nouveau entre Beregszász et Komjaty et que le service de courrier allait reprendre. Je me demandais quand j'allais pouvoir rentrer à la maison.

Chapitre 4

C'est seulement vers le début du mois d'avril, un jour que je cueillais des violettes avec Molcha à la lisière de la forêt, qu'on a vu enfin arriver le facteur au bout de la grand-route. On s'est mises à courir vers la maison pour le rattraper. Roszi était dans le pré à étendre le linge et, en nous voyant arriver tout excitées, elle a demandé :

– Vous avez vu Ferenc ?

– Non, Roszi, regarde, c'est le facteur ! Peut-être qu'il apporte une lettre de maman.

Roszi s'est détournée pour cacher sa déception, a laissé tomber ses épingles et son tablier dans le panier à linge et a pris le chemin de la maison. Molcha sur mes talons, j'ai couru à la rencontre du facteur. Il m'a tendu, comme je l'espérais, une lettre de maman, et, serrant la lettre d'une main et mes violettes de l'autre, j'ai couru de toutes mes forces vers la maison en criant au revoir à Molcha sans même me retourner. Babi était déjà sur la terrasse et je lui ai donné la lettre avant d'entrer chercher Roszi. Je l'ai trouvée debout devant la fenêtre de la resserre, le regard fixé sur la lisière du bois. Je lui ai touché le bras en lui tendant le bouquet de violettes et je suis revenue sur la terrasse où j'ai retrouvé Babi, assise sur le banc; elle se penchait sur la lettre ouverte et de grosses larmes lui roulaient sur les joues.

– Tout le monde va bien? ai-je demandé avec inquiétude.

Babi a plié la lettre et l'a glissée dans sa poche. Puis elle s'est essuyé les yeux avec un coin du tablier et s'est levée avant de répondre :

– Tout le monde va bien, Piri. Viens m'aider, on va attraper les plus gros poulets de la basse-cour. Ils viennent tous pour *Pessah.*

– Qui est-ce qui vient, Babi ?

– On ferait peut-être mieux de prendre aussi une des oies. On va être si nombreux...

– Combien ?

– Compte avec moi, a dit Babi en prenant mes doigts, comme pour jouer entre ses mains.

Elle a baissé les yeux sur moi et j'ai réalisé tout d'un coup que c'était la première fois depuis la fin de l'été que je voyais pétiller ses petits yeux couleur de café. Prenant mes doigts un par un, elle s'est mise à compter d'une voix rieuse, comme si elle chantonnait une comptine :

– Ta mère, ton beau-père, Iboya et Sandor...

– Mais père est à l'armée.

– Oui, mais il vient quand même, il a une permission.

J'étais folle de joie et j'ai commencé à sautiller autour de Babi comme un lapin.

– Tu ne veux pas que je finisse de compter ? a-t-elle demandé en reprenant mes doigts dans sa main.

– Lilli, Lajos et la petite Manci viennent aussi. Va appeler Roszi, qu'on attrape ces bestioles.

Roszi était toujours dans la maison, à la même fenêtre, et on aurait dit qu'elle venait de pleurer.

– Babi dit que tu viennes tout de suite, il y a une lettre de la maison, ils vont tous venir pour *Pessah* !

– Tous ?

– Tous ! Papa et Lajos ont tous les deux une permission.

Le visage de Roszi s'est illuminé, elle m'a attrapée sous les bras et m'a fait tourner en l'air, en éclatant de rire.

– Et ils arrivent quand ?

– Après-demain. On ferait mieux d'aller aider Babi à attraper les poulets et peut-être même une oie.

Nous sommes ressorties sur la terrasse et Roszi a de nouveau éclaté de rire en voyant Babi qui était en train d'essayer de séduire les poulets : courbée vers le sol, un épi de maïs à la main, elle les appelait doucement :

– Allons, petits, petits, venez, petits jolis...

Dès qu'une poule s'approchait pour picorer les graines, elle l'attrapait au vol et la soulevait par les pattes, écartant les plumes sous le ventre de l'autre main pour regarder la peau : si elle n'était pas assez jaune, c'est que la poule n'était pas assez grasse, et elle la relâchait pour recommencer le même manège avec une autre.

– Fameuses aides que vous faites, toutes les deux, à me laisser faire tout le travail, a grondé Babi, tout en fouillant dans sa poche pour tendre la lettre à Roszi.

– Tu la liras plus tard, aide-moi plutôt à attraper deux poules présentables.

Roszi s'est mise à examiner les volailles d'un œil critique :

– Et celle-là, avec la queue courte, qu'est-ce que tu en penses ?

– Non, c'est une de nos meilleures pondeuses. On va aussi avoir besoin de beaucoup d'œufs.

Elles ont quand même fini par choisir les poulets et Babi leur a attaché les pattes avec des rubans rouges.

– Bon, nous aurons une grande marmite de poule au pot, me voilà tranquille.

Roszi a hoché la tête et s'est mise à lire la lettre de maman tout en marchant lentement vers la maison.

– Je peux la lire aussi ? ai-je demandé.

– Viens, je vais te la lire tout haut, a répondu Roszi en s'asseyant sur le banc de la terrasse.

Je me suis assise à côté d'elle et j'ai écouté sa voix douce lire les mots écrits par maman. Maman avait l'air heureuse, parce que papa était arrivé ce matin-là alors qu'on ne l'attendait pas. Lajos, Lilli et Manci étaient en visite chez les parents de Lajos, à Salánk, et viendraient de leur côté.

Le lendemain, Babi a passé toute la journée dans un

état de joyeuse surexcitation. Tout en préparant les lits, elle m'expliquait ses plans :

– Voyons, tes parents dormiront dans la deuxième chambre et vous, les enfants, vous dormirez par terre. On va remplir quelques matelas de paille, et Roszi couchera dans ton lit, comme ça je pourrai donner le lit de grand-papa à Lilli et Lajos.

– Tu veux dire, le lit de Roszi ?

– Pour moi, ce sera toujours le lit de ton grand-père.

Le lendemain, on a passé notre temps à se cogner les unes dans les autres à force de s'arrêter à chaque instant dans nos préparatifs pour courir voir si la famille arrivait. C'est moi qui les ai aperçus la première vers la fin de l'après-midi, et j'ai bondi à leur rencontre. Papa et maman marchaient l'un à côté de l'autre, et lui poussait une bicyclette chargée d'une grosse valise et d'un tas de paquets. Il portait un vilain uniforme de flanelle. Maman avait changé. Sa peau, d'habitude si douce, était toute bouffie. Je me suis écartée d'elle.

– Je ne t'ai pas manqué ? a-t-elle demandé, blessée par mon geste.

– Et moi, je n'aurai pas droit à un baiser? a demandé papa en se penchant vers moi.

J'ai jeté mes bras autour de son cou et je l'ai embrassé sur les deux joues, contente de voir qu'il avait toujours ses épais favoris en broussaille. Iboya a posé ses paquets par terre et m'a serrée bien fort contre elle. Quand elle m'a libérée, j'ai soulevé Sandor à bout de bras : ce n'était plus un bébé, c'était devenu un vrai petit garçon qui répétait sans arrêt :

– C’est ma sœur Piri, Piri, c’est Piri... pendant que je serrais dans mes bras son petit corps rebondi.

Babi et Roszi sont venus nous rejoindre, et Roszi m’a enlevé Sandor des mains et s’est mise à l’embrasser frénétiquement. Babi essayait en sanglotant de prendre maman dans ses petits bras.

– Pourquoi n’as-tu rien dit dans ta lettre ?

– Je ne voulais pas t’inquiéter, a répondu maman.

– Combien de mois reste-t-il ? Plus beaucoup, on dirait. Elle regardait maman de haut en bas.

– Et tu as fait tout ce chemin à pied ! J’aurais pu envoyer quelqu’un vous chercher avec une charrette mais je ne savais pas par quel train vous alliez arriver. Dans ta lettre, tu disais seulement vendredi...

– On a marché lentement, a dit papa, en essayant de nous pousser vers la maison.

Maman a lâché Babi et posé lourdement un bras sur mes épaules.

– Tu es devenue encore plus jolie. Attends un peu que tes amies te voient !

– Je vais rentrer à la maison avec vous ?

– Tu ne veux pas ?

– Je ne sais pas. Tu dis que tout a changé. Est-ce que Ica, Vali et Milush ont changé aussi ? Est-ce qu’elles m’aimeront encore, même si je suis Juive ?

– Mais tu as toujours été Juive.

– Je sais, mais maintenant ce n’est plus la même chose, tout a changé...

Maman m’a embrassée en me disant de ne pas m’inquiéter. Elle avait l’air fatiguée et, dès que nous sommes arrivés à la terrasse, elle s'est laissée tomber sur le banc.

– J'ai besoin de m'asseoir un instant.

Roszi a posé Sandor par terre et a dit à maman qu'elle allait lui apporter un rafraîchissement. Pendant qu'elle entrait dans la cuisine, tout le monde a commencé à parler en même temps. Roszi est revenue et a tendu à maman un grand verre d'eau fraîche qu'elle a bu d'un trait. Puis elle a enlevé ses chaussures et elle est restée sur la terrasse pendant qu'on rentrait tous les bagages dans la maison.

– Qu'est-ce qui arrive à maman ? ai-je demandé à Iboya en entrant dans la chambre.

– Elle va avoir un bébé.

– Quand ?

– En juin. Peut-être même le jour de ton anniversaire.

Lilli, Lajos et Manci sont arrivés un peu plus tard dans l'après-midi. C'est maman qui nous a appelés :

– Les voilà ! Ils arrivent !

Et on a tous couru dehors en désordre. Lilli marchait derrière Lajos, et Manci était accrochée dans le dos de son père. Ça faisait si longtemps que je ne l'avais pas vue ! Comme Sandor, elle avait grandi, et quand elle a vu le petit garçon courir vers elle, elle a tout de suite voulu descendre de son perchoir : Lajos l'a posée par terre juste au moment où Sandor arrivait ; les deux enfants se sont aussitôt lancés dans une grande conversation et on est tous restés un bon moment, en cercle autour d'eux, à les regarder babiller. J'étais surprise de voir Lajos en uniforme d'officier hongrois, et j'ai demandé à Iboya :

– Pourquoi est-ce que Lajos a son bel uniforme alors que papa en a un aussi vilain ?

– Je ne sais pas, a-t-elle répondu d'un ton hésitant.

Lilli a passé un bras autour de ma taille.

– Comme tu as grandi, Piri ! Attends de voir le globe terrestre que Lajos a apporté pour Iboya et toi !

En entrant dans la maison, Lilli a serré Babi dans ses bras : on aurait dit une mère penchée sur son enfant. Lilli était de loin la femme la plus grande de toute la famille.

– Et comment va ma douce Babi ? a-t-elle demandé dans un yiddish hésitant.

Babi a souri en levant les yeux sur elle.

– Tu as oublié ton yiddish !

– Je n'ai pas beaucoup l'occasion de le parler, et puis il ne m'aide pas, tu sais, a répondu Lilli en désignant Lajos du doigt.

– Pourquoi ? Je parle yiddish ! a dit Lajos en prononçant soigneusement chaque mot avec un terrible accent hongrois.

Tout le monde a éclaté de rire.

– C'est à peu près comme ça que ton beau-père parlait le yiddish quand il a épousé ma fille, a dit Babi en riant.

– Et c'est une chance que j'aie appris à le parler correctement ! a dit papa. J'ai dans mon peloton plusieurs garçons qui ne parlent que yiddish.

Il a sorti les mains des poches de son pantalon et

redressé sa cravate, et le silence s'est fait soudain dans la grande pièce pleine de gens.

Alors Lajos s'est approché de papa et lui a mis une main sur l'épaule.

– Bon, vous avez dû assumer des responsabilités d'officier bien assez longtemps comme ça, mon vieux. C'est bien le tour des jeunes comme moi de faire un peu quelque chose !

Et il a ajouté en souriant :

– D'ailleurs, maintenant que les choses se calment, ça ne peut plus que s'arranger.

– Et dis-moi, c'est arrivé quand ? Personne ne m'avait rien dit, a questionné papa en touchant du doigt l'insigne de premier lieutenant agrafé au revers de la tunique de Lajos.

– Dès qu'ils ont découvert que j'étais fantastique ! a répondu Lajos avec un salut militaire et un léger sourire.

– Allons, les filles, venez mettre la table, c'est presque l'heure du *seder,* a appelé Babi.

Après le coucher du soleil, nous nous sommes tous assis autour de la grande table d'acajou, dans la chambre à coucher. Aux deux bouts de la table, Babi et maman se sont levées en même temps pour allumer les bougies des deux grands chandeliers ; et c'était le même geste qui se reflétait, sous les foulards de dentelle blanche, dans les deux visages illuminés par la lueur des bougies.

En les voyant ainsi réunies par la même antique tradition, j'ai commencé à comprendre ce que les grandes personnes voulaient dire quand elles répétaient d'un air entendu : « Même si on greffe une branche de cerisier sur un pêcher, elle donnera toujours des cerises. »

Maman s'en était allée bien loin de Komjaty, mais elle n'en restait pas moins toujours la fille de Babi. Ce n'était pas la première fois que je les voyais comme ça ensemble, que je remarquais qu'un geste ou un signe de tête de l'une ou de l'autre rallumait entre elles la flamme d'une très vieille mémoire ; elles pouvaient se mettre brusquement à rire, ou s'attrister ensemble, sans qu'un seul mot soit prononcé.

Papa s'est assis et a commencé le récit rituel de l'histoire de la Pâque comme la conte la *Haggadah.* Il s'était changé et portait maintenant ses vêtements civils, un costume bleu avec une chemise bleu clair et une cravate sombre. Ses yeux bleu pâle brillaient quand il a prononcé les quatre questions que l'on pose, comme le veut la tradition, au plus jeune enfant mâle présent au *seder.* C'est Sandor, aidé par maman, qui a répondu aux questions.

Le *seder* s'est poursuivi comme d'habitude : on a bu les quatre verres de vin aux moments voulus, au cours du récit, et au dessert il y avait du thé et un gâteau de miel qui annonce une année pleine de douceur. On a chanté tous ensemble et ça faisait chaud au cœur d'entendre nos voix se mêler pour prononcer les mots familiers.

Quand maman m'a embrassée pour me souhaiter la bonne nuit, j'avais eu le temps de m'habituer à son nouvel aspect, et je n'avais plus peur : c'était toujours bien elle.

Le lendemain j'étais assise sur la terrasse avec Iboya quand j'ai entendu la voix de maman, noyée de larmes, s'élever dans la cuisine.

– Non, je ne pourrai jamais !

– Tu sais que j'aimais tes frères et ta sœur, mais quand ils ont voulu partir, je leur ai donné ma bénédiction ! Quel avenir peuvent avoir ces enfants, ici, au train où vont les choses ?

– J'y pense sans arrêt, tu sais. Mais je ne peux pas briser ma famille. Si on était en temps de paix, je pourrais peut-être m'y résoudre, je ne sais pas, mais avec tout ce qui se passe autour de nous, je ne peux pas me séparer d'elles. Je veux les avoir près de moi. Quoi qu'il arrive, nous y ferons face ensemble. Je ne suis pas comme toi, maman, je ne peux pas rester seule. Tout le monde n'en est pas capable.

– Tu n'as jamais été assez seule même pour revenir ici rester un peu avec moi.

– Ce n'est pas à cause de toi, maman, c'est... c'est cette vie tellement retirée. Je ne pourrais plus vivre ainsi. Je ne me sens vivante qu'en ville ; les gens sont plus civilisés. Je peux parler avec eux, ils me comprennent.

– Tu te racontes des histoires, Rise. Tu vis au milieu de *goyim* et tu crois qu'ils sont tes amis ! J'espère seulement que tu n'auras jamais besoin de leur aide. Ils sont peut-être bons voisins mais ils ne sont pas des nôtres, c'est une grande différence, ne l'oublie pas. Il n'y a que les tiens qui peuvent vraiment partager tes souffrances.

– Ils m'ont aidée quand j'ai eu besoin d'eux. Tu n'étais pas là quand Mayer est mort ; tu n'as pas vu comme ils m'ont aidée à m'occuper des enfants.

– Oui, ce genre de choses, ils y sont habitués : perdre son mari, ils comprennent ce que ça signifie. Mais nous sommes devant un problème juif. Ils ne comprendront pas.

Ce qu'on venait d'entendre, Iboya et moi, nous avait bouleversées. Mais Babi et maman étaient tellement plongées dans leur conversation qu'elles avaient complètement oublié notre présence.

– Elles parlent de nous envoyer ailleurs, a dit Iboya, stupéfaite.

– Elles parlent de nous envoyer en Amérique, ai-je répondu à la question que je devinais dans sa voix ; mais à ce moment-là, Roszi et papa ont tourné le coin de la maison et nous ont rejointes sur la terrasse.

– Qui va vous envoyer où ? a demandé papa.

– Babi veut que maman nous envoie en Amérique.

– Et toi aussi, Roszi ! a dit Iboya.

– Personne ne va vous envoyer nulle part, les filles. La guerre est presque finie.

Papa s'est assis sur le banc à côté de nous, et on est restés comme ça, en silence, quelques instants, jusqu'à ce que maman vienne nous appeler pour le déjeuner.

Après, j'ai fait la vaisselle avec Iboya, et puis elle est allée se reposer un moment et j'ai décidé d'aller chercher Molcha. Je suis allée jusqu'au seuil de la cuisine et j'allais gravir les marches de la terrasse quand j'ai entendu la voix de Babi – laquelle me tournait le dos –

qui, à voix basse et grave, parlait à mon beau-père assis sur le banc. Aucun des deux ne m'a vue et je suis restée à les écouter dans l'encadrement de la porte.

– Ignac, je sais que tu aimes les filles, et Dieu sait quel père merveilleux tu as été pour elles. Mais tu es aussi un homme intelligent et c'est pour ça que je te demande de les laisser partir en Amérique. Ici, il n'y a pas d'avenir pour elles. Pour personne.

– Les choses ne vont pas aussi mal que vous le croyez, maman, a répondu papa gentiment. Les Hongrois ont refusé de céder aux exigences d'Hitler.

– Ignac, tu es un homme intelligent. Sois réaliste. Combien de temps pourront-ils lui résister ? Non, si elles restent...

La voix de Babi tremblait. Alors elle s'est retournée et m'a découverte, derrière elle, sur le pas de la porte.

– Piri, qu'est-ce que tu fais là ?

– J'allais sortir chercher Molcha, Babi.

Babi a hoché la tête, puis elle est rentrée dans la maison en refermant la porte et je me suis assise sur le banc à côté de papa.

– Où sont-ils tous passés ? ai-je demandé.

– Ils sont partis en promenade vers la Rika.

– Tu n'y vas pas ?

– Non, je vais faire une petite sieste.

– Papa, je peux te poser une question ?

– Bien sûr, ma grande.

– Pourquoi est-ce qu'ils t'ont enlevé ton uniforme et qu'ils n'ont pas fait de même à Lajos ? Il est Juif, lui aussi.

– Ce n'est pas parce que je suis Juif qu'ils me l'ont enlevé. Ils me l'ont pris parce que j'ai été officier dans l'armée tchèque. Lajos n'a jamais été officier tchèque ; il a été recruté dans l'armée hongroise. Les Hongrois ne font pas confiance aux Tchèques, surtout pas pour cette guerre-ci. D'ailleurs, je n'ai plus d'uniforme mais c'est toujours moi qui entraîne les nouvelles recrues, a-t-il conclu avec un petit rire forcé.

On a eu des visites l'après-midi : plusieurs familles juives des environs qui venaient saluer les hôtes de Babi. Les hommes posaient des questions à papa sur des histoires de politique et avaient l'air de se méfier un peu de Lajos, à cause de son uniforme d'officier hongrois. Je suis allée rejoindre Iboya qui écoutait les femmes bavarder : elles parlaient de ce que Babi avait préparé à manger et des vêtements de la ville que portait maman. Maman était devenue très gaie et très bavarde et faisait rire tout le monde. Puis, elle s'est tournée vers moi et m'a suggéré d'aller chercher le globe terrestre que Lajos nous avait apporté.

Je suis allée le chercher dans la resserre et je l'ai apporté au coin de la terrasse. Alors tous les enfants se sont mis à le faire tourner chacun à son tour. A un certain moment, l'un des hommes s'est approché pour y dessiner les frontières dont ils étaient en train de discuter. J'ai entendu citer les noms d'Hitler et de l'Allemagne je ne sais combien de fois cet après-midi-là.

Le soir, pendant notre deuxième *seder*, Lajos avait l'air inquiet et solennel.

– Il y a quelque chose qui ne va pas ? a demandé Babi.

– Il est seulement troublé par la réaction de tes invités à son uniforme hongrois, a essayé d'expliquer Lilli dans son meilleur yiddish.

Après le dîner tout le monde a décidé d'aller se coucher tôt ; il y avait un long voyage à faire le lendemain et il s'agissait d'être reposé. Maman s'est approchée de nos matelas de paille et, comme elle se penchait pour m'embrasser, j'ai demandé doucement :

– Anyuka, est-ce que je rentre avec vous demain ?

Mais je connaissais déjà la réponse. Je l'avais entendue dire à Roszi qu'elle aurait besoin de son aide avec le nouveau bébé, puisque Lilli allait partir à Prague avec Lajos passer la fin de sa permission. Quand Roszi avait dit qu'elle ne pouvait pas laisser Babi toute seule au début du printemps, avec toutes les semailles à faire, maman avait répondu que je resterais finir mon année scolaire à Komjaty. Roszi avait objecté que j'étais trop petite pour faire son travail, mais maman lui avait fait remarquer que je n'avais que deux ans de moins qu'elle quand elle était venue à Komjaty pour la première fois.

– Non, je vais avoir besoin de Roszi à la maison, m'a dit maman. Tu resteras ici pour prendre soin de Babi et finir ton année scolaire. Tu rentreras à Beregszász quand Roszi reviendra ici.

J'ai accepté la décision de maman sans discuter mais, au fond de moi, je sentais une grande confusion : d'un côté, j'aurais bien voulu rentrer à la maison, de l'autre, j'étais contente de prendre la place de Roszi auprès de Babi; et, par ailleurs, j'aurais quand même aimé que Roszi ne parte pas. En me réveillant, le lendemain matin, j'ai trouvé tout le monde prêt à partir. Un voisin est venu les chercher avec sa charrette pour les emmener à la gare mais maman a refusé d'y monter :

– Je préfère encore marcher que de rebondir sur tous les cahots de la route.

Alors papa a mis sa bicyclette dans la charrette et a dit qu'il marcherait avec elle. Babi m'a demandé si je voulais les accompagner un bout de chemin mais j'ai répondu « non » avec une fermeté qui m'a étonnée moi-même.

– Très bien, a dit Babi, alors on reste ici.

Ils m'ont tous embrassée à tour de rôle.

– Tu vas voir, l'école sera finie avant que tu aies le temps de t'en apercevoir, m'a dit maman; encore quelques semaines et tu seras de retour à la maison.

Père m'a soulevée dans ses bras et m'a murmuré à l'oreille :

– N'oublie pas que tu es toujours ma toute petite fille.

C'est Iboya qui m'a dit au revoir la dernière; elle m'a laissé le globe terrestre et m'a promis d'écrire.

Quand j'ai vu la charrette s'éloigner sur la route et mes parents marcher derrière, mes yeux se sont brouillés de larmes et j'ai couru dans la maison vide. J'ai fermé derrière moi la porte de la chambre, je me suis jetée sur le lit et j'ai commencé à sangloter.

Longtemps après, Babi a frappé à la porte au lieu d'entrer directement comme d'habitude.

– Viens, Piri, a-t-elle appelé, il faut manger quelque chose.

C'est alors que je me suis aperçue qu'il était midi passé et que je n'avais même pas pris de petit déjeuner.

– C'est toujours comme ça quand il y a eu plein de monde à la maison et qu'ils doivent tous partir d'un coup, m'a dit doucement Babi, pendant que je mangeais le *matzos brei* qu'elle m'avait préparé.

Chapitre 5

Une semaine plus tard, je me suis tordu la cheville en escaladant avec Molcha les rochers des bords de la Rika, et je ne suis pas allée à l'école le lendemain. Quand Babi est partie aux champs, j'ai sorti mes livres sur la terrasse et j'étais occupée à faire mes devoirs, la jambe étendue sur une chaise, quand j'ai vu Ferenc s'arrêter devant la barrière. Il a attaché son cheval avant de venir me rejoindre sur la terrasse. Il a examiné ma cheville et m'a demandé ce qui m'était arrivé. J'ai répondu que je me l'étais tordue, et puis je lui ai expliqué que j'étais seule :

– Babi est aux champs, et Roszi est à Beregszász. Maman va avoir un bébé, alors elle est allée avec elle pour l'aider.

Il s'est assis à côté de moi et m'a demandé :

– Comment va ta grand-mère, ces jours-ci ?

– Elle est très fatiguée, je crois qu'elle ne dort pas beaucoup la nuit, je l'entends s'agiter et se retourner dans son lit.

– Et qu'est-ce qui la préoccupe, à ton avis ? m'a demandé Ferenc.

J'ai hésité à lui dire, mais je voulais entendre son avis.

– Je crois qu'elle a essayé de convaincre maman de nous envoyer en Amérique, mes sœurs et moi.

– Eh bien, à mon avis, ce serait une chose intelligente à faire, et elle non plus ne devrait pas rester ici toute seule. Elle devrait vendre sa propriété et aller vivre à Beregszász avec ta maman. Elle serait plus près des choses. Ici, elle est trop isolée, ça n'est pas prudent. Répète-lui ce que je te dis, s'il te plaît. Bon, je ferais mieux de partir avant qu'elle me trouve ici.

Je ne voulais pas que Ferenc parte si vite.

– Tu n'as pas besoin de partir tout de suite. Ça lui est égal que tu parles avec moi, c'est quand Roszi est là que ça la met en colère.

Il a ri et s'est levé en demandant :

– Quand est-ce que Roszika doit revenir ?

– Après la naissance du bébé. On l'attend pour très bientôt, peut-être même le jour de mon anniversaire.

– Et c'est quand, ton anniversaire ?

– Le 10 juin.

– Alors je ne la reverrai sans doute pas. J'ai été transféré. Sois gentille, explique à Roszi que j'ai de nouveaux ordres. Et je te souhaite un heureux anniversaire.

Il est alors descendu de la terrasse, a fait boire son cheval et, remontant tristement en selle, il est parti en agitant la main vers moi en signe d'adieu.

Peu après le départ de Ferenc, Babi est rentrée des champs rapportant un festin de fraises sauvages tressées sur un long brin d'herbe. Pendant le dîner, elle a remarqué :

– Tu as eu de la visite aujourd'hui.

Et au ton de sa voix j'ai compris qu'elle parlait de Ferenc.

– Tu as vu les traces de sabot autour de l'abreuvoir, c'est ça ?

– Oui, et aussi le cheval et même le cavalier, et tous ceux qui étaient aux champs l'ont vu aussi. Tu ne crois pas que ça passe inaperçu, non ?

Elle avait l'air amusée, et ça m'a surprise.

– Tu n'es pas en colère.

– A quoi ça servirait ?

Plus tard dans la soirée, elle m'a demandé :

– De quoi avez-vous parlé avec Ferenc ?

Je savais qu'il fallait faire bien attention à ce que j'allais dire.

– Il a d'abord demandé de tes nouvelles.

– De mes nouvelles ! Des nouvelles de Roszi, tu veux dire.

– Non, Babi, je sais bien que tu ne l'aimes pas mais il a vraiment demandé comment tu allais. Et il m'a même demandé de te transmettre un message.

– Ça, je serais curieuse de l'entendre !

– Je lui ai raconté que tu voudrais nous envoyer en Amérique.

– Tu lui as dit ça ?

– Oui, Babi.

– Voyons, Piri, comment peux-tu aller raconter à des étrangers ce qu'on dit à la maison ?

J'ai gardé le silence. J'avais encore trop parlé. Mais c'est Babi qui a repris :

– Et qu'est-ce que je devrais faire, d'après lui ?

Comme je ne répondais pas, elle a répété la question.

– Il a dit que tu devrais vendre ta propriété et aller vivre à Beregszász pour être plus près des choses.

– De quelles choses ?

– Je ne sais pas. Il ne l'a pas dit. Il a dit seulement que tu n'étais pas en sûreté ici, si loin de tout.

– Voilà que tout le monde se mêle de me dire ce que j'ai à faire à présent. Je me suis toujours débrouillée toute seule. C'est à moi de choisir mes risques. Et il t'a demandé quand Roszi reviendrait ?

Je n'ai pas répondu tout de suite, alors elle a continué :

– Ou bien tu lui as dit sans qu'il te le demande ?

– Je ne sais plus.

– Il t'a dit quand il repassera ?

– Non, il est transféré. Il ne reviendra plus par ici.

Babi a levé les yeux de sa couture avec une expression qui m'a fait de la peine.

L'école a fermé à la fin du mois de mai et, vers la date de mon anniversaire, j'ai passé le plus clair de mon temps à courir les champs avec Molcha.

Joli est née le 16 juin. Roszi nous a écrit une lettre pour nous dire que maman et la petite fille allaient très bien. La permission de Lajos était finie et ils attendaient d'un jour à l'autre le retour de Prague de Lilli et Manci. Babi a été heureuse de savoir que tout s'était bien passé et c'est seulement en voyant son air de soulagement que j'ai compris à quel point elle avait été inquiète.

– Tu sais, ta maman ne devrait plus avoir d'enfants, elle n'est plus si jeune que ça.

– Quel âge elle a ?

– Elle aura trente-neuf ans cette année.

J'ai commencé à m'imaginer en train de jouer avec une petite sœur et de m'occuper d'elle, et l'idée de rentrer à la maison pour la voir m'enthousiasmait de plus en plus. Mais quand, vers la fin juin, Roszi est revenue à Komjaty, j'ai recommencé à hésiter. Chaque fois que Roszi parlait à Babi de la vie à Beregszász, j'écoutais de toutes mes oreilles, attentive à tout ce qui pouvait représenter un changement. Babi posait beaucoup de questions et elles parlaient des changements politiques mais leur sujet principal était quand même le bien-être de la famille.

Quand j'ai parlé à Roszi de la visite de Ferenc, elle m'a écoutée en rougissant, impatiente, buvant mes paroles. Ça m'ennuyait beaucoup de devoir lui répéter ce que m'avait dit Ferenc et, pour gagner du temps, j'ai d'abord parlé du message qu'il m'avait donné pour Babi.

– Et, pour moi, il ne t'a pas donné de message ?

– Il était triste que tu ne sois pas là.

– Est-ce qu'il a dit quand il repassera ?

– Ferenc ne reviendra plus par ici, Roszi. Il est transféré.

Alors elle s'est levée d'un bond en disant :

– C'est mieux comme ça. Je n'aurais pas aimé qu'il y ait un nouvel incident avec Babi. Et puis, de toute façon, ça sert à quoi ?

J'avais le cœur lourd en pensant que je devais quitter Komjaty. Babi, Roszi et aussi Molcha allaient me manquer, exactement comme maman, Iboya et mes amies m'avaient manqué quand j'avais quitté Beregszász. Mais maintenant je ne savais plus très bien quoi penser de Beregszász et des gens de là-bas. Je me sentais embrouillée, et j'ai décidé d'en parler à Roszi.

– Toi, comme d'habitude, tu as écouté trop d'histoires... Au bout de quelques jours à peine, tu iras à l'école et tu seras bien trop occupée pour repenser à tout ça.

– Non, Komjaty va me manquer terriblement, et surtout toi et Babi.

– Mais tu reviendras l'été prochain.

– Mais si l'été prochain... Je me suis arrêtée au milieu de ma phrase, et j'ai repris : Ou peut-être que maman va décider de nous envoyer en Amérique ?

Le dimanche de mon départ est arrivé avant que j'aie vraiment eu le temps de réaliser que j'allais quitter Komjaty. Babi et Roszi avaient rempli des paniers de champignons séchés, de pruneaux, de *lekvár* et de confitures, et mes affaires étaient rangées dans une grande valise.

– Mange ton petit déjeuner, Piri, a insisté Babi en me voyant chipoter mon œuf du bout de la fourchette.

– N'oublie pas que tu vas devoir porter deux gros paniers.

J'avais mal à la tête et l'estomac tout barbouillé.

– Je vais seulement boire le lait, Babi.

En secouant la tête, Babi a proposé un compromis :

– Mange au moins un œuf, Piri.

J'ai fait passer l'œuf poêlé avec une grande gorgée de lait, puis j'ai attrapé la boîte que j'avais préparée pour la laisser à Molcha.

– Va vite, elle t'attend sur la route, a dit Babi en ouvrant la porte.

Dès que Molcha a vu la porte s'ouvrir, elle a couru vers la terrasse et Babi a refermé la porte derrière moi pour nous laisser seules.

– Eh bien, a dit Molcha, je suppose que tu pars en train.

– Tu viendras peut-être me voir à Beregszász un jour. Peut-être l'été prochain si je ne viens pas ici ?

– Pourquoi est-ce que tu ne viendrais pas l'été prochain ?

– Je ne sais pas.

Je lui ai tendu la boîte où j'avais rangé du papier, une plume, de l'encre et un buvard.

– Tiens, je te la laisse, comme ça tu pourras m'écrire et me raconter tout ce qui se passe ici.

– Quoi, par exemple ? a demandé Molcha en prenant la boîte.

Mais Roszi a ouvert la porte.

– Piri, il faut partir. On ne pourra pas marcher très vite avec tout ce qu'on a à porter.

J'ai embrassé Molcha en la serrant très fort, si fort qu'on a presque écrasé la boîte entre nous deux.

– *Szervusz*, Piri, merci pour les cadeaux, a dit Molcha.

Elle a attrapé la boîte, et, faisant demi-tour d'un bond, a dévalé la route. Quand elle s'est arrêtée pour agiter la main, j'ai vu qu'elle pleurait. Et j'ai crié à mon tour :

– *Szervusz,* Molcha. Je t'écrirai la première.

Et je suis rentrée dans la maison en espérant que Roszi ne remarquerait pas mes yeux pleins de larmes. Babi m'attendait sur le seuil de la cuisine, les bras ouverts pour m'embrasser.

– Tout va bien, mon petit agneau, il y a des choses qui sont dures pour tout le monde, tu sais, c'est la vie qui est comme ça... Elle a essuyé mes larmes avec le coin de son tablier.

– Viens, j'ai quelque chose pour toi, pour effacer la tristesse du départ.

Elle a fouillé dans la poche de son tablier, en a sorti une petite boîte qu'elle a ouverte et en a tiré les boucles d'oreilles en grenat qu'elle m'avait offertes pour mon anniversaire.

– Tu les oubliais, on dirait ? Tiens, je veux que tu les emportes chez toi et que tu les mettes pour les grandes occasions, comme ça tu penseras à ta Babi.

Ses doigts brunis et usés par le travail tremblaient en enfilant les anneaux dans mes oreilles et, après les avoir accrochés, elle m'a caressé doucement le visage, d'abord avec ses mains pleines de tendresse et ensuite avec son propre visage qu'elle frottait contre le mien. J'ai essayé de dire au revoir, mais rien n'est sorti. J'ai embrassé sa petite figure ridée en espérant qu'elle comprenait.

Roszi a attrapé la grosse valise et un des paniers, j'ai soulevé les deux autres, heureuse d'avoir un prétexte pour me détourner de Babi et me mettre en route.

– Je reviens dès que j'aurai déposé Piri au train, j'arriverai sûrement pour déjeuner si le train n'est pas en retard, a dit Roszi.

Babi est descendue avec nous sur la route.

– Bon voyage ! l'ai-je entendue crier en m'éloignant.

Au bout d'un quart d'heure, on s'est arrêtées pour souffler un peu et je me suis retournée pour regarder Komjaty. De loin la maison de Babi paraissait toute petite et je me demandais si elle était encore sur la route et si elle essayait aussi de nous voir.

– Babi n'est plus sur la route, ai-je dit à Roszi.

– Non, elle est rentrée dès qu'on s'est éloignées. Viens, avançons, on fera une autre halte un peu plus loin, a insisté Roszi qui regardait vers la forêt.

Les feuilles des chênes et des érables qui bordaient la route commençaient à peine à prendre leurs couleurs d'automne, rouge, jaune et roux, et le vert des sapins de la forêt faisait un violent contraste avec leurs couleurs brillantes. J'entendais au loin le tumulte de la Rika gonflée par les pluies. Bientôt, encerclées par les murs de la forêt et le bruit de la rivière, nous nous sommes trouvées dans un monde à part où il n'y avait plus trace des bruits ni des images du monde extérieur.

On s'est reposées un moment sur la berge de la Rika Je me suis mise à regarder l'eau, observant le courant rapide et turbulent. Le bruit de l'eau couvrait nos voix, mais Roszi a sorti une montre de la poche de sa robe, a regardé l'heure, et m'a fait signe qu'il était temps de repartir. J'étais heureuse de me remettre en marche, j'espérais que cela me distrairait du terrible souvenir de cette matinée de printemps où j'avais vu les corps en uniforme flotter au fil de l'eau. Je pensais à Lajos et à mon père qui étaient à l'armée, et des images horribles passaient devant mes yeux. « Pourquoi faut-il que je pense à des choses aussi terribles ? » Mais j'avais beau me le répéter, je n'arrivais pas à me débarrasser de mes idées noires. Ressortir dans les champs ouverts, sous le ciel bleu et le soleil brillant, m'a un peu rassérénée. La gare de Komlos était devant nous.

– On a bien marché, a dit Roszi en regardant sa montre. Il n'est que 10 heures.

La grosse locomotive à charbon est entrée en gare, en faisant grincer les rails et en jetant de gros nuages noirs par sa cheminée. Puis les roues se sont bloquées brusquement, et on a ramassé les valises pour monter à bord du train. Après m'avoir installée, Roszi est allée voir le conducteur pour lui demander de prendre soin de moi et de m'aider à descendre du train à Beregszász. Puis elle m'a embrassée en me serrant dans ses bras, tout en me donnant les dernières consignes.

– Sois prudente, a-t-elle encore crié par-dessus son épaule en descendant du train.

La locomotive a sifflé et le train s'est mis en marche. Je me suis penchée par la fenêtre pour agiter la main et dire au revoir à Roszi et à Komjaty.

Beregszász

Chapitre 6

J'étais tout excitée d'être de retour à Beregszász ; les grandes maisons, les gens de la ville produisaient une espèce d'énergie qui n'existait pas à Komjaty. Toute la famille était venue me chercher à la gare, et maman, Lilli et Iboya ont porté la valise et les paniers pendant que je courais jusqu'à Manci et Sandor qui attendaient à côté du landau.

– Qu'elle est grosse ! Ce n'est pas du tout comme ça que je l'imaginais !

Joli a gloussé en agitant les bras. Avec ses yeux bleus pétillants et ses épaules carrées, elle ressemblait à Sandor et à mon père : à eux trois ils formaient un groupe à part dans la famille.

Quand on est arrivés rue Gyár, elle était déserte. C'était une bonne surprise : je n'étais pas prête à revoir mes amies. Maman a fermé la porte de la maison et nous a fait entrer dans la cuisine, pendant qu'Iboya et Lilli emmenaient les enfants dans leur chambre.

– Tu dois mourir de faim, m'a dit maman en enlevant le couvercle du fourneau sous la casserole d'émail, pour l'exposer à la chaleur des braises.

Et quelques minutes après, elle plongeait une grande cuiller dans le mélange fumant et me servait une pleine assiette de *pörkölt* brûlant. La vue des gros morceaux de veau baignant dans une épaisse sauce au paprika m'a mis l'eau à la bouche.

– Mange d'abord, a répété maman. Ensuite tu iras te laver, te changer et voir tes amies.

J'ai savouré le *pörkölt* tendre et épicé, si différent des bouillies et des purées de Babi. Quand j'ai eu fini, Lilli est apparue sur le seuil, le bébé dans les bras.

– Maman veut refaire de toi une vraie petite citadine, m'a-t-elle dit, en lui tendant Joli.

Maman s'est mise à balancer le bébé sur son bras gauche tout en s'asseyant sur le fauteuil derrière la table de la cuisine, et, de sa main droite, elle a ouvert sa blouse. Joli a aussitôt concentré son attention sur le sein offert et maman a saisi au vol mon regard attentif.

– Elle tète exactement comme tu manges. Sans en perdre une goutte ! a plaisanté maman. D'ailleurs, maintenant que j'y pense, tu étais exactement comme elle à son âge.

Maman a regardé Joli s'endormir doucement dans ses bras. Au bout de quelques instants, elle s'est levée avec le bébé et est passée dans la chambre déposer la petite fille dans son berceau. Puis, revenant dans la cuisine, elle a rempli une bassine avec l'eau qui chauffait dans des marmites sur le fourneau, et je me suis assise dans le tub. Un savon dans une main et une brosse dans l'autre, maman a alors entrepris de me frotter, poncer, frictionner, décidée à ne me laisser sortir que quand je serais propre comme un sou neuf. Elle a même essayé de faire partir les bleus qui décoraient de haut en bas mes jambes maigres.

– C'est à cause des seaux d'eau qui me cognaient dans les jambes quand je les rapportais du puits de Tercsa, ai-je expliqué.

– Et à force de faire de l'escalade, de grimper aux arbres et de te casser la figure ! a ajouté maman en souriant.

– Komjaty va me manquer, tu sais.

– Je crois que je t'ai fait rentrer à la maison juste à temps, un peu plus et tu devenais une autre Roszi.

Elle m'a regardée avec attention, comme si elle déchiffrait mon visage.

– Dis-moi, que fait Roszi toute la journée pendant que ma mère est aux champs ?

– Elle s'occupe des poulets, des oies et des canards ; elle ramasse les œufs, elle trait les vaches, elle leur donne à boire, elle travaille dans le potager, elle fait la cuisine et, si Babi ne rentre pas à midi, elle lui porte son déjeuner. Et puis elle nettoie la maison, et elle chante.

– Elle chante ? Mais tu veux dire qu'elle ne parle à personne de toute la journée ?

– Il n'y a personne à qui parler, pendant la journée.

– Mais les filles de la maison au bout de la route, les sœurs de Molcha ?

– Elles sont occupées toute la journée à aider leur

mère à la maison. Roszi parle avec Babi le soir, quand elles s'assoient ensemble pour faire leur couture.

– Mais elle a besoin de voir des gens de son âge, a commenté maman, tout en me ponçant énergiquement les coudes.

– Oh, elle rend visite aux filles des maisons voisines pour le sabbat. Ce jour-là, elles se réunissent toutes.

Maman et Lilli ont échangé un coup d'œil. Je me suis mise debout dans le tub et Lilli m'a rincée en versant un grand baquet d'eau propre sur mon corps couvert de mousse. A ce moment-là les deux petits sont entrés dans la cuisine, les mains pleines de sable mouillé. Ils se sont mis à glousser en me voyant nue, et puis Manci a regardé dans le tub, s'y est rincé les mains et Sandor l'a imitée. Toujours riant et gloussant, ils sont ressortis de la cuisine en courant. Je me suis penchée en avant et maman a versé de l'eau chaude sur ma tête puis, attrapant le savon dans la paume de la main, elle s'est mise à me frotter vigoureusement le crâne et les cheveux. Après deux savonnages et plusieurs rinçages à l'eau claire, Lilli a versé l'eau vinaigrée du dernier rinçage que maman a réparti soigneusement en me démêlant les cheveux.

– Voilà, tu as retrouvé tes beaux cheveux, soyeux et brillants comme il faut, a dit maman en m'enveloppant la tête dans une serviette.

J'ai mis la robe que Lilli m'avait préparée et je suis allée m'asseoir au jardin. Maman a peigné soigneusement mes longs cheveux et coupé les pointes fourchues. Puis, après une dernière inspection, elle a ouvert le grand portail.

Je suis sortie regarder dans la rue, lentement, des deux côtés. Les trottoirs de ciment étaient étrangement blancs et propres sous le soleil brillant.

– Il n'y a personne.

– Milush et Vali ont dû aller jouer au parc pour avoir de l'ombre. Pourquoi n'irais-tu pas les rejoindre avec Iboya ? a proposé maman.

J'ai secoué la tête : je n'avais pas envie de voir mes amies tout de suite, et je suis rentrée jusqu'à la chambre des enfants où Lilli était en train de ranger mes vêtements.

– Est-ce que vous habitez ici avec nous, Manci et toi ?

– Non, on a toujours l'appartement, mais de temps en temps on reste dormir ici. Pourquoi ? qu'est-ce qui ne va pas ?

– Je me demandais. Ça fait longtemps que je suis partie, ai-je répondu en prenant un air indifférent. J'espérais qu'elle ne le verrait pas, mais j'avais peur que trop de choses aient changé pendant mon absence.

Vers la fin de l'après-midi, j'étais avec Iboya sur la terrasse quand j'ai vu Milush et Vali pousser le portail. Elles revenaient de la rivière et portaient encore leurs costumes de bain. Elles se sont approchées de nous d'un pas hésitant.

– *Szervusz, szervusz*, on est venues voir si tu étais arrivée...

Nous étions lancées dans une grande conversation quand maman est sortie avec une carafe de sirop de framboise.

– Ta maman ne vient pas ? a-t-elle demandé à Vali.

– Je vais la chercher, a répondu Vali, et quelques minutes plus tard, elle nous ramenait Mme Veligan.

– Vous auriez dû venir, madame Davidowitz, il n'y avait presque personne, a dit Mme Veligan en entrant sur la terrasse. Un peu de soleil vous ferait du bien, regardez comme vos filles sont jolies avec leurs visages bronzés. Mon Dieu, Piri ! Que tu es grande ! Lève-toi un peu que je te voie mieux.

Elle nous a mises dos à dos, Vali et moi.

– Regardez, elle a grandi d'une demi-tête. C'est l'air de la campagne, et je parie que ta grand-mère t'a donné des œufs et du lait en veux-tu en voilà. Rien de tel pour faire pousser les enfants. Ici, évidemment, on n'arrive pas à en avoir beaucoup. Ils se font plus rares tous les jours.

Lilli a fermé son livre pour venir se joindre à nous, remorquant à sa suite Manci et Sandor. Maman a servi le sirop et réparti les verres, et je me suis sentie bien, détendue, pour la première fois de toute cette longue journée. J'étais chez moi à Beregszász.

Chapitre 7

Quand, en septembre, l'école a recommencé, la vie a repris sa routine pour Iboya et moi. La politique nous semblait bien loin, et nous étions complètement occupées par nos études et par les travaux et les projets de la maison. Lilli vivait la plupart du temps chez nous ; maman et elle lisaient ensemble le courrier et écrivaient ensemble leurs cartes postales. Je n'avais jamais besoin de demander si elles avaient reçu quelque chose de papa ou de Lajos : leur voix et leur expression me le disaient dès que j'entrais dans la maison. Roszi aussi nous écrivait souvent pour que maman ne s'inquiète pas pour Babi et elle. Et de fréquentes lettres de Molcha me renseignaient sur ses progrès scolaires et les ragots de Komjaty.

L'hiver est arrivé juste avant les vacances de Noël et la neige a recouvert les rues de Beregszász. En classe, le poêle brûlait en permanence et on le remplissait de bois et de charbon pour faire fondre la gelée sur les grandes verrières de la salle. Pendant les vacances, comme je n'avais pas l'école pour me distraire, j'ai ressenti plus fortement l'absence de papa : *Hanoukka*, sans lui, ce n'était pas la même chose. Maman était de mauvaise humeur pendant des jours entiers, elle ne disait plus jamais de sottises pour nous faire rire et ne chantait plus : elle ne nous parlait que quand elle avait quelque chose à nous dire.

Bientôt, on n'a même plus écouté la radio. Les informations avaient été suspendues et ils ne passaient plus que des sermons et des chants de Noël. Maman essayait de respecter quand même le rituel d'*Hanoukka* et, les premiers soirs, elle a allumé les chandeliers et nous a servi les repas de fête comme d'habitude. Mais, sans papa, on ne pouvait pas chanter les chants traditionnels et, bien avant la fin de la période rituelle, nous avions cessé d'allumer les chandeliers et de jouer aux jeux de *dreidel*.

Milush et Vali sont venues nous chercher très tôt la veille de Noël et sont entrées dans la cuisine, toutes rouges de l'excitation de leur jour de fête.

– On vient vous chercher. Les chanteurs de Noël sont déjà au bout de la rue.

Iboya et moi avons regardé maman, mais elle a secoué la tête.

– Non, cette année, on ne peut pas y aller, a commencé à expliquer Iboya, pendant que Milush et Vali échangeaient un regard surpris.

– Notre père n'est pas là, alors…

Mais elles n'ont pas attendu qu'Iboya ait fini sa phrase, elles ont fait demi-tour et sont parties en courant, sans un mot.

J'ai attendu ; j'espérais que les chanteurs s'arrêteraient chez nous comme ils l'avaient fait les années précédentes, en demandant :

– Pouvons-nous prier Jésus ?

Maman les laissait chanter et leur offrait des petits pâtés. Mais cette année ils ne sont pas passés chez nous et, en repensant à tous ces Noël où nous avions été comme tout le monde complètement intégrés aux festivités, j'avais le cœur lourd.

Avec l'hiver, j'ai commencé à m'intéresser davantage à Joli, car maintenant les enfants jouaient dans la cuisine. Elle avait grandi et était devenue plus drôle et plus éveillée ; sa curiosité pour Sandor et Manci, qu'elle observait passionnément, était vraiment amusante à voir. Elle sentait bon le savon, le talc à bébé et le lait, et sa peau était douce comme du velours. Et, quand je la portais dans mes bras, je repensais à Babi et à l'air de reproche qu'elle avait pris pour dire :

– Un nouveau bébé, en ce moment ! Ts ! Ts !

Quand j'ai raconté à maman que Babi trouvait qu'avoir un bébé en temps de guerre n'était pas une bonne idée, maman a pris l'air pensif et a réfléchi un instant avant de répondre :

– Dieu fait parfois les choses d'une étrange façon. Je crois que Joli était exactement ce dont nous avions besoin !

– Maman, ai-je continué, est-ce que tu crois au même Dieu que Babi ?

– Il n'y a qu'un seul Dieu, Piri. Simplement, ta grand-mère croit plus que la plupart d'entre nous.

– Est-ce que tu crois que, si on déchire quelque chose le jour du sabbat, Dieu nous frappera ? J'ai essayé, tu sais, et Il n'a rien fait du tout.

Maman a essayé d'avoir l'air en colère, mais je voyais bien le sourire qui pétillait dans ses yeux verts.

– Tu veux mettre Dieu à l'épreuve ? Je commence à comprendre les inquiétudes de Babi à ton sujet. Et qu'est-ce que tu as fait encore pour tenter Dieu ?

Quand j'ai vu que ça ne semblait pas trop la bouleverser, je lui ai raconté qu'une fois, à Komjaty, alors que les chandelles du sabbat étaient allumées, je suis restée seule dans le jardin pour cueillir une grappe de raisin et la manger, et puis j'ai attendu pour voir ce qui m'arriverait ; je pensais que la treille tout entière allait peut-être me tomber sur la tête et me tuer d'un coup. Mais, au lieu de ça, c'est Roszi qui est sortie me chercher, et elle m'a demandé pourquoi j'avais sursauté en la voyant s'approcher. Quand je lui ai dit ce que j'avais fait, elle m'a expliqué que Dieu avait bien trop à faire pour se préoccuper de toutes les petites choses que je faisais, mais que ça ne voulait pas dire qu'Il ne voyait pas jusqu'à la plus insignifiante. Et, a-t-elle ajouté, si la treille était tombée, elle et Babi auraient été blessées aussi, et elles étaient innocentes.

– Et est-ce que tu as raconté ça à ta grand-mère ?

– Non, jamais, seulement à Roszi.

Juste à ce moment-là, Lilli a ouvert la porte de la cuisine, laissant entrer une violente rafale de vent. Elle avait sous le bras un journal plié et j'ai tout de suite pensé qu'elle avait dû acheter aussi des cigarettes au bureau de tabac : je l'avais vue fumer quelquefois, dans la rue, et je me demandais si maman était au courant.

Lilli a enlevé son manteau et en a secoué la neige avant de le suspendre à la patère.

– Tu veux que je te lise les titres pendant que tu t'occupes du potage ? a-t-elle proposé à maman.

– Non, j'y jetterai un coup d'œil plus tard. Piri, mets donc le couvert pendant que Lilli emmène les enfants se laver les mains. Et appelle Iboya, elle est dans sa chambre.

J'ai compris que toute discussion était terminée pour aujourd'hui.

Un jour, au lieu de rentrer de l'école directement, Iboya et moi, on s'est arrêtées chez Farkas et Földes pour acheter des cahiers et regarder les nouveaux livres de la bibliothèque de prêt. Il faisait presque nuit quand on est arrivées rue Tinodi, et les auréoles jaune vif des grands lampadaires éclairaient notre chemin. La neige craquait sous nos bottes et on a pressé le pas en prenant conscience de l'heure, prévoyant la colère de maman quand elle nous verrait rentrer aussi tard. On arrivait à la petite synagogue, de l'autre côté de la rue Tinodi, quand on a entendu de grands cris et vu plusieurs hommes âgés, leurs châles de prières encore posés sur les épaules, qui s'enfuyaient du temple en courant. Trois jeunes gens, armés de gros bâtons, les poursuivaient en les menaçant.

– Arrêtez ! ai-je crié, arrêtez ou j'appelle la police !

En nous voyant à leur hauteur sur le trottoir d'en face, ils ont hurlé :

– Regardez, encore deux de ces petites Juives, par là !

Et ils ont couru vers nous. Alors on a pris nos jambes à notre cou et, pendant que nos cartables nous battaient dans le dos, on entendait derrière nous les pas lourds des garçons qui nous rattrapaient.

– Chiennes de Juives, on va vous tanner les fesses, vous ne vous en tirerez pas comme ça ! Attrape celle qui a les couettes, celle qui a crié qu'elle allait appeler la police !

Et ils imitaient ma voix.

– A quelle police elle croit aller rapporter, cette idiote ! Comme si ça leur était pas égal qu'on casse la figure à deux ou trois vieux Juifs !

Alors, deux hommes sont sortis de l'ombre au coin d'une rue, et l'un d'eux a interpellé nos poursuivants :

– Hé ! Vous n'avez pas honte de pourchasser deux petites filles !

Ils se sont avancés dans la rue, s'interposant entre nous et les trois garçons, mais Iboya et moi, on a continué à courir sans même jeter un coup d'œil en arrière pour voir comment ils les arrêtaient. Et on ne s'est pas retournées une seule fois jusqu'au portail de la maison – à quatre rues de la petite synagogue. Arrivées là, on a regardé, mais il n'y avait plus personne derrière nous. On est entrées en trombe dans la cuisine, en claquant la porte. Maman, assise dans le fauteuil de la cuisine, berçait Joli au son d'une musique qui venait du salon. En entendant la porte claquer, elle a levé la tête en sursautant et refermé son corsage. La question : « Que s'est-il passé ? » se lisait dans ses yeux avant même qu'elle ouvre la bouche.

D'un même mouvement, Iboya et moi, on s'est adossées en haletant à la porte de la cuisine. Maman s'est levée pour aller déposer Joli dans son berceau, puis elle est revenue vers nous en boutonnant son corsage et elle a demandé :

– Pourquoi êtes-vous tellement essoufflées ?

C'est Iboya qui a parlé la première.

– C'était trois garçons, ils sortaient de la synagogue de la rue Tinodi et ils nous ont poursuivies avec des bâtons, mais il y a deux hommes qui sont sortis d'une cour, là où habitent les Markowitz, et ils se sont mis entre eux et nous, et un des deux leur a crié de s'arrêter.

– Et ensuite, qu'est-ce qui s'est passé ? a interrompu maman.

– On ne sait pas. On a continué à courir sans se retourner jusqu'à la maison, ai-je répondu.

– Mais qui étaient ces garçons ? Pourquoi est-ce qu'ils sortaient de la synagogue avec des bâtons ? Pourquoi vous ont-ils poursuivies ?

– Je ne sais pas s'ils sortaient de la synagogue. Quand on les a vus courir, ils sortaient de la cour, et j'ai aussi entendu un bruit de verre cassé, c'était peut-être les fenêtres. Il faisait déjà nuit et on était de l'autre côté de la rue. Je crois que j'en ai reconnu un : Imre Kurti.

Iboya s'est tue brusquement et s'est laissée tomber lentement sur une des chaises de la cuisine.

– Éteins cette radio ! a crié maman dans la direction du salon, et sa voix avait une rudesse inhabituelle.

Lilli a obéi instantanément et est accourue dans la cuisine. Elle nous a regardées des pieds à la tête, puis s'est approchée et a détaché le cartable que j'avais encore sur le dos.

– Vous n'avez rien ? a-t-elle demandé doucement.

Maman s'est approchée d'elle en murmurant :

– Une agression de vandales contre la synagogue. Dieu sait ce qui a pu se passer. Tu vas dormir ici cette nuit, je ne veux pas que tu rentres seule chez toi avec Manci à cette heure-ci.

Lilli, en entendant ça, est devenue aussi rouge que maman. Elle m'a regardée encore, et elle a dit simplement :

– Enlevons-leur les manteaux.

Je sentais une sueur glacée couler dans mon cou et sous mes bras ; et Iboya aussi respirait encore avec peine. Sandor et Manci, assis sur leurs petits bancs, nous regardaient en nous bombardant de questions mais personne ne savait quoi leur dire. Joli s'est mise à pleurer et Lilli est allée la prendre dans ses bras ; puis elle est revenue s'asseoir avec le bébé sur le petit banc, en face de Manci et Sandor en étirant ses longues jambes devant elle. Elle a posé Joli sur la table basse et s'est mise à lui parler :

– Joli n'aime pas du tout qu'on la laisse seule dans sa chambre, mais pas du tout, elle veut être ici avec

Sandor et Manci. Ça n'est pas amusant d'être tout seul, hein, bébé ?

– Elle doit avoir faim. Je n'ai pas fini de lui donner la tétée, et maintenant, avec tout ça, je ne crois pas que je pourrais, a expliqué maman.

– Elle ne pourrait pas rester manger avec nous, maman ? a demandé Sandor.

– Bien sûr, elle adore manger de la vraie nourriture de grande personne, ça lui plaît même plus que le lait, a continué Lilli.

Maman a pris sur elle pour servir le dîner normalement et on a tous mangé en silence, mais son visage est resté rouge d'émotion pendant toute la durée du repas.

Un peu plus tard, pendant qu'elle faisait la vaisselle avec Lilli et que j'étais dans la chambre avec Iboya, j'ai entendu maman parler d'une voix dure :

– Ma mère avait raison, j'aurais dû essayer d'envoyer les filles en Amérique. Il est peut-être encore temps. Je vais essayer de me renseigner pour voir s'il y a encore une chance. Je ne sais pas quoi faire pour Etu. D'après sa dernière lettre elle n'a pas du tout l'intention d'abandonner son école pour rentrer de Budapest comme je le lui ai demandé. Je ne comprends pas pourquoi toutes mes filles sont aussi entêtées.

Lilli a répondu à voix trop basse pour que je l'entende, et ensuite il n'y a plus eu que le bruit de la vaisselle.

Cette nuit-là, Iboya et moi, on a dormi bien blotties l'une contre l'autre.

Chapitre 8

Quelques jours après, en rentrant de l'école, nous avons trouvé Lilli seule dans la cuisine. Au moment même où on demandait en chœur : « Où est maman ? » la porte s'est ouverte pour la laisser passer. Elle portait sa plus belle robe. Elle a enlevé son manteau, l'a tendu à Iboya, s'est assise lourdement sur une des chaises de la cuisine et a commencé :

– J'ai usé mes souliers à aller sonner à toutes les portes où on m'avait dit que je pourrais obtenir des visas pour vous envoyer en Amérique. Les gens ne savent pas de quoi ils parlent. Il n'y a pas moyen d'avoir une place de bateau. Il n'y en a pas, un point c'est tout. D'abord il y a les Américains qui rentrent tous avec leurs familles ; ensuite, tous les gens qui ont déjà leur visa et qui ont réservé leurs places. Tout ce que je peux vous dire, mes enfants, c'est que j'ai tout essayé. J'ai discuté, j'ai supplié, j'ai crié, j'ai même essayé la corruption. Ça n'a impressionné absolument personne, c'est à peine s'ils m'écoutaient, ils ont déjà dû entendre tout ça je ne sais combien de fois. Il faut voir les queues de gens qui attendent patiemment d'être reçus par les fonctionnaires américains, des femmes avec leurs bébés dans les bras, chacun avec une histoire à raconter et personne pour les écouter. Un employé m'a même dit : « Écoutez, madame, si j'avais la moindre influence, je serais déjà moi-même sur un bateau en route pour l'Amérique. Vous croyez que ça me plaît, ce qui se passe ici ? »

Maman s'est penchée pour ramasser son sac, elle en a sorti une grosse enveloppe et j'ai pu voir qu'elle était pleine à craquer de billets de banque que Babi avait envoyés pour payer notre voyage.

– Je vais devoir essayer de renvoyer ça à ma mère. Peut-être qu'elle pourra racheter une partie de la terre qu'elle a vendue. Aussi loin que je me souvienne, cette terre a toujours été à elle. Et ce n'est pas la pluie qui a fait fructifier ces champs, c'est son amour infatigable, infini. Elle ne pourra jamais comprendre que cette terre ne puisse pas payer un billet pour l'Amérique à ses petites-filles.

Nous attendions toutes, en silence, qu'elle ait fini, en espérant qu'elle se sentirait mieux quand elle nous aurait tout raconté. Cela ne lui ressemblait pas d'être bouleversée à ce point. D'habitude, elle ne se laissait pas affecter par les déceptions. « Toi, tu rebondis comme une balle de caoutchouc, lui disait toujours papa. Aucun coup ne peut t'abattre plus de dix minutes. » Mais, cette fois-ci, elle était abattue. Elle restait assise, à regarder fixement dans le vide, jusqu'à ce que Joli se mette à pleurer. Alors elle s'est levée en sursaut, faisant un effort pour se reprendre.

– Qui sait, c'est peut-être mieux comme ça, après tout ! Sans mes filles de quoi aurait l'air cette maison ?

Le printemps de 41 aussi a apporté quelques changements à notre routine scolaire. Au lieu de jouer pendant les récréations nous devions maintenant faire de l'exercice et de la gymnastique comme des petits soldats. Il a fallu nous acheter des shorts bleu marine et des chemisettes blanches ; on nous a donné des baguettes et des cerceaux de bois et il a fallu apprendre à faire des exercices avec. On a appris à faire des bonds, à sauter à travers les cerceaux et à utiliser les bâtons comme des épées dans des exercices d'escrime. J'étais dans le même groupe qu'Ica Molnar et on a commencé à aller et revenir ensemble de l'école. Mais on avait cessé, depuis mon séjour à Komjaty, de se raconter tous nos secrets. Les parents d'Ica et les miens avaient été de bons amis et se rendaient souvent visite pour bavarder. Mais depuis mon retour de Komjaty, j'avais seulement vu nos mères échanger de vagues saluts quand elles se rencontraient dans la rue. Ica et moi, on avait senti tout de suite qu'il y avait de nouvelles limites qui nous éloignaient l'une de l'autre.

Juste avant *Pessah,* maman et Lilli ont reçu les premières lettres des hommes en presque deux mois. La lettre de papa a eu l'air de faire du bien à maman, de la sortir de sa dépression et elle l'a relue cent fois de suite en pleurant.

– De quand date ta lettre ? a demandé Lilli.

– Presque trois semaines.

– Celle de Lajos a été envoyée il y a presque un mois ! s'est exclamé Lilli.

Elles se sont souri, d'un sourire qui rayonnait malgré leurs larmes, et puis elles ont échangé leurs lettres.

La première semaine de juin, nous avons eu une visite surprise d'une femme à peu près de l'âge de maman, accompagnée d'une fille de mon âge et d'un petit garçon de six ou sept ans. Elle s'est présentée comme Mme Gerber et, pendant que maman la conduisait au salon, elle a expliqué que son mari lui avait écrit qu'il était dans le même bataillon que papa.

– Il m'a demandé de venir vous voir, de telle sorte que, si l'une de nous deux reçoit une lettre et pas l'autre, nous puissions échanger des nouvelles, et rester en contact, a-t-elle précisé en s'asseyant sur le divan.

Maman nous a présentées à Mme Gerber, et elle, à son tour, nous a présenté Judi et Pali. Les deux femmes ont bavardé un moment, échangeant toutes les informations qu'elles avaient reçues de leurs maris au cours des mois précédents. Puis maman est allée à la cuisine chercher du thé et les gâteaux réservés pour les grandes occasions. Elle pouvait enfin recevoir de nouveau, elle qui adorait ça, et elle parlait de papa sans s'arrêter. Mme Gerber nous a invitées à venir chez elle le samedi suivant.

– J'ai un cerisier plein de cerises, et il sera temps de les cueillir.

C'est ainsi que nous sommes toutes allées chez les Gerber le samedi suivant. Judi m'a emmenée cueillir des cerises pour tout le monde en grimpant dans l'arbre avec un panier.

– Tu te rends compte qu'on est en train de cueillir des cerises un jour de sabbat et que ça n'a l'air de choquer personne, ai-je fait remarquer.

– Nous ne sommes pas pratiquants, a répondu Judi. Dans ma famille on ne s'inquiète pas pour les traditions et les jours fériés, on est Juifs de naissance, c'est tout.

A partir de ce samedi-là, Judi et moi on est devenues amies. Dans la cour de récréation on se retrouvait pour bavarder ensemble. Judi n'avait pas beaucoup d'amies, les autres filles la trouvaient bizarre et distante, mais dès qu'on la connaissait un peu on se rendait compte que ce n'était pas vrai.

– C'est drôle qu'on n'ait jamais parlé avant, lui ai-je dit un jour.

– Tu étais toujours avec tes amies.

– On n'est plus tellement amies maintenant. Je me sens bien plus proche de toi.

Judi était arrivée de Budapest quand l'entreprise où travaillait son père l'avait muté à Beregszász, avant qu'il soit rappelé à l'armée. Elle m'a prêté quelques-uns de ses livres de classe de Budapest et m'a raconté que son école était une école progressiste où les élèves discutaient toutes sortes d'idées et où il n'y avait pas de routine rigide.

J'ai raconté à Iboya certaines des choses que disait Judi.

– N'adopte pas trop ses idées, a répondu Iboya, ou bien tu finiras par être aussi isolée qu'elle.

Maman et Mme Gerber ont continué de se rendre visite et elles parlaient souvent de Budapest.

– Ma fille Etu est là-bas, au Gymnasium, a raconté maman à Mme Gerber, un après-midi où elles étaient ensemble dans notre jardin. Je lui ai demandé de rentrer à Beregszász mais elle veut absolument finir son année scolaire.

– Ne l'obligez pas à revenir ici, a répliqué Mme Gerber. Elle sera bien mieux là-bas en cas d'urgence. Les conflits sont moins graves dans les grandes villes, les gens ne se laissent pas aussi facilement influencer par la propagande. Et puis, qu'est-ce qu'elle ferait ici ? J'aimerais bien être encore à Budapest ; nous allions à l'opéra et au théâtre et nous avions des amis merveilleux, là-bas.

– Oui, a dit maman. J'y ai vécu quelque temps, quand j'étais toute jeune ; j'habitais chez une de mes sœurs, qui depuis est partie en Amérique. Comme j'aimais le théâtre ! C'est ce qui m'a le plus manqué quand je suis venue ici. Mais que tout cela est loin, il y a tellement, tellement longtemps...

– Mais elle sait encore par cœur toutes les pièces qu'elle a vues, a dit Lilli. Maman aurait fait une bonne actrice, il faut que vous la voyiez jouer certains des rôles, elle est étonnante.

Puis la conversation de maman et de Mme Gerber est tombée sur le rationnement des aliments, et Lilli, en s'excusant, est sortie pour aller au bureau de tabac. Elle est revenue avec un journal et a montré la première page à maman et à Mme Gerber. Les titres avaient le double de leur taille habituelle : LA HONGRIE SE JOINT A L'ALLEMAGNE POUR ENVAHIR LA RUSSIE. Judi et moi, on a abandonné l'ombre du marronnier pour venir lire par-dessus l'épaule de nos mères.

– C'est une chance pour nous que M. Kovacs ait plus de quarante ans, a remarqué maman, il pourra continuer à s'occuper du magasin. Sans lui, nous n'aurions plus aucune rentrée régulière d'argent.

– Avec cette mobilisation générale, il ne va plus rester aucun homme, a commenté Mme Gerber. Hitler a finalement réclamé son salaire pour avoir aidé les Hongrois à reprendre la Ruthénie et les territoires tchécoslovaques et ukrainiens. Et maintenant il va faire de la Hongrie un pays de vieillards, de femmes et d'enfants.

Chapitre 9

En septembre, je suis entrée en cinquième. On avait maintenant deux heures de gymnastique par jour.

– Si ça continue, tu n'auras bientôt plus le temps de rien apprendre, m'a dit maman quand je lui en ai parlé.

– Ils les entraînent pour l'armée ! a dit Lilli.

– Ne parle pas de malheur, a répliqué maman instantanément.

Iboya est entrée dans une section de la Croix-Rouge chargée de la sécurité de la rue. Ils participaient aux exercices de couvre-feu en inspectant les fenêtres une par une et apprenaient aussi des rudiments de secourisme.

Vers la fin du mois, nous avons reçu une carte postale de papa qui disait que sa compagnie était transférée et passerait par Beregszász, aux environs du 6 octobre. Mme Gerber est venue nous voir avec une lettre de son mari qui disait la même chose. Les jours suivants, maman et elle ont tiré autant qu'elles ont pu sur leurs rations et acheté toute la farine, le beurre, les œufs et le sucre qu'elles ont pu obtenir. Elles nous ont fait cueillir jusqu'à la dernière châtaigne du châtaignier, et on a pelé des châtaignes jusqu'à avoir les mains complètement teintes en noir. Mme Gerber et maman, assises sur la terrasse, cassaient les coques dures des fruits et pilaient la chair encore tendre et laiteuse : pas le temps de les laisser sécher.

Lilli était plus affairée que je ne l'avais jamais vue... Elle roulait des *strudel* et les farcissait de noix et de sucre, et râpait des zestes de citron du matin au soir. Puis maman a empilé les bûches dans le four à pain, l'a allumé et, une fois le bois réduit en braises, a rempli le four de toutes les pâtisseries qu'elles avaient préparées.

Le 6 octobre, à l'aube, nos deux familles sont allées ensemble à la gare principale, à l'autre bout de Beregszász, et là, assises sur les bancs au milieu de nos paniers, nous avons attendu le passage du train qui amènerait papa et sa compagnie. Maman sautait sur ses pieds à chaque fois qu'un train entrait en gare, parlait à tous les chauffeurs et à tous les employés pour essayer d'obtenir des bribes d'information, mais personne ne savait rien. A la nuit tombante, Lilli, Iboya, Judi et moi, nous avons ramené les enfants à la maison, laissant maman et Mme Gerber continuer leur veille et se relayer pour dormir et surveiller les paniers. Le lendemain matin, quand on leur a apporté le petit déjeuner à la gare, elles avaient l'air fatigué mais elles ont refusé énergiquement de rentrer se rafraîchir à la maison et de nous laisser les remplacer.

Nous avons vécu de même les trois jours suivants, entre la gare et la maison jusqu'à ce que finalement maman et Mme Gerber, la mort dans l'âme, se laissent convaincre de rentrer chez elles par les officiers responsables des transports.

La nuit d'après on était déjà tous au lit quand maman a été réveillée par un coup frappé à sa fenêtre. Le temps qu'elle enfile sa robe de chambre, papa frappait déjà aux carreaux de la chambre d'amis et réveillait Lilli et Manci. Bientôt, nous fûmes tous réunis autour de lui. Maman a soulevé Joli à bout de bras pour qu'elle puisse voir son père pour la première fois et, malgré l'heure et la confusion, Joli a eu l'air de comprendre que c'était son heure de gloire : maman l'a passée à papa et elle s'est pelotonnée dans ses bras, frottant son petit visage contre son menton piquant. Sandor, qui voulait qu'on le porte aussi, s'est mis à appeler « papa, papa » pour attirer l'attention de son père. Alors papa, portant toujours Joli, s'est assis sur le divan, à côté de Manci qui suçait sa chemise de nuit silencieusement, à moitié endormie, et Sandor a grimpé sur ses genoux. Iboya et moi, on s'est approchées timidement, attendant notre tour.

Maman était maintenant bien réveillée, et pleine d'inquiétude.

– Tu t'es échappé ? Qu'est-ce qui va t'arriver ? Tu dois avoir faim ! Sais-tu où ils t'envoient ? Comment va M. Gerber ?

Papa a souri en répondant d'abord à la dernière question :

– J'ai laissé M. Gerber aux commandes. Rise, ne t'inquiète pas. On ne sait pas exactement où on va, mais ça pourrait être le front russe. Est-ce que tu as l'adresse de mon frère Srul, à tout hasard ?

– Bien sûr. Sois prudent, Ignac. Je veux te revoir à la maison.

– Vous vous en tirez comment, les enfants et toi ?

– Pas de problème. M. Kovacs est généreux avec nous, il nous donne de quoi vivre sans difficulté.

– Est-ce que tu reçois le chèque de ma solde ?

J'ai vu une question pointer dans le regard de maman, mais tout de suite elle a repris son sourire pour répondre sans hésiter :

– Oui, pas de problème, on s'en sort très bien.

– Ça ne durera plus très longtemps. Les Russes sont très forts, a dit papa. Et, d'ailleurs, même si on était faits prisonniers par les Russes, je suis sûr que ça vaudrait mieux pour nous qu'un succès d'Hitler.

Tout en parlant avec maman, il nous a embrassés à tour de rôle et s'est levé. Puis il a embrassé maman, l'a serrée très fort et, pour une fois, elle ne l'a pas repoussé en disant : « Ignac, les enfants ! » Elle est restée immobile, tout près de lui, quelques secondes, et puis elle s'est écartée.

– Tu ne peux pas rester plus longtemps.

Lilli a descendu les marches et s'est jetée dans ses bras en poussant un cri : « Oh, Ignac », et j'ai compris, en la voyant l'embrasser sans cacher ses larmes, qu'elle aimait papa d'une façon différente, comme une grande personne – pas à la façon de maman, mais pas non plus comme nous. Ils étaient plutôt comme des amis très proches.

– Est-ce que tu crois que Lajos va partir aussi ? a-t-elle demandé en s'écartant de lui.

– Non, Lilli, je crois qu'ils ont oublié qu'il est Juif. Un peu de chance et bientôt nous serons de retour. Prends soin de ta mère.

Maman attendait, avec les paniers à ses pieds. Papa a secoué le contenu de sa musette sur le divan – quelques tranches de *zwieback* tout desséché – et l'a remplie de *strudel.*

– Maintenant, il faut vraiment que j'y aille.

On l'a tous raccompagné jusqu'au portail de la rue, et là, on les a regardés, maman et lui, s'embrasser une dernière fois. Puis il est parti.

Lentement, maman s'est retournée. Ses joues brillaient de larmes mais sa voix était ferme quand elle nous a dit d'aller tous nous recoucher. Elle a pris dans ses bras Joli qui répétait toujours « papa, papa », et l'a emportée sans se retourner vers nous une seule fois. Cette brusquerie était si inhabituelle que, stupéfaits, on est allés se recoucher sans dire un mot.

Chapitre 10

Un jour de la fin d'octobre, alors que je rentrais de l'école, une femme qui portait un bébé dans les bras s'est approchée de moi et m'a demandé d'une voix tremblante :

– Est-ce que tu parles yiddish ?

J'ai fait signe que oui.

– Je me suis enfuie de Slovaquie, et nous avons faim. Pourrais-tu nous mener à un foyer juif ?

– Suivez-moi, je rentre à la maison, et je suis sûre que maman vous donnera quelque chose à manger, ai-je répondu en yiddish.

La femme m'a suivie en rasant les murs. Quand nous sommes entrées dans la cuisine, j'ai commencé à expliquer à maman, mais elle m'a écartée sans me laisser finir et a sorti l'enfant du lourd châle noir noué sur les épaules de la femme.

– Ce bébé a besoin de boire, a-t-elle dit en le berçant sur un bras pendant qu'elle lui tendait, de sa main libre, un petit bol d'eau et lui en faisait glisser un peu dans la bouche.

Lilli a versé dans une assiette quelques louches de la soupe de légumes qui mijotait sur le fourneau et l'a posée sur la table.

– Dieu vous bénisse, gentille dame, a dit la Slovaque en yiddish, tout en s'asseyant. Puis elle commença à avaler goulûment la soupe fumante.

Maman a demandé à Lilli de remplir une cuvette d'eau pour donner un bain au bébé, et nous avons regardé l'enfant reprendre vie dans la tiédeur du bain et éclabousser joyeusement en agitant les pieds. Puis maman a sorti le bébé de l'eau, l'a enveloppé dans une serviette et l'a emporté dans la chambre des enfants.

Alors la femme a commencé à parler :

– Je n'ai rien pu emporter, j'ai eu juste le temps de m'enfuir.

– Où allaient-ils vous envoyer ? a demandé Lilli.

– Seul Dieu Tout-Puissant le sait, et j'espère qu'Il garde mémoire de ce qui est en train de se passer ici.

– Piri, m'a dit maman en revenant dans la cuisine, tu vas emmener cette femme et son bébé chez Mme Silverman. Tu sais où elle habite ?

– Oui.

Maman avait habillé le bébé d'une vieille robe de Joli et tenait un paquet de layette et de langes qui avaient servi à Joli pendant ses premiers mois. Elle a rendu l'enfant à sa mère, en disant :

– Il faut que vous partiez, mais je vous envoie dans une maison où vous serez en sécurité pour quelque temps. C'est un foyer que quelques membres de notre communauté ont organisé. Ma fille va vous conduire. Enlevez ce foulard de votre tête et essayez de ne pas avoir l'air juive. Je vais vous donner un chapeau.

La femme a pris congé, émue, et nous a couvertes de bénédictions, puis on est sorties ensemble. Maman nous a accompagnées jusqu'au portail, a vérifié que personne ne regardait et m'a fait ses dernières recommandations.

– Tu marcheras devant, Piri, et si quelqu'un l'arrête, continue d'avancer. Tu ne les connais pas. Dès que tu l'auras laissée chez Mme Silverman, tu reviendras à la maison directement. Tu as compris ?

– Oui, Anyuka.

Je me suis mise à marcher d'un pas normal, quelques mètres en avant des deux fugitifs. Personne ne nous a remarqués et bientôt je suis arrivée devant la porte de Mme Silverman, toujours suivie de la femme avec son bébé. J'ai hésité une seconde puis j'ai tiré la sonnette. Mme Silverman est apparue presque aussitôt et a ouvert la porte juste assez pour me laisser le passage. J'ai commencé à lui expliquer la raison de ma venue mais elle m'a interrompue :

– Ne perdons pas de temps, petite. Qu'est-ce qu'il y a ?

Alors je me suis tue et j'ai simplement fait signe à la femme d'avancer. Dès qu'elle a été assez près, Mme Silverman l'a fait entrer dans son jardin et s'est penchée par la grille pour regarder des deux côtés de la rue et s'assurer que personne n'avait rien vu. Puis elle m'a poussée dehors.

– Tu n'es jamais venue ici, m'a-t-elle dit en guise d'au revoir, et j'ai repris le chemin de la maison aussi vite que j'ai pu.

– Tout s'est bien passé ? a demandé maman en se retournant pour me regarder entrer dans la cuisine.

– Oui, ça y est. Qu'est-ce que Mme Silverman fait d'eux ? Est-ce qu'elle cache des gens chez elle ?

– La Hongrie est le dernier endroit où ils peuvent fuir, Piri, le dernier refuge. Tu n'as pas de devoirs à faire ?

J'ai compris que maman était mêlée à des choses que j'ignorais complètement et, encore une fois, elle m'a rappelé Babi. Pour ça aussi, elles étaient pareilles : quand elles changeaient de sujet, la discussion était terminée.

Mais je n'arrivais pas à oublier cette femme affamée et son bébé et, parfois, quand j'y pensais ou quand je rêvais d'eux, le visage de la femme se transformait et devenait celui de Lilli ou de maman.

Les semaines suivantes, j'ai rencontré d'autres fugitifs dans les rues de Beregszász. J'ai vite appris à les reconnaître de loin. La plupart étaient des femmes, jeunes ou vieilles, mais à leur façon de marcher, on voyait au premier coup d'œil que c'était des réfugiées. Elles se faisaient toutes petites, voûtées, comme si elles cherchaient à se rouler en boule. Elles marchaient vite mais, de temps en temps, elles s'arrêtaient quelques secondes en hésitant, scrutant les environs. Parfois elles s'approchaient pour me demander de l'aide, et d'autres fois c'est moi qui allais leur dire doucement en yiddish :

– Suivez-moi à dix pas de distance, je vais vous conduire à un refuge où vous serez en sécurité.

Je ne les amenais plus à la maison, je les guidais directement jusque chez Mme Silverman. Elle ne me demandait plus ce que je voulais quand elle me trouvait devant sa porte, elle se penchait simplement pour faire signe à la fugitive qui me suivait tout en jetant un coup d'œil rapide dans la rue, puis elle me poussait dehors en murmurant : « Sois prudente. »

Un jour, Iboya était avec moi quand nous avons rencontré un garçon d'à peu près dix-sept ans qui était visiblement en fuite. Je me suis approchée et lui ai murmuré en yiddish les phrases que j'avais déjà adressées à tant d'autres réfugiés mais, au lieu de se mettre à me suivre, le jeune homme m'a attrapée par le bras, ses épaules voûtées se sont détendues d'un coup et il s'est lancé dans un flot de phrases en yiddish. Iboya nous a rejoints et on a commencé à marcher tous les trois, côte à côte.

– Maman m'a dit de ne pas leur parler, de me contenter de les guider, ai-je protesté.

– Ça ne fait rien, a répondu Iboya, si quelqu'un nous arrête on dira que c'est un ami et d'ailleurs, si on se conduit naturellement, personne ne fera attention à nous.

Le jeune homme parlait en yiddish sans s'arrêter et nous a expliqué ce qui lui était arrivé, à lui et à tous les autres Juifs rassemblés à Bratislava. Ça l'étonnait qu'on n'ait même pas entendu parler des nouvelles lois antijuives édictées en Slovaquie, qui définissaient qui était Juif et qui ne l'était pas.

– Ils se sont mis à parquer tous les Juifs de Slovaquie comme du bétail, nous a-t-il expliqué.

– Qui ça, ils ?

– Les Gardes Hlinka : c'est des Slovaques engagés volontaires dans les SS et la Gestapo, la police secrète d'Hitler. Il y en a même qui étaient nos amis avant, mais la Gestapo leur a donné des bottes et un uniforme, leur a bourré le crâne et ils se sentent les rois. Il y en a qui ne sont même pas capables d'écrire leur propre nom... Il a soupiré, avant de reprendre : En tout cas, rien qu'à Bratislava, ils ont parqué au moins un millier d'entre nous depuis que les nouvelles lois ont été publiées.

– Mais qu'est-ce qu'elles disent, ces nouvelles lois ? ai-je encore demandé.

– Que les Juifs sont des apatrides si leur famille n'est pas résidente depuis au moins 1868. Ils nous chassent sans arrêt d'un endroit à l'autre et ensuite ils exigent qu'on démontre qu'on a vécu quelque part pendant plus de soixante-dix ans...

– Mais ces Juifs apatrides qu'ils concentrent, où ils les emmènent ?

– Vers les territoires occupés par l'Allemagne.

– Et là, qu'est-ce qu'ils vont en faire ?

– Je ne sais pas au juste. On raconte des choses terribles, sur des camps de travail forcé, sur des massacres. Comment savoir la vérité ? Ce sont des Allemands, ils sont capables de n'importe quoi contre les Juifs.

En arrivant à la grand-rue, Iboya a demandé au

jeune homme, qui s'appelait Jonathan, de baisser la voix.

– Il y a trop de monde dans cette rue, a-t-elle expliqué.

En arrivant près de chez Mme Silverman, je suis partie devant, sonner à sa porte.

– Alors c'est encore toi, a dit Mme Silverman en se rejetant dans le jardin après m'avoir ouvert.

J'ai fait signe à Jonathan d'entrer. Il a murmuré « merci » en se glissant en toute hâte par le portail ouvert, et nous sommes rentrées à la maison, Iboya et moi, sans dire un mot.

Un après-midi, la veille de *Simhat Torah,* je suis rentrée à la maison pour célébrer la fête avec ma famille. En me voyant entrer, maman a sorti une carte postale de la poche de son tablier et me l'a tendue en disant :

– Ton père a pu rejoindre son train sans être pris. Il est vivant, a-t-elle ajouté avec un soupir.

La carte ne portait que quelques lignes : « Tout va bien pour moi et mes hommes. Vous me manquez, toi et les enfants. Pas d'adresse pour quelque temps, nous serons en déplacement constant. Je t'embrasse de tout mon cœur, Ignac. »

– Ils doivent être presque en Russie, a commenté maman.

Mme Gerber, Judi et Pali sont arrivés juste au moment où Lilli et maman finissaient de préparer une fournée de beignets concoctés à partir d'un mélange de farine et de potiron bouilli.

– Quel plaisir de vous voir, a dit maman en faisant entrer les Gerber, nous allions juste commencer le repas rituel.

Mme Gerber a sorti de son sac une carte postale et l'a tendue à maman qui lui a souri après l'avoir lue :

– Chère Charlotte, juste à temps pour célébrer ce jour de fête. Dieu ne nous a pas tout à fait oubliés.

Et tout en lui rendant la carte, maman a poussé le plat de beignets vers les Gerber qui s'asseyaient autour de la table de la cuisine déjà surpeuplée.

– Attention, ils sont très chauds au milieu.

– Mais ils sont délicieux ! s'est exclamée Mme Gerber en mordant précautionneusement dans la pâte croquante. Comment les faites-vous ?

– J'ai allongé la farine avec toutes sortes de trucs que m'a appris ma mère. Pour ces beignets-ci, j'ai mélangé du potiron écrasé. Mais il m'arrive aussi d'utiliser des pommes de terre, de la courge ou des carottes ; ça dépend de ce que j'ai sous la main au moment de faire la pâte.

– Une fois, Babi a fait des boulettes de poisson sans poisson, ai-je commencé à raconter. Elle avait préparé tous les ingrédients et attendait que Michael lui apporte ce qu'il aurait pêché. Mais il tardait tellement qu'elle n'a pas voulu attendre. Je me souviens qu'elle a dit : « Avec ou sans poisson, il faut que je finisse de préparer le sabbat. » Et elle s'est mise à mélanger tous les autres ingrédients, elle a fait les boulettes et elle les a fait cuire dans le bouillon comme d'habitude. Je lui ai demandé : « Mais, Babi, comment tu peux faire des boulettes de poisson sans poisson ? » et elle m'a répondu : « Exactement comme je les fais avec du poisson. » Et ce qui m'a le plus étonnée, c'est qu'elles avaient tout à fait le même goût que des vraies boulettes de poisson.

– Vous voyez, Charlotte, j'ai été à bonne école ! a commenté maman en riant.

– Comment va votre mère ? a demandé Mme Gerber.

– Roszi écrit régulièrement et elle dit qu'elles arrivent à se débrouiller. Ma mère nous envoie tout ce qu'elle peut mettre de côté.

– Je me demande si les frères Stern pourront continuer longtemps à nous apporter des paniers de vivres de Komjaty, a dit Lilli. C'est vrai qu'ils ressemblent à des paysans ukrainiens, ça les aide à passer sans se faire prendre. Et puis c'est avec le marché noir qu'ils font vivre toute leur famille. Mais quand même...

Quand Roszi nous écrivait que l'un des frères Stern allait venir à Beregszász, c'est en général moi qui allais à la gare pour l'attendre. La première fois que maman m'a confié cette mission, c'était en été, et elle m'a dit que, si quelqu'un me demandait qui m'avait donné le panier, je devais répondre que l'homme était remonté aussitôt dans le train et que je ne l'avais pas bien vu.

– Pourquoi est-ce que tu n'envoies pas plutôt Iboya ? ai-je demandé, apeurée.

– Parce que tu es plus jeune et plus petite, on te remarquera moins.

Quand le train de 7 h 30 de Komjaty est arrivé ce

matin-là, j'avais une peur bleue et le cœur battant. Shimi Stern est descendu du train parmi les premiers, il m'a vue tout de suite et a déposé ses paquets, en se courbant dessus comme s'il cherchait quelque chose. Dès que je me suis approchée, il s'est redressé et éloigné, laissant un des paniers par terre. Je l'ai ramassé et il est passé devant moi sans regarder, comme s'il ne me connaissait pas. Le panier était très lourd et il y avait une veste d'homme en tweed, pliée en travers de la poignée, qui cachait le contenu. J'ai passé le panier à mon bras droit, en l'appuyant sur ma hanche pour répartir le poids, et je suis rentrée à la maison. Maman m'attendait devant le portail, elle a pris le panier et nous sommes rentrées ensemble dans la cuisine. Après avoir accroché la veste dans la penderie de papa, elle a vidé le contenu sur la table : des cruches pleines de *lekvár*, de confiture de framboises et de jaunes d'œuf, un petit sac d'orge et un autre de pois secs.

Après cette première fois, c'est devenu un jeu pour moi d'aller attendre le train, toutes les deux ou trois semaines. Mais la remarque de Lilli sur le risque que couraient les frères Stern s'est révélée prophétique. Quelques jours après la visite des Gerber, en rentrant de l'école, j'ai trouvé Shimi à la maison, en uniforme gris de prisonnier, assis sur la terrasse à côté d'un policier et tous les deux très occupés à engloutir une assiette de soupe. Maman était debout derrière eux, sur le seuil de la cuisine.

– Viens, Piri, tu dois avoir faim. Je vais te servir aussi, a dit maman d'un air détaché pendant que j'entrais dans la cuisine. Ne pose aucune question, m'a-t-elle murmuré en me tendant une assiette de purée de pommes de terre couverte de sauce d'abattis de poulet.

Nous sommes retournées toutes les deux sur la terrasse et je me suis assise à côté des deux hommes. Shimi a levé les yeux de son assiette vide en souriant.

– Comment va notre écolière ?

– Tu es en prison ? La question m'avait échappé avant que j'aie eu le temps de réfléchir.

– Oui, Piri. Je vais devoir attendre d'être jugé. Mais ils m'ont permis de rendre visite à ta mère pour manger un peu de sa délicieuse cuisine.

J'allais poser une autre question quand je me suis souvenue de l'avertissement de maman et je me suis contentée de hocher la tête et de manger mes pommes de terre en silence, non sans remarquer qu'il y avait des morceaux de poulet dans l'assiette du policier. Quand celui-ci a eu fini de saucer son assiette, il s'est levé et a fait signe à Shimi d'en faire autant. Il lui a passé les menottes, ils ont tous les deux remercié maman et le policier a emmené Shimi. Dès qu'ils sont sortis du jardin, Lilli est arrivée de l'arrière-cour.

– Qu'est-ce que tu crois qu'ils vont lui faire ? a-t-elle demandé à maman.

– Ils vont sûrement le relâcher. Ils ne peuvent pas arrêter tous les gens qui ont quelques bons de rationnement de trop.

– S'ils m'attrapaient avec un des paniers, ils m'auraient aussi emmenée en prison ?

– Non, mais, par contre, j'ai bien l'impression que ce policier n'aurait pas été mécontent d'emmener ta sœur Lilli en prison.

Et maman et Lilli se sont mises à rire ensemble, de leur rire de grandes personnes.

– Pourquoi as-tu donné de la viande au policier ? ai-je encore demandé, un petit peu jalouse.

– Pour lui donner envie de ramener Shimi nous rendre visite une autre fois.

Shimi est revenu quelques jours plus tard mais, cette fois, seul.

– Comment es-tu sorti ? a demandé maman.

– Je les ai convaincus.

– Il faut que tu arrêtes, Shimi, a dit maman.

– Et qu'est-ce que je ferai ? C'est le seul moyen qui me reste pour gagner ma vie.

Il a demandé sa veste en tweed. Maman a posé devant lui une assiette de soupe et m'a dit d'aller chercher la veste dans le placard de papa. Quand je l'ai rapportée et tendue à Shimi il a demandé une paire de ciseaux, et je suis allée en chercher une dans le panier à couture de maman. Alors il s'est mis à découdre la doublure d'une des manches. Il a enlevé le rembourrage d'une épaulette et, après un coup d'œil circulaire pour s'assurer de notre attention, il a appelé Lilli :

– Toi qui es une vraie passionnée de pâtisserie, qu'est-ce que tu dirais de quelques bons de farine ?

Lilli est entrée dans la cuisine pendant que Shimi ouvrait l'épaulette, découvrant les petits coupons bleu et blanc.

– Voyons, combien en veux-tu ? Dix kilos ?

Maman en avait le souffle coupé.

– Voyons, Shimi, tu ne peux pas te permettre d'être si généreux.

Mais Shimi s'est contenté de rire et de me montrer du doigt :

– Tu les as gagnés en apportant la veste jusqu'ici.

– Je tiens à te payer le prix normal, a insisté maman.

– Tu me l'as déjà payé au centuple, Rise.

Alors Lilli a pris les coupons, les a pliés et glissés dans la couverture d'un livre, et elle a posé un baiser sur la joue de Shimi.

Pendant tout l'hiver, ce supplément de farine a été une véritable bénédiction et, tous les jours, au moment de manger, on pensait à Shimi avec reconnaissance.

— Vous avez entendu ce qu'a dit [illegible] ? dit Lili.
Maman [illegible] le [illegible] rouge.

— Voyons, Lili, [illegible] pas te permettre d'être si [illegible].

Mais Simon [illegible] tout le [illegible] du [illegible].

[illegible] jusqu'ici.

— [illegible]

— Tu [illegible] déjà [illegible] magique ?

Alors Lili a pris les coupures et les a glissées dans la couverture d'un livre, et elle a posé un baiser sur la joue de Simon.

Personne [illegible] de larmes [illegible] au moment de manger, on [illegible] à Simon [illegible].

Chapitre 11

Iboya passait maintenant de plus en plus de temps hors de la maison. Elle allait aux réunions de la Croix-Rouge et, après les réunions, restait discuter avec les autres jeunes. Je regrettais de ne plus l'avoir près de moi le soir pendant que je faisais mes devoirs.

Un jour en allant à l'école Iboya m'a confié que, parfois, quand on la croyait à des réunions de la Croix-Rouge, elle allait en réalité avec notre tante Lujza, aux réunions du Club sioniste. Elle m'a demandé si je voulais l'y accompagner. Ça me tentait beaucoup, mais je n'aimais guère mentir à maman ; je savais qu'elle ne serait pas d'accord, que le travail du Club sioniste lui paraissait trop dangereux pour nous.

– Je vais y réfléchir, ai-je répondu simplement.

– On dira à maman qu'on va au cinéma, a continué Iboya faisant comme si j'avais accepté, et je n'ai rien dit.

Quelques jours plus tard, Iboya a dit à maman, effectivement, qu'elle m'emmenait voir *le Petit Colonel* avec Shirley Temple. On est sorties ensemble et elle m'a menée jusqu'au magasin de fourrures où travaillait Lujza. Lujza nous attendait et on s'est dépêchées toutes les trois vers le lieu de réunion. Quand on est entrées dans l'impasse de la rue Langel, il y faisait déjà nuit noire et pourtant le soir commençait seulement à tomber. Lujza, avec un coup d'œil circulaire, nous a averties d'une voix pressante :

– Suivez-moi et entrez dès que la porte s'ouvrira.

Elle a descendu l'allée jusqu'à la dernière maison, frappé en code à une porte qui s'est ouverte aussitôt, et nous nous sommes ruées à l'intérieur pendant qu'on refermait la porte derrière nous.

A l'intérieur, une excitation confuse régnait dans la grande pièce pleine de gens. La plupart des membres du Club sioniste avaient l'âge de Lujza, entre vingt et vingt-cinq ans. Certains nous ont saluées d'un *« shalom »* amical, d'autres, en petits groupes, discutaient avec animation, et dans le coin à droite un autre groupe chantait au son d'un banjo. Lujza nous a présentées à beaucoup de ses amis en disant simplement : « Les filles de mon frère ».

Soudain, la rumeur s'est calmée d'un coup, Lujza a sorti des papiers de son grand sac à main et a lu le compte rendu de la réunion précédente. Puis un homme s'est levé et a commenté certains points qui figuraient dans le rapport de Lujza : noms de famille, de villes, dates, bateaux, argent. Pendant qu'il parlait, Lujza prenait note et, quand il a eu fini, les gens ont commencé à lui poser des questions. Lujza écrivait toujours. Puis, quand la discussion a été terminée, un garçon s'est levé avec un violon et a commencé à jouer. Les gens ont fait cercle autour de lui, mais un jeune homme à l'air sérieux, que Lujza nous a présenté sous le nom de Shafar Joska, s'est approché et s'est mis à parler à Iboya. C'est seulement à ce moment-là que j'ai remarqué combien Iboya était jolie. Mis en valeur par ses longues boucles blondes, son visage rougissait un peu et ses yeux couleur d'ambre étincelaient. Pendant qu'ils parlaient, Shafar la regardait attentivement.

On a tous commencé à chanter : « On se reverra en Palestine. » Le tempo était un peu trop rapide pour le violoniste mais il faisait sauter de son mieux son archet sur les cordes qu'il pinçait de l'autre main. Les visages graves de la foule se détendaient et s'animaient à mesure que les chansons, l'une après l'autre, remplissaient la pièce bondée. Je me demandais ce que Babi aurait pensé de cette scène, mais je savais très bien que ça ne lui aurait pas plu du tout. « Les Juifs doivent se comporter en Juifs, sans peur et sans haine », aurait-elle dit. Et les Juifs dans cette pièce enfumée, surpeuplée, houleuse, avaient en eux, je le sentais, beaucoup de peur et beaucoup de haine. Mais leur excitation n'a pas duré longtemps ; très vite, le violoniste a cessé de jouer et a épongé la sueur qui lui coulait sur le visage. Alors, le groupe de chanteurs s'est dispersé pour aller chercher les manteaux. La réunion était finie et Shafar nous a raccompagnées à la maison. Une semaine plus tard, le dimanche, Lujza est venue nous rendre visite à la maison, ce qui était tout à fait inhabituel. Après un bref échange de politesses avec maman, elle est allée rejoindre Lilli dans le jardin, où elle lisait sur sa chaise habituelle, sous le grand noyer, tout en surveillant les enfants qui jouaient dans le sable. Pendant que Lujza parlait à Lilli, j'ai essayé d'imaginer leur conversation ; elle devait sûrement essayer de la convaincre de se joindre aussi au Club sioniste.

Après le départ de Lujza, Lilli est allée rejoindre maman sur la terrasse, où elle faisait des tresses d'oignons pour les mettre à sécher pour l'hiver.

– Lilli, a dit maman en lui tendant une ficelle, aide-moi donc pendant que Piri s'occupera des haricots dans la cuisine. Ils sont sur la table, dans le saladier, a-t-elle ajouté en me faisant signe de les laisser seules.

– C'est vraiment désolant, la vie de Lujza. Elle adore les enfants et elle perd sa jeunesse à faire de la politique, l'ai-je entendu dire à Lilli, avant même que j'aie fini d'écosser la première gousse.

– Comment voudrais-tu qu'elle se marie, même si elle en avait envie ? a demandé Lilli. Il n'y a plus d'hommes ici, ils sont tous dans l'armée.

– Elle est plus âgée que toi, ça fait longtemps qu'elle devrait être mariée, a simplement remarqué maman.

– Tu lui en veux toujours de s'être rangée du côté de sa mère contre Ignac quand il a décidé de t'épouser, a riposté Lilli.

– Elles ne m'ont jamais pardonné de le leur avoir pris. Elles s'opposaient au mariage parce que j'étais veuve avec cinq enfants et parce qu'il était trop jeune, mais en réalité elles n'auraient pas mieux accepté une autre femme, aucune autre femme qui aurait épousé Ignac.

– C'est vrai que ça devait être agréable pour elles d'avoir Ignac à la maison. Et puis, reconnais que ce n'est pas courant qu'un jeune homme épouse une femme qui a déjà cinq filles. Mais tu es tellement belle, a ajouté Lilli en riant, Lujza et sa mère n'avaient pas l'ombre d'une chance une fois qu'Ignac t'avait vue.

Maman a ri aussi.

– Mais dis-moi une chose. Quand tu avais seize ans, personne n'aurait pu te convaincre de ne pas épouser Lajos, tu étais plus butée qu'une mule. Maintenant que tu m'y fais penser, ce n'était pas à cause d'Ignac et moi, par hasard ? Après tout, tu avais déjà treize ans quand nous nous sommes mariés.

Lilli a réfléchi un instant avant de répondre.

– Quand tu m'as envoyée à Komjaty pour tenir compagnie à Babi, j'ai eu un peu l'impression que tu cherchais à te débarrasser de moi. Ç'a été une des raisons qui m'ont poussée à épouser Lajos : je voulais aussi avoir un homme à moi.

– Tu ne l'as jamais regretté ? a demandé maman doucement.

– Non. On avait besoin l'un de l'autre.

Absorbée par leur conversation, j'avais abandonné les haricots. Quand maman est entrée dans la cuisine elle s'en est aperçue aussitôt :

– Encore à rêvasser ? Allons, ne reste pas à ne rien faire. Je veux mettre ces haricots en conserve aujourd'hui.

Elle a pendu la guirlande d'oignons au-dessus du fourneau, avant de sortir au jardin voir ce qu'elle pourrait encore trouver à mettre en conserve pour l'hiver.

La semaine suivante, une angine m'a empêchée d'aller à l'école. Un matin, maman est sortie très tôt pour aller voir M. Kovacs et, après le petit déjeuner, je suis allée retrouver Lilli sous le marronnier du jardin. Assise près d'elle, sur la balançoire, je lui ai demandé si elle avait pensé aller avec Lujza au Club sioniste.

– Non, je ne crois pas que ça me plairait.

– Moi, ça me plaît assez.

– Quand est-ce que tu y es allée ?

– Une fois, avec Iboya. On a dit à maman qu'on allait voir un film avec Shirley Temple.

Lilli m'a regardée, surprise.

– Vous faites un tas de choses sans nous le dire, à maman et moi, vous deux, non ?

– Non. Juste cette fois-là. Je n'étais encore jamais allée à une réunion, et Iboya avait déjà beaucoup à faire avec la Croix-Rouge et le programme d'entraînement des Auxiliaires de Guerre. Mais je crois qu'elle y est retournée depuis avec Lujza. Ça te plairait, Lilli, tu sais. Ils ont tous à peu près ton âge, ils chantent des chansons hébraïques et ils dansent la *hora.* Mais ils font aussi un travail clandestin très important avec les réfugiés.

– Je ne pourrais pas. Ça me déprime trop.

– Tu es triste en ce moment ?

Lilli s'est redressée dans son fauteuil et m'a souri :

– Non, pas vraiment.

Mais je n'étais pas convaincue et j'ai insisté encore.

– Je crois que tu devrais y aller. Maman dit toujours que tu devrais voir plus de gens de ton âge.

– Je ne crois pas que ça lui plairait tellement de me voir aller avec Lujza et ses amis.

A ce moment-là, le facteur a passé la tête par le portail et Lilli s'est levée d'un bond pour se précipiter vers lui. Je n'ai pas bougé, mais je l'ai entendu dire, en tendant une carte postale :

– Je crois que je vous apporte ce que vous attendiez.

– Oh oui ! Merci !

Lilli s'est plongée immédiatement dans sa lecture, debout, avec les enfants qui trépignaient à ses pieds.

– C'est papa ? a demandé Manci.

– Oui, a dit Lilli, en relisant la carte pour la dixième fois.

J'ai ramené les enfants au tas de sable pour qu'ils la laissent tranquille. Après un long moment, Lilli a enfin levé les yeux et nous a dit de rentrer déjeuner. Maman est rentrée au moment où on se mettait à table, Lilli lui a tendu la carte postale et maman a commenté :

– Tu vois, tout va bien. Tu n'avais pas de raison de t'inquiéter pour Lajos.

Lilli a souri. Maman s'est assise à table et Lilli lui a tendu une tasse de thé, puis nous a servi la soupe.

– Comment ça a marché ? a-t-elle enfin demandé à maman.

– M. Kovacs a de plus en plus de problèmes.

– Mais il t'a donné l'argent ?

– La moitié de ce qu'il me donnait d'habitude. Enfin, ça devrait suffire pour payer les rations autorisées.

Lilli passait de plus en plus de temps à faire la queue à la boulangerie. Et souvent, après avoir attendu plus d'une heure, elle repartait les mains vides car il ne restait rien à vendre. Pour les autres denrées rationnées, c'était la même chose. Il était presque impossible de se procurer le demi-kilo de beurre auquel on avait droit par semaine pour tous les sept ; quant au lait et aux œufs ils étaient pratiquement introuvables. Les bons de sucre étaient à peu près les seuls qui étaient honorés sans trop de difficulté. Maintenant, les frères Stern ne venaient plus que très rarement de Komjaty et maman était très ennuyée de ne pas avoir de lait à donner aux enfants. Elle arrivait encore à faire du pain avec notre petite réserve de farine, mais elle ne pouvait plus se servir du four à pain du jardin pour ne pas éveiller les soupçons des voisins. Alors, elle se levait à l'aube et utilisait le four de la cuisine, en allongeant la pâte avec tous les légumes farineux qu'elle avait sous la main. Elle passait aussi énormément de temps à ramasser de quoi préparer nos repas et, la nuit, elle restait des heures à tout préparer pour pouvoir faire la cuisine tôt le matin quand le four était encore chaud. Notre bois de chauffage commençait à s'épuiser et il n'y avait guère d'espoir de pouvoir le remplacer.

Comme Lilli vivait presque tout le temps avec nous, maman a fini par la convaincre de laisser son appartement.

– On mettra tes meubles dans un garde-meuble jusqu'au retour de Lajos. Avec les problèmes actuels d'approvisionnement et de bois, on sera plus à l'aise en vivant tous ensemble.

Au début, l'idée ne plaisait guère à Lilli, mais un jour elle a déclaré :

– J'en ai assez de vivre comme une bohémienne. J'ai la moitié de mes affaires ici, l'autre moitié là-bas, ça ne peut pas durer. Je crois que tu as raison.

– Avec l'argent que tu économises sur le loyer, tu pourras aller voir Lajos au printemps, a ajouté maman.

Une fois Lilli installée définitivement chez nous, elles se sont débrouillées, elle et maman, pour se procurer un peu de charbon, pour le chauffage et la cuisine de l'hiver. Évidemment, le fourneau fumait et l'odeur était assez désagréable, mais on a bien dû s'habituer à ces inconvénients : ça valait quand même beaucoup mieux que d'avoir froid. Un jour, maman a eu une idée : si elle pouvait acheter une chèvre et la garder dans le bûcher vide, elle aurait du lait à donner aux enfants. Elle connaissait justement un fermier, près de la ville, qui avait été pendant plus de quinze ans client de notre magasin, et elle pensait pouvoir le convaincre de nous vendre une chèvre. Et un beau jour, elle a pris tout l'argent dont elle pouvait disposer, et nous a emmenées, Iboya et moi, l'accompagner dans cette aventure pendant que Lilli restait à s'occuper des enfants.

Quand on est arrivées à la ferme, dans l'obscurité d'une soirée de novembre, M. Baltar était dans sa grange. Par la porte ouverte on le voyait occupé à refaire à la fourche la litière de ses chevaux avec de la paille fraîche.

– Bonsoir, monsieur Baltar, a appelé maman. Est-ce que je pourrais vous dire un mot ?

– Qui est là ? a crié le fermier.

– Mme Davidowitz, du magasin de chaussures. J'ai quelque chose d'urgent à vous demander.

– Si vous êtes venue jusqu'ici pour me parler, il faut que ça soit drôlement urgent, c'est sûr.

Il a posé sa fourche et, une lanterne à la main, nous a rejointes dehors, apportant avec lui une bonne odeur de paille. Debout, sur le seuil de sa grange, il s'est mis à balancer sa lanterne à bout de bras en regardant maman.

– Il n'y a pas grand-monde qui vienne me voir ici à présent. Qu'est-ce qui vous amène ?

– C'est le manque de lait qui m'oblige à venir vous voir. J'ai trois enfants en bas âge à la maison et je n'arrive pas à m'en procurer. Alors, je voudrais vous acheter une de vos chèvres.

– Voyons, vous connaissez les lois de zonage aussi bien que moi, vous savez bien que vous ne pouvez pas garder une chèvre en plein centre de la ville !

– Je n'habite pas exactement au centre. La maison est presque à la limite des faubourgs. D'ailleurs j'ai un plan excellent pour la cacher, personne ne se rendra compte de rien.

– Mais les voisins ?

– Ils ont toujours eu un cochon. Et vous ne pourrez pas me refuser quand vous saurez combien je vous offre.

M. Baltar a éclaté de rire si fort que tout son grand corps en était secoué.

– Pas de doute, vous êtes vraiment une femme de caractère !

Il a agité sa lanterne vers Iboya et moi.

– C'est elles, vos bébés qui ont besoin de lait ?

– Non, elles, ce sont mes deux grandes filles. Elles m'aideront à m'occuper de la chèvre.

Elle a tendu son sac à Iboya et a accompagné M. Baltar dans la grange en nous faisant signe de la suivre. Sur la paille, du côté droit, des chèvres blanches se détachaient dans l'ombre comme des plaques de neige.

– Vous pourriez m'en vendre une qui donne un litre ou plus par jour ?

– Ce n'est pas la bonne saison pour acheter une chèvre. Vous feriez mieux d'attendre le printemps.

– J'en ai besoin maintenant, a insisté maman. Mon petit dernier n'a pas encore deux ans, il a besoin de lait.

Et, dans la pénombre, elle s'est mise à parcourir la grange, examinant les pis de toutes les chèvres.

– Celle-là, a-t-elle dit en montrant du doigt une des bêtes, quel âge a-t-elle ?

M. Baltar semblait amusé, et il est reparti de son grand rire.

– Vous ne m'avez pas encore demandé le prix.

– Je vous donnerai le double de ce qu'elle vaut. Combien en voulez-vous ?

M. Baltar s'est approché de maman et lui a posé un bras autour des épaules. Il la regardait bien en face, balançant de sa main libre sa lampe à kérosène.

– Votre mari est absent pour longtemps, n'est-ce pas ?

– Oui. Il est sur le front russe.

Alors, laissant glisser sa main le long du dos de maman, il s'est retourné vers Iboya et moi.

– Vous ne pouvez pas conduire une chèvre dans les rues. Je vous l'apporterai moi-même dans ma charrette mercredi prochain.

– Il vaudrait mieux que vous veniez de nuit. Et j'aurai aussi besoin d'un peu de paille et de fourrage.

– Doucement, doucement. Nous n'avons pas encore parlé du prix. Ce sera deux cents *pengös* pour la chèvre et vingt-cinq pour le fourrage et la paille. Le fourrage est cher, et on n'en trouve pas facilement.

Maman s'est échappée de son bras lourd et, prenant son sac des mains d'Iboya, a répondu fermement :

– J'ai l'argent ici.

Il a pris notre adresse puis, avec une petite tape sur les fesses de maman, il a conclu :

– Je viendrai mercredi à la nuit tombante. Et il a agité sa lanterne en signe d'au revoir.

– Les hommes ! Non mais, quelle vanité ! a dit

maman en éclatant de rire dès qu'on s'est un peu éloignées. Je me demande ce qu'il s'imagine ! Enfin, nous aurons du lait pour l'hiver et, si nous faisons attention, nous arriverons bien à faire durer le charbon jusqu'au printemps.

M. Baltar est venu livrer la chèvre le mercredi suivant, au crépuscule. Et pendant qu'on allait tous au bûcher, derrière la chèvre, je l'ai entendu répéter une fois de plus :

– Décidément, vous êtes une femme qui sait ce qu'elle veut !

Après avoir installé la chèvre dans ses appartements et déchargé le fourrage, il a fini par partir, de mauvais gré. Alors tous ensemble, on a entrepris de rentrer les sacs de nourriture dans le bûcher et, quand ça a été terminé, on est restés là à admirer la chèvre. Elle avait un petit corps blanc rebondi et des pattes fines, plusieurs taches blanches sur sa jolie tête – que Lilli a appelées des marques de beauté. Ses grands yeux noirs en amande avaient un doux regard rêveur, et ses oreilles pointaient droit vers le ciel tandis qu'à son menton une barbiche blanche et soyeuse pointait droit vers le sol.

Manci a ri en remarquant la barbe de la chèvre.

– Une dame-chèvre avec une barbe ! s'est-elle exclamée en riant.

– Dame-Barbe, a dit Lilli, quel nom ! C'est comme ça qu'il faut l'appeler : Dame-Barbe !

Doucement, les enfants – Manci, Sandor et Joli – se sont approchés de la chèvre et se sont hasardés timidement à la caresser. Lilli a pris une poignée de foin dans un des sacs et a fait manger la chèvre dans le creux de sa main. Alors on en a tous fait autant, chacun à son tour, sauf maman qui se contentait de regarder en souriant. Les enfants étaient aux anges.

– Ça chatouille ! a gloussé Manci quand la grosse langue humide de Dame-Barbe a glissé sur sa petite main.

Les jours suivants, nous avons modifié nos habitudes pour faire place à l'arrivée de Dame-Barbe. Les enfants, à peine avalé le petit déjeuner, se précipitaient au bûcher pour lui donner à manger et jouer avec elle. Vers la fin de la journée, ils retournaient au bûcher pour la caresser et lui souhaiter bonne nuit.

Maman aussi en prenait soin, mais d'un point de vue plus terre à terre. Pour elle, l'important, c'était le lait de Dame-Barbe. Elle mettait de côté toutes les épluchures, qu'elle faisait cuire avant de les mélanger avec les cosses de céréales de l'aliment fourni par M. Baltar, pour donner à Dame-Barbe une alimentation riche et délicieuse. La chèvre tenait, et même dépassait la promesse de M. Baltar : plus d'un litre de lait par jour. Mais pour nous tous et finalement même pour maman, Dame-Barbe représentait bien plus qu'une source de lait et de fromage. C'était surtout une distraction nouvelle, comme un animal familier, et on était tous heureux de contribuer à son bien-être et de veiller à son confort. Pendant les semaines qui ont suivi l'entrée de Dame-Barbe dans la famille, maman et Lilli ont travaillé ensemble d'arrache-pied pour préparer les provisions de l'hiver. Elles avaient réussi, je ne sais comment, à garder une caisse pleine de pommes de terre : elles ont planté des carottes et des panais dans du sable humide pour avoir des légumes pour les potages, et ont fait sécher plusieurs fournées de nouilles qu'elles ont rangées dans des sacs. Maintenant que Lilli était toute la journée à la maison, elle suivait le rythme de maman, mais elle prenait tout de même le temps d'aller jusqu'au bureau de tabac acheter le journal, écouter la radio et feuilleter de vieux romans.

De temps en temps, maman et Lilli faisaient une pause et écoutaient les informations à la radio. Un jour glacial de décembre, je les ai rejointes dans la cuisine où elles avaient installé la radio car c'était la seule pièce chauffée de la maison. Maman, en me voyant entrer, a levé la main pour que je me taise et a murmuré : « L'Amérique est entrée en guerre. » Elle pâlissait et ses yeux paraissaient plus sombres pendant qu'elle écoutait la voix fébrile de toutes ses oreilles. Cette nouvelle m'a sidérée. L'Amérique, c'était tellement loin. L'Amérique, la terre des rêves et des espoirs, où nous devions trouver refuge. Qu'allait-il arriver à mes oncles et à mes cousins ? Est-ce qu'ils allaient devoir aller à la guerre ?

– De quel côté ? ai-je demandé quand le speaker s'est tu.

– Avec les Anglais et les Russes contre l'Allemagne, bien sûr, a répondu Lilli en se levant pour éteindre la radio.

Maman avait l'air stupéfaite et, pendant quelques minutes, elle est restée parfaitement immobile, le regard dans le vide. « L'Amérique entre en guerre », répétait-elle, comme dans un rêve. Et je savais bien qu'elle pensait à ses frères, installés en Amérique.

Chapitre 12

Il ne restait qu'une semaine avant les vacances de Noël. En rentrant de l'école avec Iboya, luttant contre le vent violent qui annonçait la neige, on courait presque vers la maison, pressées de retrouver la cuisine bien chaude et le bavardage habituel entre maman et Lilli. Mais, en ouvrant la porte, c'est un spectacle bien différent qu'on a trouvé. Maman était effondrée sur une chaise, devant le fourneau, livide, les yeux gonflés à force de pleurer, la poitrine soulevée de sanglots douloureux. Sandor et Joli, effrayés, se tenaient à côté d'elle sans savoir quoi faire.

– Ils sont venus avec Lajos et ils ont emmené Lilli, nous a dit maman d'une voix blanche.

– Et Manci aussi, a ajouté Sandor au bord des larmes.

– Ils n'auraient pas dû emmener Manci, a repris maman. J'ai insisté, j'ai supplié pour qu'ils me laissent l'enfant. Ils ne voulaient rien entendre. J'aurais donné n'importe quoi, n'importe quoi pour qu'ils me laissent ma petite-fille. Qu'est-ce qu'ils prétendent faire d'un bébé ? Elle ne peut que les gêner. Et peut-être que sans elle... Mais maintenant il n'y a plus rien à faire. Ma pauvre Lilli, qu'est-ce qu'elle va devenir ?

Maman s'est levée de sa chaise et a commencé à arpenter la cuisine. Elle tournait autour de nous, autour de la table et des chaises, en agitant les bras et en parlant d'une voix presque inaudible, une espèce de murmure rauque et entrecoupé. Iboya et moi, debout derrière sa chaise vide, on ne pouvait que la regarder pleurer et on se sentait aussi inutiles que Sandor et Joli. Les deux enfants se sont alors tournés vers nous, en quête de consolation. Nous avons fait rasseoir maman, et j'ai pris dans mes bras Joli qui tremblait de froid et de peur, tandis qu'Iboya dorlotait le petit Sandor, tout égaré.

– Mais cette cuisine est glaciale ! s'est exclamée Iboya et, s'écartant de Sandor, elle s'est mise à remuer les quelques braises qui restaient encore entre les cendres.

Au bout d'un moment, les sanglots de maman se sont apaisés, et elle s'est à demi assoupie sur sa chaise. Puis elle s'est redressée, nous a regardées et a dit seulement :

– Donnez à manger aux petits et allez tous vous coucher.

On a fini de faire cuire les champignons oubliés sur le fourneau, et Iboya a remarqué :

– Ç'a dû arriver ce matin, la soupe n'était pas encore cuite.

– Qu'est-ce qui s'est passé ? ai-je demandé à Sandor.

– Il y avait deux policiers. Lajos avait les mains attachées.

– Avec des menottes ?

– Oui, je crois. Lilli et Manci sont parties avec eux. Manci pleurait et Lilli s'est disputée avec maman. Maman voulait lui prendre Manci.

On a fait dîner les enfants et rangé la cuisine. Maman somnolait toujours sur sa chaise. Iboya a fermé la porte à clef, on s'est allongées avec les enfants et on s'est endormies aussi.

Le lendemain, on a décidé de manquer l'école. Iboya est allée chercher le docteur Feher, médecin et ami de la famille. Il a fait boire un médicament à maman et a réussi, non sans peine, à la convaincre de se lever de sa chaise et d'aller se coucher.

– Quel prétexte ont-ils donné ? a-t-il demandé en l'aidant à gagner sa chambre.

– Deux histoires : sabotage politique contre l'armée hongroise – et qu'il n'était pas en règle avec les lois sur la citoyenneté. Ils ont dit que c'était un mauvais Hongrois. Vous vous rendez compte, docteur, accuser Lajos de trahison !

– Mais qu'est-ce qu'il est censé avoir fait ?

– Ils prétendent que quelqu'un l'a entendu dire je ne sais quoi contre le gouvernement hongrois. Quelqu'un l'a dénoncé. Alors ils ont contrôlé ses papiers et ils y ont aussi découvert des irrégularités.

Le docteur Feher a secoué la tête avec sympathie et, une fois que maman a été couchée, il nous a dit qu'elle serait de nouveau elle-même, forte et active comme d'habitude, dans un jour ou deux. Nous avons décidé de manquer l'école pour nous occuper des enfants jusqu'à ce qu'elle reprenne une vie normale.

Le lendemain matin, je me suis levée tôt et habillée en vitesse mais, en descendant dans la cuisine, j'ai trouvé maman devant le fourneau, plongée dans son travail habituel. Elle m'a dit d'aller réveiller Iboya et de nous préparer pour l'école, qu'elle se sentait mieux. Ça m'a fait du bien d'entendre sa voix ferme et tranquille, et, convaincue qu'elle était remise, j'ai fait ce qu'elle me disait.

Le lendemain, au petit déjeuner, elle nous a annoncé qu'elle devait aller à Salánk pour prévenir les parents de Lajos.

– Je ne veux pas leur raconter par lettre, ce n'est pas le genre de chose qu'on peut dire par écrit. Il faut que j'y aille moi-même. Les filles, vous resterez à la maison pour vous occuper des petits jusqu'à mon retour.

Elle a fait du feu et préparé un peu de purée de maïs pour le petit déjeuner. Puis elle est allée s'habiller en un clin d'œil et nous a dit en ressortant de sa chambre :

– Le train est à 9 heures, je ne veux pas le manquer.

– Tu reviens quand ? a demandé Iboya.

– Cette nuit par le train de 10 heures ou peut-être demain soir : je vais essayer d'aller à Komjaty voir Babi et Roszi.

Elle nous a tous embrassés et nous a recommandé encore une fois de prendre bien soin des enfants avant de partir presque en courant.

Alors on s'est préparées, Iboya et moi, à se débrouiller sans elle pendant deux jours. Avec les enfants, il n'y avait pas de difficulté : ils étaient sages et obéissants comme s'ils comprenaient que quelque chose venait de changer radicalement dans la maison. Lilli et Manci, leurs compagnes de toutes les heures, n'étaient plus là. Sandor s'est replié sur lui-même et il s'est mis à jouer en silence, sans parler à aucune de nous. Seulement, de temps en temps, je l'entendais bavarder à voix basse avec une compagne imaginaire. Joli commençait à peine à prononcer quelques mots en plus de nos noms à tous, mais on n'avait pas le cœur à fêter, comme Lilli, ses nouveaux balbutiements. Elle appelait souvent Lilli et Manci, cherchait aussi maman, et à chaque instant allait à la porte et l'ouvrait comme si elle avait entendu quelqu'un frapper. Mais son attente était toujours déçue, il n'y avait personne, et elle retournait, désappointée, à ses jeux solitaires. De temps en temps, elle s'approchait de Sandor et se mettait à imiter ses gestes et à le suivre partout. Alors, parfois, il daignait arrêter ce qu'il était en train de faire pour jouer avec elle. Mais la plupart du temps il jouait seul. Toute la journée, j'ai espéré une visite des Gerber. Mais ils ne sont pas venus ni personne d'autre. On n'a presque pas parlé, Iboya et moi. On a fait ce qu'il y avait à faire, on s'est occupées des enfants et enfin, le soir, on est allées se coucher. Je me suis endormie en repensant à tout ce qui s'était passé depuis mon retour de Komjaty, il y avait déjà plus d'un an.

Un bruissement léger m'a réveillée un peu plus

tard, et en ouvrant les yeux j'ai vu maman debout sur le seuil de la porte de notre chambre. Elle a murmuré :

– Tout va bien. Je suis rentrée. Rendors-toi vite.

Et je me suis rendormie.

Elle ne nous a pas raconté grand-chose de sa visite à Salánk, seulement qu'elle n'avait pas pu aller voir Babi et Roszi à Komjaty. Mais, au cours des semaines suivantes, j'ai remarqué que sa façon de se comporter avec les gens avait changé. Elle semblait moins généreuse, plus méfiante. Par exemple, M. Lakatos, le facteur, pouvait toujours compter sur une tasse de bouillon chaud en hiver ou, l'été, un rafraîchissement quand il passait à la maison. Un après-midi, une semaine après le retour de maman de son voyage à Salánk, alors que je l'aidais dans la cuisine, où je faisais de mon mieux pour remplacer Lilli, il est venu raconter à maman les dernières nouvelles du front russe. Mais au lieu de l'accueil amical et du bouillon bien chaud auxquels il était habitué, maman lui a dit d'un ton sec :

– Bonjour, monsieur Lakatos. Vous avez une lettre pour moi ?

– J'aurais aimé pouvoir vous dire oui, a-t-il répondu, surtout que j'ai appris ce qui était arrivé à la pauvre Lilli et à sa...

– Il n'y a pas lieu de s'inquiéter, l'a interrompu maman. Ce n'était qu'une erreur, elles seront bientôt de retour à la maison.

M. Lakatos a baissé la tête et s'est mis à tripoter nerveusement sa sacoche. Puis il s'est redressé, a donné une petite tape sur le sac et regardé la porte.

– Bon, eh bien, il va falloir que j'y aille, le travail m'attend, madame Davidowitz. Bonne journée à tous.

Après son départ, j'ai lancé à maman un regard étonné.

– S'ils ne sont pas prêts à nous aider, je ne vais certainement pas leur permettre de se repaître de mes malheurs, a-t-elle dit sèchement, et nous avons fini de préparer le repas en silence.

Je me souvenais de ce qu'avait dit Babi un jour : « Tu te racontes des histoires, ce ne sont que des voisins. Seuls les nôtres peuvent comprendre nos souffrances. »

Mme Gerber est venu nous voir le jour de l'an et on s'est tous installés au salon à écouter la conversation entre elle et maman.

Maman a parlé à Mme Gerber de M. Lakatos.

– Les voisins lui ont raconté ce qui est arrivé à Lilli. Ils en parlent, oui, mais personne n'est venu quand je criais pour appeler à l'aide le jour où ils l'ont emmenée, et personne non plus n'est venu depuis.

– Ils sont tous préoccupés de leur propre sécurité, a répondu Mme Gerber. Ils manquent de bois et le rationnement est dur. Les hommes sont partis, et c'est les Allemands qui dirigent leur pays.

– Leur pays ? s'est exclamée maman. J'avais cru que c'était aussi notre pays, à nous. Et mon Ignac, et votre Gabe ? Ils ne servent pas dans l'armée, eux aussi, peut-être ? Sa voix tremblait de colère.

– Vous avez pu en savoir plus sur Lilli et Lajos, où ils les emmenaient ?

– Non, impossible d'obtenir quelque chose, pas une seule information.

Alors Mme Gerber a dit :

– Je crois que vous ne devriez pas vous inquiéter pour eux. Avec l'argent et les bijoux que vous leur avez donnés, ils devraient s'en sortir sans difficulté. Dieu merci, vous avez eu la présence d'esprit de le faire.

– J'ai juste attrapé tout ce que j'avais et je l'ai fourré dans la poche du manteau de Lilli. J'aurais volontiers tout donné tout de suite à la police si seulement Lajos m'avait laissé essayer de les acheter. Mais, non, il ne faisait que pleurer comme un petit garçon et les supplier de ne pas emmener Lilli et Manci. Et Lilli refusait absolument de se séparer de Manci. Elle répétait toujours la même chose : « On reste ensemble, on restera ensemble... » Le policier m'a peut-être vue faire mais j'ai dû prendre le risque, il ne nous lâchait pas d'une semelle, même pendant que Lilli préparait une petite valise avec deux ou trois choses indispensables. J'ai fait très attention, j'ai attendu qu'il me tourne le dos en demandant quelque chose à Lajos. Alors j'ai pris le manteau dans l'armoire, l'argent et les bijoux et j'ai glissé dans la poche tout ce que j'ai pu attraper, et quand j'ai aidé Lilli à passer le manteau, je lui ai chuchoté en yiddish pour la prévenir de ce qu'elle avait dans sa poche. Qui sait si la police le leur a pris ou s'ils ont eu quand même la possibilité de s'en servir.

J'avais déjà entendu plusieurs fois la description de cette scène et, pendant que maman racontait, je me suis mise à réfléchir. Je pensais à ces bijoux qu'elle avait donnés à Lilli et je me demandais si les boucles d'oreilles en grenat de Babi étaient aussi parties dans la poche du manteau. Mais je n'ai pas osé demander. Pourtant, je m'étais souvent imaginée portant ces boucles d'oreilles avec des robes de soie quand je serais grande. Évidemment, tous ces rêves commençaient à avoir l'air idiots et, parfois, l'impossibilité de rêver à ce qui se passerait quand je serais grande me remplissait de tristesse.

Judi disait que la guerre serait finie avant qu'on grandisse mais je n'étais pas tellement convaincue que la vie redeviendrait jamais normale à la maison.

Chapitre 13

Un jour, vers la mi-janvier, maman est venue nous chercher à l'école, Iboya et moi, avec les petits. Elle venait de recevoir, le matin, un télégramme des parents de Lajos qui lui demandaient d'être à 3 heures au bureau du télégraphe où ils allaient lui téléphoner. Iboya est rentrée à la maison avec Sandor et Joli, et j'ai accompagné maman au bureau du télégraphe. L'homme qui était au guichet derrière sa cloison de verre nous a dit de nous asseoir et d'attendre qu'on nous prévienne que la communication était arrivée. Maman, anxieuse, n'arrêtait pas de pianoter sur l'articulation de son index.

– Ils ne me téléphoneraient pas s'ils n'avaient pas quelque chose d'urgent à me dire. Dieu sait ce que je vais entendre.

Je regardais les gens assis autour de nous et ils avaient aussi l'air inquiets, effrayés et nerveux.

– Tu as déjà parlé au téléphone avant ? ai-je demandé à maman.

– Une fois, à Budapest, quand j'étais une toute jeune femme. J'ai appelé mon frère à son bureau.

L'idée de parler avec quelqu'un qui était à deux heures de train de nous me paraissait fascinante.

– Tu me laisseras écouter ?

– Oui, a dit maman, si c'est possible. Je ne sais pas comment ça va se passer au juste.

Alors la voix de derrière la paroi de verre a appelé :

– Votre appel vous attend au numéro 6.

Maman a sursauté, émue, sans savoir où était le numéro 6. Je lui ai montré une cabine, et je l'y ai suivie. Elle n'avait pas l'air de se rappeler comment on tient l'appareil, et elle a approché de son oreille d'abord un des bouts et ensuite l'autre, et quand elle a réussi à le mettre à l'endroit elle a commencé à dire : « Allô, allô » dans l'espèce de pièce bizarre de l'émetteur.

– Oui, c'est moi.

Elle écoutait en silence, en pâlissant de plus en plus.

– Oui, oui, j'ai compris. Je pars demain. Au revoir.

Elle a reposé le récepteur sur la fourche et a fourragé dans son sac à la recherche d'un crayon. Quand elle en a trouvé un, elle a sorti le télégramme de sa poche et l'a appuyé contre le mur pour écrire quelque chose dessus, puis elle l'a remis dans sa poche.

– Tu ne m'as pas laissée écouter, ai-je dit.

– Je suis désolée, j'ai oublié, et ensuite ils nous ont annoncé que le temps était terminé.

– Qu'est-ce qu'ils t'ont dit ?

– Viens, sortons, je vais te raconter.

Une fois sorties, le vent glacial de l'hiver a ramené un peu de couleur sur le visage de maman.

– Lajos leur a écrit de Pologne. Il voulait que quelqu'un aille chercher Manci. Elle a la coqueluche.

– Tu vas y aller ?

– Demain.

– Mais tu vas y aller comment ? Tu ne peux pas prendre le train.

– Il faudra bien.

– Mais si... ai-je commencé, et la peur m'a fait battre le cœur de plus en plus vite.

Maman a coupé court à mes suppositions.

– Je dois y aller. Il le faut.

Sur le chemin du retour, maman s'est arrêtée au magasin de fourrure de Lujza, en me disant :

– Entre et dis-lui de sortir me parler, je ne veux pas entrer avec cet air-là.

Je suis entrée et Lujza m'a vue immédiatement. Elle s'est excusée auprès d'une dame élégamment vêtue qui essayait un manteau d'agneau de Perse gris, s'est approchée de moi, et, penchée pour être à mon niveau, m'a demandé d'une voix basse :

– Il s'est passé quelque chose ?

– Maman est dehors, ai-je répondu, elle voudrait te parler.

– Il faut que je demande à mon chef la permission de quitter le magasin. Retourne dehors et attends-moi avec ta mère.

Elle est sortie quelques minutes plus tard, son manteau de poney jeté sur les épaules. Maman lui a murmuré quelque chose et lui a montré le télégramme avec ses annotations. Lujza l'a embrassée sur la joue et a dit :

– Je passerai chez toi ce soir entre 8 heures et 8 heures et demie.

Puis elle est rentrée dans le magasin et nous sommes reparties, maman et moi, vers le magasin de chaussures.

– Attends-moi dehors, je vais voir M. Kovacs, m'a dit maman.

A travers les chaussures de la devanture, je l'ai regardée qui suivait M. Kovacs d'un bout à l'autre du magasin, essayant de lui parler. Les deux personnes qui étaient dans le magasin la suivaient du regard, et elle a fini par enlever le foulard qui lui couvrait la tête et s'arranger les cheveux avec la main. Quand elle a finalement réussi à coincer M. Kovacs à la porte de l'arrière-boutique, il l'a à peine écoutée, sans cacher son impatience. Après ça, il est entré dans l'arrière-boutique et en est ressorti avec un papier qu'il lui a tendu. Elle l'a enfoncé dans la poche de son manteau et, d'un hochement de tête, a pris congé des clients qui la fixaient toujours. Une fois dehors, elle a sorti le papier de sa poche et l'a soigneusement déplié.

– Vingt *pengös* ! Il sait bien qu'avec ça je ne peux même pas acheter un aller simple !

Ensuite, on s'est arrêtées au cabinet du docteur Feher ; on est allées s'asseoir dans la salle d'attente au milieu de ses patients. L'un d'eux s'est tourné vers maman et lui a demandé ce qu'elle avait.

– C'est ma petite fille, a-t-elle répondu en me désignant d'un mouvement de tête. Elle a de terribles crampes. J'ai peur que ce soit une appendicite.

Je me suis pliée en deux pour imiter des crampes terribles. Quand le docteur Feher a ouvert la porte de son cabinet, maman s'est levée d'un bond.

– Docteur, c'est une urgence ! Il faut que vous examiniez cette enfant tout de suite !

Il nous a fait passer dans son cabinet et a fermé la porte. Alors maman a sorti le télégramme et, pendant qu'il lisait, elle a répété plusieurs fois :

– Je dois y aller. Il faut que je parte demain.

Il a fini de lire puis il a levé les yeux vers elle et elle a sorti de sa poche les vingt *pengös*.

– Voilà ce que m'a donné M. Kovacs. Et j'ai dû le supplier pour avoir notre argent. Vous vous rendez compte ? Dans quel monde nous vivons ! J'ai tellement honte de devoir avoir recours à vous.

Le docteur Feher a sorti quelques billets de sa poche puis il s'est levé, est allé prendre un livre dans la bibliothèque derrière son bureau, l'a ouvert et a pris les billets qui y étaient rangés. Alors il est revenu vers maman et lui a tendu l'argent.

– Tenez, vous me le rendrez quand vous pourrez.

Ensuite il a versé un médicament dans une petite bouteille et l'a roulée dans un papier.

– Une cuillerée toutes les quatre heures. Bonne chance.

Il a ouvert la porte et on a retraversé la salle d'attente, la petite bouteille bien serrée dans la main de maman. A 8 heures et demie, Lujza est arrivée à la maison accompagnée par deux inconnus, un homme à peu près de l'âge de papa et une femme plus jeune, de l'âge de Lilli peut-être. Lujza les a présentés comme « les artistes ».

– Il va nous falloir de la place pour travailler, a-t-elle dit à maman, qui les a conduits au salon.

La jeune femme a enlevé la nappe en feutrine de la table ronde et l'a posée, soigneusement pliée, sur une des chaises. Puis ils ont pris tous les deux dans leurs poches tout un assortiment de bouteilles d'encre, de plumes, de papier, de tampons, de ciseaux et de gommes qu'ils ont placé au centre de la table ronde. Alors ils se sont assis, prêts à se mettre au travail, pendant que Lujza fouillait dans une boîte de vieilles photos que maman a sortie de la penderie. Ils travaillaient encore quand on s'est couchées, Iboya et moi.

– Qu'est-ce qu'ils sont en train de faire pendant tout ce temps ? ai-je murmuré à Iboya dans l'obscurité.

– Ils font un passeport à maman. Pour si on la contrôle.

– Pourquoi ça leur prend si longtemps ?

– Il faut qu'il soit parfait. Elle doit passer par des territoires occupés par les Allemands.

– Tu crois que ça va marcher ?

– Ils en font tout le temps pour les sionistes.

Le lendemain, quand maman est partie prendre le train pour la Pologne, je l'ai à peine reconnue. Avec le lourd châle noir qui lui couvrait la tête et les épaules, elle avait l'air d'une paysanne. Sous le châle, elle portait une grosse jupe de coton, et aux pieds de vieilles bottines de cuir comme celles des paysannes de Komjaty. Elle avait au bras un panier d'osier. Iboya est restée dans la cuisine avec Joli et Sandor pour qu'ils ne voient pas maman partir. J'ai fermé la grille derrière elle et, en revenant dans la cuisine, j'ai demandé à Iboya où maman avait trouvé les vêtements qu'elle portait.

– Chez Mme Silverman, a répondu Iboya.

– Et qu'est-ce qu'elle avait dans le panier ?

– A manger. Rien de kasher. Elle a même un sandwich au lard. Je me demande bien d'où elle l'a sorti, a ajouté Iboya d'un air rêveur.

– Et elle va le manger ?

Je n'en revenais pas.

– Je suppose qu'elle va faire tout ce qu'il faut pour passer pour une vraie paysanne.

– En tout cas, si un voisin l'a vue sortir de la maison, il a sûrement cru que c'était quelqu'un de Komjaty, ai-je dit en souriant.

Ce soir-là, avant d'aller dormir, Iboya et moi, on a fermé la porte à double tour. Une fois au lit, on a bavardé jusque tard dans la nuit. Lujza est passée le lendemain soir, voir si tout allait bien.

– Si elle n'est pas rentrée demain après-midi, que l'une de vous vienne me prévenir au magasin, nous a-t-elle dit en partant.

On se préparait à une autre longue nuit de veille quand, un peu avant minuit, on a entendu un coup frappé à la fenêtre au-dessus du lit. On a sursauté toutes les deux, effrayées, sans oser ouvrir le volet. Mais on a entendu la voix de maman appeler derrière la vitre.

– Iboya, Piri, ouvrez, c'est moi.

On a couru dehors en robe de chambre en demandant encore : « Qui est-ce ? » pour être bien sûres que c'était la voix de maman avant d'ouvrir la porte. Alors elle nous a répondu d'une voix impatiente et on a couru ouvrir.

On espérait que Manci serait avec elle, mais maman n'avait au bras que son panier vide. On est toutes rentrées dans la cuisine et, là, elle s'est effondrée sur une chaise, brisée de fatigue. Iboya a ranimé le feu qui s'éteignait dans le fourneau et mis de l'eau à chauffer pour faire du thé. Maman a frictionné ses doigts engourdis jusqu'à ce qu'ils se réchauffent un peu, puis, enlevant ses bottines, elle s'est mise à en faire autant avec ses doigts de pied.

– Il faisait glacial dans ce train, et il fait encore bien plus froid en Pologne qu'ici. Ils n'ont presque rien à manger et ils n'arrivent plus à penser à rien d'autre : le bois de chauffage et manger, manger et le bois de chauffage. Alors ils pouvaient difficilement s'intéresser à mon histoire. Peut-être que si j'avais pu prendre un peu de nourriture et de bois dans ma valise, ça les aurait plus intéressés ; mon argent ne leur sert à rien, ils ne peuvent pas acheter ce dont ils ont besoin.

Elle a cessé de se frictionner les pieds et s'est redressée. Iboya lui a tendu la grande tasse de papa pleine de thé bouillant dans lequel elle a versé un peu de rhum de la bouteille spéciale qu'on gardait pour les invités. Maman a avalé quelques gorgées et a posé la tasse sur ses genoux. Réchauffée par le thé brûlant, son visage s'est détendu lentement et le lourd châle noir a glissé de ses épaules quand elle a pris une grande aspiration.

– Et je n'ai rien pu faire, a-t-elle dit enfin.

– Tu ne les as pas trouvés ? a demandé Iboya.

– Non, je suis arrivée trop tard. J'aurais dû partir le soir même du coup de téléphone. Je les aurais peut-être encore trouvés.

– Mais comment pouvais-tu partir ? a interrompu Iboya. Il fallait bien que tu aies de l'argent et des papiers.

– Et je voulais aussi que le docteur Feher me donne des médicaments, a ajouté maman. Mais tout ça a servi à quoi ? Manci est malade et j'ai dû laisser l'argent et les médicaments à des inconnus. Qui sait s'ils se donneront seulement le mal de chercher à retrouver Lilli. Enfin, ils m'ont quand même laissée dormir là pour la nuit et m'ont amenée au train le lendemain matin. Ils risquaient leur vie, rien qu'en faisant cela. Alors, de toute façon, ils ont bien gagné cet argent. Et ils ont aussi gardé chez eux Lilli, Lajos et ce pauvre malheureux bébé innocent. C'était sûrement un gros risque pour eux. Ils pouvaient s'attirer des tas d'ennuis en hébergeant des déportés. Au début, ils ont cru que c'était juste des réfugiés politiques. C'était déjà un risque, mais même une fois qu'ils ont compris que Lilli et Lajos étaient Juifs, ils les ont encore laissés rester une nuit. Seulement, la toux de Manci s'est aggravée et ils ont eu peur que quelqu'un ne l'entende. Je suppose qu'on ne peut pas le leur reprocher. Ils vivent dans un climat de terreur permanente : les Polonais pro-allemands sont partout et ils entrent dans les maisons sans prévenir. Ils ont dit qu'ils admiraient mon courage.

Maman a respiré profondément avant de continuer :

– Je n'ai dormi que d'un œil, et sans enlever mes bottines. Et puis un ami de leur fils, en uniforme, leur a rendu visite juste au moment où ils allaient m'emmener à la gare. Ils m'ont présentée comme une parente qui venait les voir de Slovaquie. Mais, à la façon dont il m'a regardée, j'ai bien vu qu'il n'en croyait pas un mot. J'avais peur de bouger, peur de me trahir sans m'en apercevoir, comme ma pauvre Lilli. Écoutez-moi bien, les filles, et n'oubliez jamais ce que je vais vous raconter. Avec de l'argent que Lajos leur avait donné, ils avaient réussi à acheter un œuf pour ma pauvre petite Manci. Lilli a cassé l'œuf sur le bord d'un bol et a ouvert la coquille doucement pour examiner le jaune et voir s'il n'y avait pas de traces de sang. Elle a versé le jaune d'une moitié de la coquille dans l'autre avant de le mélanger au blanc, sans se rendre compte qu'il n'y a que les femmes juives qui cassent les œufs comme ça. Et eux, ce vieux couple polonais, la regardaient faire et découvraient qu'ils donnaient asile à une famille juive. L'homme leur a dit qu'ils devaient partir immédiatement. C'est seulement les prières de Lajos et aussi ce que Lilli a sorti de ses poches qui leur a permis de rester une nuit de plus. Quand je suis arrivée, j'ai vu les boucles d'oreilles en grenat aux oreilles de la femme, c'est comme ça que j'ai su que c'était la bonne maison.

Maman a jeté un coup d'œil vers moi. Alors, c'était ça qu'étaient devenues mes boucles d'oreilles : j'ai compris avec un petit coup au cœur.

– Ils m'ont promis qu'après mon départ ils essayeraient de retrouver Lilli et Lajos. Mais toute la Pologne n'est plus qu'une immense caravane de réfugiés et de soldats.

– Comment vont-ils faire pour trouver Lilli ? ai-je demandé.

– Je ne sais pas. S'il s'agissait seulement de Lajos et Lilli, ça serait moins grave. Mais, avec un enfant malade sur les bras, Dieu seul sait ce qui peut se passer !

Maman a continué de parler, de la même façon décousue et désolée, jusqu'à ce qu'elle s'endorme sur sa chaise.

Quand je suis rentrée de l'école le lendemain, maman travaillait dans la cuisine et Mme Gerber était assise près d'elle et l'écoutait raconter son voyage. Je me suis approchée des enfants qui jouaient sagement dans un coin et je les ai emmenés dans leur chambre en leur proposant de leur raconter une histoire d'un de mes livres. Je n'aurais pas pu supporter d'entendre maman raconter une deuxième fois comment elle n'avait pas pu retrouver Lilli.

Mme Gerber est partie peu avant la nuit. Et on finissait à peine de dîner quand quelqu'un a frappé à la porte. Je suis allée ouvrir et j'ai fait entrer Lujza qui avait l'air très inquiète. Elle a vu tout de suite que maman était là et, en me tendant son manteau, elle a dit à maman, rassurée :

– Bon, j'espérais que tu serais rentrée. Est-ce que tu as trouvé Lilli ? Est-ce que Manci est là ?

Maman a commencé à débarrasser la table.

– Assieds-toi. Je vais te faire du thé. Je voulais envoyer Piri au magasin cet après-midi pour te prévenir que j'étais rentrée mais Mme Gerber est venue et j'ai oublié. Je suis désolée. Je sais que tu t'inquiétais. Mais le voyage a été un grand échec.

Lujza s'est assise et maman aussi, et Iboya et moi, on a fini de débarrasser. Maman a recommencé à raconter son voyage et Lujza a écouté le récit en silence, hochant la tête de temps en temps. Finalement, maman s'est tue. Elle pleurait.

– Tu as fait tout ce que tu pouvais faire, Rise, a dit Lujza doucement. Et peut-être que ce couple de Polonais s'est vraiment mis à chercher Lilli ; ils sauront bien mieux que toi où la chercher.

– Je sais, je sais, a dit maman. C'est pour ça que je n'ai pas essayé d'en faire plus. Et puis, j'ai d'autres enfants auxquels je dois penser aussi.

– Bon, a répété Lujza, tu as fait de ton mieux. Nous avons tous fait de notre mieux.

Nous n'avons plus entendu parler de Lilli pendant plusieurs semaines. Et puis, un après-midi, vers la fin de février, quelqu'un est venu dire à maman que Miklos, le fils de Mme Kertes, était chez lui en permission et voulait lui parler. Après le dîner, maman a laissé les enfants à Iboya et m'a emmenée avec elle chez les Kertes. C'est la femme de Miklos, Mari, une grande femme maigre et froide, qui est venue nous ouvrir la porte : elle nous a fait entrer au salon et nous a laissées seules quelques instants, puis elle est revenue avec Miklos. Il s'est approché de maman, qui s'est levée, et lui a baisé la main. Maman s'est rassise, Miklos est resté debout et a commencé à parler en marchant de long en large. Il a dit à maman qu'il avait vu Lilli quelques jours avant, dans une gare de Pologne ; il allait monter dans son train quand il avait entendu appeler son nom et il avait reconnu la voix de Lilli. Après tout, ils avaient grandi ensemble. Elle est sortie de la file dans laquelle elle était et s'est mise à courir vers lui, mais un garde l'a arrêtée et obligée à retourner se mettre en rang.

– Ils attendaient aussi un train, a ajouté Miklos. Ces trains n'arrêtent pas de passer. Tout le monde se déplace tout le temps. Jour et nuit. Ils mettent même des gens dans des trains de marchandises.

– Elle était seule ? a interrompu maman.

– Non, il y avait un homme avec elle. Et elle m'a crié plusieurs fois : « Dis à maman que tu nous as vus, dis à maman que tu nous as vus ! »

– Et l'enfant ? Est-ce qu'il y avait un enfant avec eux ? La voix de maman était tendue.

– Oui, a dit Miklos en hochant la tête.

– Tu es sûr ?

– Oui, l'homme avait un enfant dans les bras. Je les

ai revus quand notre train est passé devant eux. Je n'ai pas vu le visage de l'homme mais il était à côté de Lilli et il tenait un enfant, une petite fille.

Maman a essayé de poser une autre question sur ce que Miklos avait encore vu en Pologne mais Mari a interrompu la conversation pour dire qu'elle pensait que Miklos avait assez parlé.

– Il a voyagé toute la journée et il est épuisé. Je crois que vous devriez partir maintenant.

On s'est levées et maman a remercié Miklos de nous avoir apporté le message de Lilli. En nous accompagnant à la porte, Mari a dit à maman que Miklos avait été sur le front russe et qu'il y avait vu des choses atroces.

– C'est de là que j'ai reçu la dernière lettre de mon mari, a dit maman.

– J'espère que vous l'aurez bientôt de nouveau à la maison, a répondu Mari. Et, je vous en prie, ne dites à personne que vous êtes venues ici.

Sur le chemin du retour, maman a répété à voix basse, pour elle-même, je ne sais combien de fois : « L'enfant est vivante, elle est vivante. » Mais les mots ne pénétraient pas et n'arrivaient pas à alléger sa tristesse. Son visage restait couleur de cendre, sa voix éteinte et lourde de peine.

Chapitre 14

En avril 1942, après des mois de lettres sans réponse, maman et Mme Gerber ont finalement reçu deux cartes postales qui les informaient que papa et ses hommes étaient dans un camp de prisonniers en Russie. Mais ce n'était qu'une note officielle, sans un mot d'eux. Mme Gerber et maman passaient de plus en plus de temps ensemble, essayant de se consoler mutuellement, et saisissaient tous les prétextes possibles pour se distraire un peu des terribles soucis de leur vie quotidienne.

Et brusquement, nous avons perdu Dame-Barbe. Un après-midi de mai, on a frappé à la porte de la cuisine et, en allant ouvrir, maman a trouvé sur le seuil deux hommes inconnus.

– Madame Davidowitz ? a demandé l'un des hommes d'un ton officiel.

Maman a répondu d'une voix entrecoupée :

– Oui, oui, c'est moi.

Et j'ai compris qu'elle espérait que ces hommes apportaient des nouvelles soit de Lilli soit de papa.

– Nous sommes inspecteurs du Bureau du Logement Urbain, a commencé solennellement le plus grand des deux, et nous venons perquisitionner. D'après une dénonciation que nous avons reçue, vous auriez une chèvre cachée chez vous. Comme vous le savez, ceci est une zone strictement résidentielle. Excepté chiens et chats, vous ne pouvez avoir aucun animal, c'est formellement interdit.

– Vous n'avez pas besoin de perquisitionner, a répondu maman, en s'attardant un peu sur le dernier mot, je reconnais que j'ai une chèvre dans mon bûcher. Mais je tiens à vous dire, messieurs, que cette chèvre ne dérange absolument personne et qu'elle me fournit du lait pour mes enfants. Je suis sûre que vous êtes des hommes raisonnables et que vous avez aussi des enfants. Vous ne pouvez pas blâmer une mère dont le mari est dans un camp de prisonniers russe de faire son possible pour nourrir ses jeunes enfants, n'est-ce pas ? Vous savez ce que signifie cette guerre, j'en suis sûre.

– Nous sommes inspecteurs du département du Logement, madame, les conditions de guerre ne nous concernent aucunement. Où est la chèvre ? a répliqué le plus grand des hommes.

– Je vais vous montrer, vous verrez vous-même que c'est un animal tranquille et gentil qui ne peut vraiment déranger personne.

Maman a emmené les deux hommes dans le jardin, et, après quelques minutes, elle est revenue chercher le seau à lait.

– Je vais au moins la traire, elle est si pleine qu'elle peut à peine marcher.

– Ne les laisse pas l'emporter, maman, a supplié Sandor.

– Ils ne m'écoutent pas, a-t-elle répondu avec douceur.

Et elle est ressortie de la cuisine avec le seau à lait. Sandor et Joli ont couru derrière elle, et moi, j'ai attrapé les manteaux et je les ai suivis. Quand je suis arrivée au bûcher, j'ai vu que Joli avait passé ses deux bras autour du cou de Dame-Barbe.

– Elle est à moi ! criait-elle aux deux hommes qui la dominaient de toute leur taille. Elle est à moi !

Ils ont échangé un regard ennuyé.

Maman a installé le seau à lait et s'est mise à traire Dame-Barbe pendant que j'essayais d'obtenir que Joli s'écarte de la chèvre le temps d'enfiler son manteau. Sandor était resté sur le seuil de la cabane et regardait la scène d'un air sombre, impénétrable ; je n'aurais pas su dire à quoi il pensait. D'ailleurs, même quand il était un tout petit garçon, la façon dont Sandor parvenait à cacher ses sentiments m'avait toujours impressionnée. Est-ce que c'était ça, ce qu'on appelait « être un homme » ? J'ai regardé les visages des deux inspecteurs, et j'ai prononcé, silencieusement, « pierre, hommes de pierre » pour moi toute seule. Maman et Joli étaient expressives pour tous les autres : elles pleuraient, toutes les deux, intarissablement. Dans le silence du bûcher, on n'entendait que le bruit rythmé des jets de lait qui tombaient dans le seau avec un claquement sec.

Quand maman a eu fini, elle a pris le seau et allait sortir sans adresser la parole aux deux hommes, mais le plus petit des deux a demandé :

– Vous n'auriez pas un morceau de corde ?

– Dans la cuisine.

Et on l'a tous suivie dans la cuisine. Là, elle a posé le seau sur la table et a essayé encore une fois de les persuader de ne pas emporter Dame-Barbe.

– Est-ce que vous ne pourriez pas simplement oublier que vous l'avez vue ?

– Nous ne faisons que notre travail, madame, a répondu sèchement le petit homme. Donnez-nous cette corde, nous devons partir.

Maman est allée chercher de la ficelle dans le buffet. Joli s'accrochait à sa jupe et elle l'a prise dans ses bras, ouvrant le buffet de sa main libre. Elle en a sorti un long bout de corde usée et effilochée et le leur a tendu. En s'approchant pour prendre la corde, le petit homme est passé devant l'ouverture de la porte du salon, y a jeté un coup d'œil et a découvert la radio.

– Vous ne savez pas que vous auriez dû la rendre depuis janvier dernier ?

L'autre homme est entré au salon, il a débranché la radio, enroulé le cordon autour du poste et l'a pris sous son bras. Puis il a rejoint son camarade qui l'attendait sur le seuil, sa corde à la main. Sans ajouter un mot, ils sont sortis tous les deux.

Maman a posé Joli par terre, a fermé la porte derrière eux et, s'appuyant au battant, nous a regardés sans rien dire. Au bout d'un long moment, elle est sortie de la maison, est allée fermer le portail à clé puis, revenant à la cuisine, elle a repris dans ses bras Joli qui pleurait toujours.

– Qu'est-ce qu'ils vont faire de Dame-Barbe ? ai-je demandé.

– L'envoyer dans le désert, leurs péchés sur la tête, je suppose.

– Je ne comprends pas.

– Ça n'a pas d'importance, a dit maman en entrant dans la chambre.

Un soir, quelques jours avant la réouverture de l'école, nous avons appris que désormais les enfants juifs ne seraient plus admis dans les écoles publiques. Mme Gerber a décidé alors de nous donner, à Judi, Iboya et moi, des cours de hongrois, d'allemand et d'histoire. On allait chez elle tous les matins, Iboya et moi, et on rentrait à la maison à l'heure du déjeuner. Sur le chemin du retour, on devait passer près de l'école à l'heure où les autres enfants étaient dans la cour de récréation, et on se sentait toutes drôles à les regarder, de la rue, faire leurs exercices de gymnastique.

Vers octobre, les professeurs juifs, à qui on avait aussi interdit d'enseigner dans les écoles publiques, ont ouvert une école improvisée dans la salle d'instruction religieuse de la grande synagogue, dans la rue principale de la ville. Dans la classe où l'on nous a mises, Iboya et moi, il y avait des élèves qui se répartissaient entre le cinquième et le dixième niveau. Les professeurs ont bien essayé au début de nous faire étudier toutes les matières du programme normal, mais ils se sont vite découragés et ont décidé de concentrer plutôt leurs efforts sur les maths, les lectures en hongrois et en hébreu et l'histoire juive.

C'est à cette époque que j'ai découvert Gari Weiss, qui avait presque trois ans de plus que moi. Sa famille était une des plus riches de la ville et possédait une grande maison derrière la briqueterie. En classe, je passais mon temps à le regarder, et j'ai décidé qu'il me plaisait plus les jours où il portait une chemise blanche, ce qui donnait un air très viril à sa peau brune et mettait en valeur ses cheveux noirs soigneusement lissés. Au lieu de faire mes devoirs, j'écrivais des petits mots à Gari – où je lui proposais de nous voir à un endroit puis à un autre – que je finissais toujours par jeter. Il rentrait de l'école par le même chemin que moi mais il était toujours avec Robi Berg. Il jouait aussi au tennis avec Robi, sur le court derrière la grande maison des Weiss. On allait souvent les regarder jouer, Judi et moi, inventant toutes les manœuvres possibles pour attirer l'attention de Gari, sans succès. Iboya me taquinait à propos de mon béguin pour Gari, mais Judi, elle, me comprenait parce qu'elle était amoureuse d'un des commis de la librairie. Hari avait seize ans et, quand ils se voyaient, ils parlaient de livres. Un jour que Judi me racontait qu'Hari était venu dîner chez elle, j'ai demandé, étonnée :

– Et ta mère ne dit rien ? Il est quand même bien plus vieux que toi, et puis il n'est pas juif.

– Ce genre de choses, ça lui est complètement égal, à maman. Elle est moderne, a répondu Judi, catégorique.

A chaque fois que Judi se mettait à m'expliquer à quel point on était modernes dans sa famille, je me sentais mal à l'aise – comme si elle voulait dire que nous on était un peu arriérés. Je ne pouvais pas m'empêcher de me demander ce qu'elle aurait pensé si elle avait rencontré Babi. Ou ce que Babi penserait d'elle. La première fois que j'avais parlé de Komjaty à Judi, elle avait simplement répondu :

– Ça m'amuserait de voir un jour ce village endormi.

– Mais les gens de Komjaty ne sont pas endormis du tout ! avais-je protesté, choquée. Ils travaillent très dur !

– Ils sont endormis par rapport à l'histoire, insista-t-elle. Ils ont laissé passer le progrès à côté d'eux sans même le voir. Ils pensent et ils travaillent de la même façon que le faisaient leurs ancêtres. Ils ne lisent pas les journaux. Ils n'ont même pas idée de ce qui se passe en dehors de leur village.

– Ma Babi lit les journaux et elle sait tout sur Hitler.

– Alors elle devrait avoir écouté ta mère et avoir quitté cet endroit depuis longtemps.

– Mais elle ne peut pas abandonner sa terre et ses animaux !

– Elle s'accroche à sa terre, mais c'est une illusion. J'ai entendu ma mère en parler. Elle dit que ta grand-mère croit qu'en possédant de la terre en Hongrie elle fait partie de la Hongrie. Mais aucun Juif n'appartient jamais à la terre où il vit, sauf si cette terre est celle de Palestine.

– Mais ta mère et toi, vous pensez bien que vous êtes hongroises !

– Pas vraiment.

Judi avait l'art de m'embrouiller les idées et j'avais parfois l'impression qu'elle le faisait exprès, pour le plaisir.

– Babi est très intelligente, ai-je continué ce jour-là, elle lit l'hébreu, le yiddish, l'ukrainien et le hongrois. Même les rabbins de Komjaty la respectent et viennent lui demander conseil.

– Les rabbins, m'a interrompue Judi avec brusquerie, ne sont pas des penseurs modernes.

Il n'y avait jamais moyen, avec Judi, d'avoir le dernier mot. Quand on essayait de discuter d'un livre qu'on avait lu toutes les deux, on découvrait que nos points de vue étaient toujours complètement différents. Et Judi, invariablement, finissait par conclure :

– Tu ne l'as pas lu avec un esprit ouvert.

Pourtant, j'ai eu l'avantage sur Judi au moins pour une chose : j'ai eu mes premières règles avant elle. J'ai senti que ça commençait, un jour, en classe, à notre école improvisée, et à l'interclasse j'ai couru le raconter à Judi. Nous avions discuté souvent de la menstruation, mais malgré tout j'étais effrayée et bouleversée.

– S'il te plaît, tu pourrais aller dire à Mlle Solomon que j'ai mal à l'estomac et que je suis rentrée à la maison ? ai-je demandé à Judi.

– Non, certainement pas : on va aller la voir toutes les deux et lui dire la vérité.

Et elle m'a prise par la main et m'a emmenée vers le coin où les professeurs s'asseyaient entre eux pour prendre le thé. J'essayais de m'échapper mais elle ne me lâchait pas et son insistance rendait la fuite impossible : tout le monde l'aurait remarquée.

– Mademoiselle Solomon, a demandé Judi en s'approchant de la table, est-ce qu'on pourrait vous parler un moment, Piri et moi ? C'est urgent.

Mlle Solomon s'est levée et nous a accompagnées dans le couloir. Puis elle s'est arrêtée et a attendu que l'une de nous dise quelque chose. Judi aussi a attendu un moment pour me donner le temps de parler, mais j'étais bien trop intimidée.

– Piri voudrait que vous l'excusiez pour aujourd'hui, a-t-elle donc fini par dire, ses règles viennent juste de commencer, et elle voudrait rentrer chez elle.

Mlle Solomon, surprise, est restée une seconde la bouche ouverte avant de répondre, en nous regardant l'une après l'autre.

– Tu es excusée, Piri, et ne reviens que quand tu te sentiras tout à fait bien.

– Est-ce que je peux la raccompagner chez elle ? a demandé Judi.

– Oui, Judi, c'est entendu. Et soyez prudentes toutes les deux.

Après quoi elle s'est écartée de nous et est retournée s'asseoir à la table des professeurs. On a pris nos livres et on est parties.

Sur tout le chemin du retour, Judi n'a pas cessé de me poser des questions, une douzaine de questions différentes, sur l'effet que ça faisait d'être une grande personne et d'avoir ses règles. Et je me suis sentie soulagée quand je suis enfin arrivée à la maison et que maman, à sa façon silencieuse et efficace, a pris le relais.

Chapitre 15

Iboya n'appréciait pas l'école improvisée de la synagogue. Au milieu des classes bruyantes et dissipées, elle n'arrivait pas à se concentrer et elle s'est mise à souffrir de migraines de plus en plus fréquentes. Il s'est ensuivi des discussions interminables entre elle et maman, parce qu'elle aurait voulu quitter l'école et chercher du travail. Maman, elle, insistait pour qu'elle continue ses études au moins jusqu'à ses seize ans. D'ailleurs, comme elle le lui faisait remarquer, où une jeune Juive de quinze ans allait-elle, en ce moment, trouver du travail ?

Ça aurait pu durer longtemps, mais un vendredi soir, au début du printemps, Iboya est revenue de l'école pâle comme un linge et les yeux tout rétrécis par la douleur. J'aidais maman à nettoyer le poisson que M. Schwartz venait de nous apporter, pendant que le poissonnier buvait son bouillon chaud à petites gorgées.

– Encore une migraine ? a demandé maman.

– Oui.

Iboya a posé ses livres en demandant de l'aspirine. Maman est allée en chercher dans le placard, et lui a tendu un verre en s'exclamant, soucieuse :

– Je sais bien que tu es nerveuse et que cette école ne te plaît guère, Iboya. Mais tu es trop jeune pour abandonner tes études !

– Je ne vois pas pourquoi, a répondu Iboya, et, reprenant les arguments que je lui avais déjà entendu employer plusieurs fois, elle a enchaîné : De toute façon, on n'apprend rien du tout. Ça n'intéresse personne d'étudier des guerres dans lesquelles ont combattu nos arrière-arrière-grands-pères, quand la guerre est là, juste derrière la porte.

– Quel âge as-tu, Iboya ? a interrompu M. Schwartz en se tournant vers elle.

– Quinze ans.

– Et qu'est-ce que tu aimerais faire à la place de l'école ?

– Lujza l'a emmenée au Club sioniste, a dit maman avant qu'Iboya ait eu le temps de répondre à M. Schwartz, et je sais qu'elle prend leur mission très au sérieux.

Alors, finalement, maman connaissait le secret d'Iboya !

Ma sœur a rougi jusqu'aux cheveux en réalisant, elle aussi, que maman n'était pas dupe des histoires qu'elle inventait pour s'excuser de rentrer de plus en plus tard de ses réunions de la Croix-Rouge.

– C'est Lujza qui te l'a dit ? a-t-elle interrogé, d'un air méprisant.

– Non, elle n'a pas eu besoin de me le dire. Moi aussi, à ton âge, j'étais révolutionnaire. Je connais tous les symptômes.

– Est-ce que tu crois que ça te plairait de venir travailler avec moi au magasin ? a interrompu M. Schwartz.

– A quoi peut-elle vous servir, au magasin ?

– J'ai besoin d'un caissier. Quelqu'un à qui je puisse faire confiance.

– Mais vous n'avez pas le droit d'embaucher une employée juive.

– Bien sûr ! Mais je ne l'embauche pas. C'est simplement la fille d'une amie qui vient me donner un coup de main. D'ailleurs, c'est la vérité. J'aurai besoin d'elle le jeudi et le vendredi, c'est les jours où il y a le plus de travail. Depuis que la viande est introuvable, toutes les femmes juives ont, comme vous, besoin de poisson pour le repas du sabbat. Je trouverai un moyen de dédommager Iboya pour son travail. Des crédits sur d'autres magasins, par exemple. Et puis je ne vous ferai pas payer le poisson du vendredi !

Maman s'est mise à rire.

– Ça fait déjà un bon moment que vous ne me le faites pas payer ! J'espère que vous tenez le compte de mes dettes !

– Si Iboya travaille pour moi, elle en viendra vite à bout. Bien sûr, il va falloir qu'elle s'habitue à l'odeur du poisson.

La vérité, c'est qu'on n'avait jamais pu s'habituer à l'odeur de poisson de M. Schwartz, et on détestait tous s'asseoir à côté de lui pour les dîners du vendredi soir, où il était toujours invité. D'ailleurs, maman l'invitait de plus en plus souvent depuis que Lilli n'était plus là. Lilli s'était toujours sentie mal à l'aise devant sa manche vide.

Une fois, j'avais entendu maman qui disait à Lilli :

– Finalement, la perte de son bras a été une bénédiction camouflée. M. Schwartz est le seul Juif de la ville qui a encore le droit de s'occuper lui-même de son magasin et il touche même encore sa pension.

– Il me donne le frisson, avait répondu Lilli. Il me fait me souvenir de la guerre à chaque instant.

– Ça doit être exactement ce que ressentait sa femme. Elle s'est enfuie après son retour de la Première Guerre mondiale. Quelle femme stupide ! Ne pas se rendre compte de la chance qu'elle avait qu'il soit revenu ! Il y a bien pire que d'avoir un homme avec un seul bras.

Ce jour-là, Lilli avait mis un point final à la discussion en enfilant son manteau pour sortir, et en annonçant qu'elle allait acheter le journal. Évidemment, elle n'avait aucune envie d'entendre un mot de plus sur M. Schwartz et sur la guerre.

Après un temps de réflexion, maman s'est tournée vers Iboya en disant :

– Ça m'a l'air d'être une bonne idée. Je te ferai excuser le jeudi et le vendredi à l'école Qu'est-ce que tu en penses ?

– Oh oui, je serais vraiment contente d'essayer, a dit Iboya, ravie.

– Ce n'est pas exactement ce que j'avais rêvé pour mes filles, mais après tout c'est la guerre, et c'est toujours respectable de travailler, a conclu maman.

Et c'est comme ça qu'Iboya a commencé à travailler à la poissonnerie. Elle devait porter un tablier de caoutchouc à cause des éclaboussures d'écailles de poisson et, le soir, en rentrant à la maison, elle faisait chauffer des quantités d'eau pour s'immerger complètement dans un bain bien moussant et essayer de se débarrasser de l'odeur du poisson. Malgré tout, je la sentais encore dans ses cheveux, la nuit, quand on était couchées côte à côte dans notre lit, mais je n'y ai jamais fait aucune allusion.

Après le voyage de maman en Pologne, Lujza a commencé à venir souvent nous rendre visite. Maman et elle avaient l'air d'oublier leur ancienne inimitié et elles passaient de longues soirées autour de la table de la cuisine, une tasse d'infusion à la main, à comploter ensemble, cherchant comment ramener Etu de Budapest. Un soir, alors qu'elles parlaient d'Etu et de Roszi, maman a brusquement demandé à Lujza si elle ne pourrait pas obtenir des informations sur le camp de prisonniers de papa en Russie, et comment on pourrait lui faire parvenir une lettre.

– J'aimerais bien en avoir les moyens, Rise. C'est mon frère, après tout. Mais si tu savais... Ma mère croit que les sionistes sont des magiciens. Elle veut non seulement que je trouve des informations sur Ignac mais aussi sur Srul et sa femme, en Russie, et sur mon beau-frère, en Roumanie. J'aimerais bien que la résistance sioniste ait seulement la moitié du pouvoir que vous lui prêtez, ma mère et toi. Mais malheureusement, avec les nouvelles lois qui limitent les voyages et les Américains qui ne nous envoient plus autant d'aide et d'argent qu'avant, on a dû presque tout arrêter. J'ai bien peur que tout ça soit fini. Notre tâche principale, aider des Juifs à partir en Palestine, est terminée : tous ceux qui ne sont pas partis avant décembre dernier sont coincés ici. Et il y a beaucoup d'autres choses qu'on faisait avant et qui sont devenues impossibles. Nous avons dû abandonner notre lieu de réunion habituel, et nous sommes surveillés de près, je veux dire, les sionistes vraiment actifs, comme moi. Et quand la police arrête l'un d'entre nous, ils ne s'en prennent pas seulement à lui : c'est toute la famille qui reçoit le même châtiment, la déportation en Pologne. Ça vient juste d'arriver à un de nos agents les plus actifs. Ils ont été déportés, lui et toute sa famille : son père, sa mère, sa femme et ses enfants. Qui peut prendre sur soi la responsabilité d'entraîner toute sa famille à un sort pareil ?

Et sur ces mots Lujza s'est tue. Maman s'est levée pour lui préparer une tasse de thé, grattant les dernières feuilles au fond du pot. Quand le thé a été prêt, elle en a versé une tasse à Lujza, puis, mue par une idée subite, elle est allée droit au placard qui contenait la dernière précieuse bouteille de rhum. Elle l'a prise, l'a débouchée, et Lujza a tendu sa tasse où maman a versé doucement, en inclinant à peine la bouteille, un petit peu du liquide ambré qui s'est mêlé à la sombre couleur du thé russe.

– Prends-en aussi un peu, Rise, a insisté Lujza.

Maman a hésité un instant puis a placé la passoire d'argent au-dessus d'une tasse propre, s'est versé un peu de thé et a ajouté le rhum. Leurs visages se sont lentement détendus au fur et à mesure qu'elles buvaient leur thé à petites gorgées.

Lujza a souri.

– Eh bien, on dirait que les Alliés vont réussir à chasser les Allemands d'Afrique du Nord.

– L'Afrique ! a soupiré maman. Et ça nous sert à quoi ? Notre seul espoir, c'est que les Russes arrivent ici avant que les nazis aient fini de prendre le contrôle du pays.

Lujza l'a regardée avec surprise, choquée, mais n'a rien dit. Les communistes, je le savais, étaient antisionistes, et ça m'étonnait d'entendre maman dire ce qu'elle venait de dire. Mais je n'ai pas fait de commentaires non plus. Puis Lujza s'est levée lentement, a pris son manteau, nous a dit au revoir et est partie.

M. Schwartz a bientôt pris l'habitude d'emmener Iboya avec lui à Porta, un petit village de pêcheurs près de la frontière slovaque où il retrouvait les pêcheurs quand ils rentraient. Le jeudi et le vendredi matin, il partait avec elle à l'aube, revenait au magasin vers 9 heures pour ouvrir les portes à la foule déjà rassemblée. Vers midi, tout le poisson était vendu et M. Schwartz devait fermer pour le reste de la journée. Parfois, les gens qui n'avaient pas obtenu de poisson menaçaient d'enfoncer les portes fermées et Iboya devait quitter le magasin par-derrière, avec son poisson enveloppé dans un morceau de bâche.

Un jeudi soir, au dîner, Iboya s'est plainte d'une forte migraine et elle avait l'air plus fatiguée et plus bouleversée que jamais.

– Si tu veux, je peux dire à M. Schwartz que je ne veux plus que tu l'accompagnes chercher le poisson à Porta, a dit maman.

– Tu ne peux pas savoir, a dit Iboya, il a vraiment besoin de mon aide.

– Il pourrait emmener un de ses autres employés.

– C'est des *goyim,* on ne peut pas leur faire confiance.

– Pourquoi ? tu dois manipuler de l'argent dans les transactions avec les pêcheurs ?

– Il y a ça, et puis aussi... Iboya s'est interrompue en se posant une main sur le front.

– C'est le poisson qui te donne la migraine, à présent ?

– Ce n'est pas le poisson ! C'est ces gens ! a explosé Iboya.

– Quelles gens ? Maman, alarmée, est devenue grave : raconte-moi.

Iboya a jeté vers moi un regard ennuyé. Je bouillais de colère. Depuis qu'elle avait commencé à travailler à la poissonnerie, elle s'était éloignée de moi. Elle était devenue trop adulte pour me faire confiance, elle s'était repliée sur elle-même et, le soir, elle ne me disait rien et s'allongeait sur notre lit, les yeux fermés. Mais je savais bien qu'elle ne dormait pas et, un soir, j'ai fini par lui dire, en colère :

– Ça m'est bien égal si tu ne veux rien me dire.

– Ce n'est pas toi, Piri. Je ne peux en parler à personne, a-t-elle répondu doucement.

Maintenant maman lui caressait les cheveux.

– Ne t'inquiète pas, disait-elle, Piri ne répétera jamais rien si on lui dit de ne pas le faire. Pas même à Judi, a-t-elle ajouté en me lançant un regard d'avertissement.

J'ai approuvé de la tête.

– Maman, M. Schwartz cache des gens dans sa charrette à poisson quand il revient de Porta, a commencé Iboya lentement.

Maman a pâli et son visage s'est crispé.

– Des réfugiés, tu comprends, a continué Iboya après un silence. Ce matin, on a ramené une femme avec deux enfants. La petite fille n'arrêtait pas de crier, elle mourait de peur sous la toile cirée de la charrette.

– Ça fait combien de temps que vous faites ça ? La voix de maman était sévère.

– Depuis que j'ai commencé à aller avec lui à Porta. Il s'assied sur le banc et tient les rênes, et moi, je me mets à côté de lui, tournée pour regarder derrière ce qu'il ne peut pas surveiller lui-même. Si je vois approcher quelqu'un, je jette la toile cirée sur les passagers. Ils doivent rester dessous jusqu'à ce qu'il n'y ait plus personne en vue ; alors ils ressortent respirer dehors. Aujourd'hui, on a eu notre premier incident. Un policier à cheval s'est arrêté et a entendu pleurer l'un des enfants. Alors M. Schwartz a dit : « Ma petite fille est malade, je l'emmène voir le docteur. » Le policier s'est mis à rire en disant : « Pas étonnant qu'elle se sente mal, au milieu de ce poisson puant. » M. Schwartz a mis ses papiers dans les mains du policier, s'est tourné vers moi et s'est mis à pousser des hurlements : « Je t'ai pourtant bien dit de la prendre sur tes genoux ! Pourquoi tu l'as posée là derrière ? » Il m'a giflée, et puis il a plongé sous la bâche, il a attrapé la petite fille qui pleurait toujours et il me l'a tendue. Ensuite, il s'est remis à fouiller sous la toile cirée, il a sorti un gros poisson qu'il a enveloppé dans un journal et il l'a tendu au policier, en disant : « Apportez ça à votre femme. Il nageait encore il y a deux heures. » Alors le policier a pris le poisson dans sa main gantée, il a tendu ses papiers à M. Schwartz, et il a dit : « Je crois que tout est en ordre. » Alors, on a respiré. Mais, tu comprends, qu'est-ce qui serait arrivé s'il avait regardé sous la bâche et trouvé la femme et l'autre enfant ? J'ai eu tellement peur !

– Et qu'est-ce que vous avez fait de cette femme et de ces enfants en rentrant à Beregszász ?

– Normalement, il me laisse avec les gens qu'on a transportés au coin de la rue Tinodi et je les accompagne chez Mme Silverman.

Maman est restée pensive quelques instants.

– Quand il viendra dîner demain soir, a-t-elle dit finalement, je vais parler à M. Schwartz : il faut en finir avec tout ça. Ça ne faisait pas partie de notre accord.

– Mais, maman, a repris Iboya, il y a tellement de gens qui ont besoin qu'on les fasse passer, et il ne peut faire confiance à personne d'autre, à part moi. D'habitude, je n'ai pas de problème, c'est juste ce matin, avec ce bébé qui criait et puis lui qui s'est mis à hurler contre moi. Je ne savais pas ce qui allait se passer. Tu sais, M. Schwartz s'en est très bien tiré, c'était vraiment une bonne idée de s'en prendre à moi, de raconter tout ça au policier et de lui donner le poisson.

Maintenant que je connaissais l'histoire d'Iboya, j'avais terriblement honte de m'être mise en colère, je comprenais que, si elle ne m'avait rien raconté avant, c'était seulement pour me protéger. Pourtant, j'aurais quand même préféré qu'elle m'ait fait assez confiance pour me parler. J'étais capable de garder un secret, et même de le cacher à maman s'il le fallait. Après tout, je n'avais jamais dit à maman qu'Iboya rencontrait Shafar à chaque fois qu'elle allait aux réunions sionistes. Il fallait que je fasse comprendre ça à Iboya, d'une façon ou d'une autre. Et bien sûr que je n'allais pas raconter à Judi ce que je venais d'apprendre. D'ailleurs, ça me plaisait assez de savoir quelque chose qu'elle ignorait.

Le lendemain soir, au dîner, maman a quand même dit à M. Schwartz qu'elle était surprise d'apprendre ce qu'Iboya et lui faisaient réellement à Porta, et elle a dit que ça ne lui semblait pas raisonnable de laisser Iboya continuer à l'aider. Mais il a réussi à la convaincre qu'il pourrait se tirer de n'importe quelle situation aussi bien qu'il venait de le faire la veille. Il a dit qu'il avait vraiment besoin d'Iboya. Et c'est comme ça qu'elle a continué d'aller à Porta et d'en ramener des réfugiés pendant tout l'été.

Quelques jours après la réouverture de notre école improvisée pour sa deuxième année, j'aidais maman à préparer le dîner quand la porte s'est ouverte brusquement. Iboya est entrée, pâle et épuisée, un journal plié sous son bras. Maman a posé le plat de pommes de terre et lui a pris le journal des mains. Au fur et à mesure qu'elle lisait les titres, je voyais son dos se voûter. Iboya a commencé à parler, d'une voix lourde d'amertume :

– Ça y est, la Hongrie s'est alignée sur la Tchécoslovaquie, la Pologne et l'Allemagne, ils s'empressent tous à qui mieux mieux d'obéir aux ordres d'Hitler contre les Juifs. Ils sont tous pareils, et on est tous Juifs, et tout le monde s'en moque...

Maman a jeté le journal sur une chaise en retournant à ses pommes de terre. Iboya a enlevé sa veste, l'a accrochée au portemanteau et a commencé à mettre le couvert. Alors j'ai ramassé le journal et je l'ai déplié. Le titre barrait toute la page :

LES JUIFS DOIVENT PORTER L'ÉTOILE DE DAVID

Le lendemain matin, le tambour de ville est apparu au coin de notre rue. Il s'est calé là, les pieds bottés bien écartés, et le gros tambour pendant d'une ficelle passée à son cou couvrant presque tout son petit corps. Ses mains faisaient retentir les baguettes sur la caisse à un rythme frénétique et, quand il a vu une centaine de gens rassemblés autour de lui, il a déposé les bâtons sur la caisse du tambour et a sorti un rouleau de sa sacoche. Il s'est éclairci la gorge, il a étiré le cou et il a commencé à lire.

« A partir de la fin de ce mois, le 30 septembre 1943, il devient obligatoire pour tous les Juifs de Hongrie, définis comme tels par l'article 270, de porter une étoile jaune cousue du côté gauche de leur veste ou manteau. Un couvre-feu sera également mis en vigueur. Les Juifs ne seront désormais autorisés à sortir de chez eux qu'entre 10 heures du matin et 3 heures de l'après-midi. »

On a cessé d'écouter, Iboya et moi, et quitté l'attroupement, mais on a renoncé à poursuivre notre chemin vers l'école : il n'y aurait guère de cours, aujourd'hui. On s'est mises à traîner au hasard dans les rues, et on est arrivées à la rue Tinodi où on s'est arrêtées pour écouter un orgue mécanique. L'organiste tournait la manivelle sur le côté de la boîte, et au son de la mélodie de *Sorrento* un grand oiseau multicolore dansait sur la surface plate, suivant le rythme avec entrain. Quand la chanson s'est terminée, l'homme a passé son chapeau à la ronde et récolté quelques pièces. Iboya et moi, on n'avait rien à lui donner et on s'est éloignées, gênées. Alors on est tombées sur une famille de réfugiés roumains, deux petites filles de deux et six ans environ avec leur mère. Elles nous ont dit que ça faisait des jours et des jours qu'elles marchaient sans pouvoir trouver où dormir, et on les a amenées chez Mme Silverman. Quand finalement on est rentrées à la maison, on a trouvé maman assise sur la terrasse avec Mme Gerber. On leur a parlé de la Roumaine et des petites filles.

– Une amie de Budapest m'a écrit qu'il y a plus de quinze mille réfugiés juifs qui errent sur les routes de Hongrie, et le gouvernement fait semblant de ne pas s'en apercevoir, a dit Mme Gerber.

– Maintenant, avec le couvre-feu et l'étoile de David, ça va devenir vraiment difficile, a commenté Iboya.

– Mon épicier a entendu dire que Horty avait réussi à repousser les exigences des Allemands pour l'étoile jaune, a répondu Mme Gerber.

– Mais, et le couvre-feu ? ai-je demandé.

– Ça pourrait être pire, a dit Mme Gerber.

Seulement, le problème du couvre-feu, c'était le rationnement. C'est ce que maman nous a expliqué en rentrant du marché avec un panier vide.

– Après 10 heures, il ne reste absolument rien. Maintenant, on peut jeter nos tickets de rationnement à la poubelle. Ils ne nous servent plus à rien.

Chapitre 16

Une nuit, très tard, on a entendu frapper à la porte. Maman a sauté de son lit et s'est mise à tâtonner dans le noir pour enfiler son peignoir : je distinguais dans l'ombre les mouvements désordonnés de ses bras qui cherchaient les manches.

– Pourquoi tu n'allumes pas ?

Elle n'a pas répondu.

– Qui ça peut être à une heure pareille ?

Je me suis blottie contre Iboya et je sentais des frissons parcourir son corps. Je me suis rappelé la nuit où papa s'était échappé de la gare pour venir frapper à la fenêtre. J'ai prié en silence : « Dieu Bien-Aimé, faites que ce soit papa ou Lilli. »

Finalement, Iboya et moi, on s'est levées et on est allées rejoindre maman à la porte. En s'approchant, on l'a entendue demander d'une voix forte et brusque qui ne lui ressemblait pas :

– Qui est-ce ?

La voix brisée qui lui a répondu était encore plus inhabituelle.

– C'est moi, Sanyi.

– Oh, mon Dieu ! Qu'est-ce qui se passe ?

– C'est Lujza ! a sangloté notre oncle Sanyi derrière le portail.

On essayait, Iboya et moi, de distinguer quelque chose au clair de lune, et maman s'est précipitée pour ouvrir le portail, les mains tremblantes. Sanyi est entré et a essayé de parler, mais il ne pouvait pas contenir ses sanglots. Il crispait les doigts sur le col de son manteau noir et le serrait de toute sa force autour de son cou. Maman a passé un bras autour de ses épaules et l'a poussé doucement dans la cuisine. Alors elle a allumé, l'a regardé et l'a serré dans ses bras en le berçant doucement et en murmurant :

– Pauvre garçon !

Sanyi a posé la tête sur l'épaule de maman et s'est laissé bercer. Peu à peu, ses sanglots se sont calmés et, au bout de quelques minutes, il a levé la tête et a regardé maman bien en face, de ses yeux rougis, brillants de larmes et de fièvre.

– Lujza est morte !

– Quoi ! Mais comment ? Quand ? A cause des sionistes ?

– Non. Elle a été accusée par son contrôleur de voler de l'argent au magasin et elle est rentrée très déprimée du travail : ils lui ont dit de ne plus se présenter. Mais, tu sais bien, elle n'aurait jamais été capable de voler quoi que ce soit. C'est un mensonge.

Et il s'est remis à pleurer.

– Mais comment est-elle morte ?

Il a respiré à fond, avec un sanglot étouffé, et a repris :

– Le train. Ce soir, on a entendu le train freiner avec un grincement terrible. Le train de nuit de Miskolc. Je suis sorti en courant avec mon père pour voir pourquoi le train s'arrêtait juste à côté de la maison. Ça fait des années qu'on en entend tous les jours, mais jamais un seul ne s'est arrêté avant d'entrer en gare. Dehors, on a trouvé un grand remue-ménage, il y avait une foule de gens au bord des voies et quelqu'un nous a dit qu'une femme s'était jetée sous les roues et que le train lui était passé dessus. On a traversé la foule à grand-peine, mon père et moi, et on a vu deux cheminots qui portaient sur une civière un corps enveloppé dans une couverture. Dans l'obscurité, on a seulement vu que c'était une forme féminine. Et on a repris le chemin de la maison. Mais en arrivant devant la porte, on a trouvé un policier, avec des papiers à la main, qui était sur le point de tirer la sonnette. Il a demandé :

– Monsieur Davidowitz ?

– Oui, c'est moi, a répondu mon père, en quoi puis-je vous être utile ?

Comme notre maison est la plus proche du lieu de l'accident, il pensait que le policier venait nous demander de l'aide.

– Vous avez bien une fille du nom de Lujza ? Il vient d'y avoir un accident.

– Je sais. Nous en revenons à l'instant, mais qu'est-ce que cela a à voir avec ma fille ?

Nous pensions, père et moi, que Lujza était allée à un meeting sioniste.

– Voulez-vous m'accompagner, s'il vous plaît ?

Alors nous sommes retournés avec lui vers la voie ferrée. Ils ont approché une lanterne de la civière et ont découvert le corps.

– Pouvez-vous identifier la victime ? a demandé le policier.

C'était Lujza ; on l'a vu tout de suite mais aucun de nous deux ne pouvait parler. Elle avait la tête écrasée, le corps déchiqueté, mais c'était bien elle. Elle était sortie avec son manteau de poney, et il était là en lambeaux. Père leur a dit de porter le corps dans notre grange. Il voulait d'abord parler à maman avant de le porter dans la maison. Puis il m'a dit de venir te prévenir.

Pendant tout son récit, Sanyi n'avait pas cessé de claquer des dents et ses mains tremblaient sans qu'il puisse les contrôler. Maman, de nouveau, l'a pris dans ses bras et l'a bercé doucement. Elle ne lui arrivait qu'à l'épaule mais Sanyi se penchait sur elle pour poser la tête contre son cou, de sorte qu'ils étaient au même niveau. Iboya et moi, on s'est regardées et on a commencé à pleurer doucement.

– Iboya, fais du feu. Piri, apporte le brandy, a ordonné maman, et sa voix était redevenue presque normale.

Elle a fait asseoir Sanyi et a couvert ses épaules d'une couverture qu'elle est allée chercher dans sa chambre.

– Tu vas rester ici jusqu'à demain matin, lui a-t-elle dit. Tu en as assez vu pour cette nuit.

– Je ne peux pas. Il faut que je rentre les aider, a-t-il protesté.

– Il n'y a rien à faire. Tu as déjà eu de la chance de ne pas te faire prendre en venant ici. Tu sais bien que nous n'avons pas le droit de sortir à cette heure-ci. Quand il fera jour, nous irons chez toi ensemble. Tu as tes papiers sur toi ?

Sanyi a jeté un coup d'œil à son manteau et a secoué la tête.

– C'est le manteau de mon père. J'ai cru que c'était le mien.

Il a plongé la main dans la poche intérieure et en a sorti un portefeuille noir.

– J'ai les papiers de papa.

– Tu as eu de la chance ; ces jours-ci, ils ont fait plus de rafles de nuit que d'habitude. On va attendre le jour. Il n'y a rien à faire maintenant et tes parents savent où tu es.

Maman a versé dans un verre un peu de notre liqueur de poire et l'a tendu à Sanyi. Il a porté le verre à ses lèvres en le serrant entre ses mains tremblantes, puis il a tendu le verre vide à maman et on s'est assises, Iboya et moi, à côté de lui, en lui prenant chacune un bras ; il ne nous a pas repoussées. Le lendemain matin il est sorti avec maman. Quand elle est revenue, dans l'après-midi, elle nous a dit que les funérailles de Lujza auraient lieu le matin suivant, et qu'Iboya irait pendant que je m'occuperai de Sandor et Joli. D'une certaine façon, j'étais contente de ne devoir aller ni à l'enterrement ni au cimetière. Je me suis soudain rappelée que Lujza était à peine plus vieille que Lilli.

En rentrant des funérailles, Iboya m'a dit que très peu de gens étaient venus à l'enterrement de Lujza. Il n'y avait eu personne de l'organisation sioniste. Maman a dit que probablement ils avaient eu peur de venir. Personne ne croyait à cette histoire de vol. La police avait dû découvrir les activités sionistes de Lujza, et elle l'avait appris. Son suicide était sa manière de sauver sa famille. Iboya m'a dit que maman était la seule à ne pas pleurer à l'enterrement. La grand-mère Davidowitz s'était évanouie plusieurs fois et il avait fallu l'emporter.

– C'était une fille courageuse, répétait maman.

Et moi, je ne cessais d'imaginer Lujza, seule dans la nuit glacée, dans son manteau de poney, attendant le train... Et le raclement métallique qui lui remplissait les oreilles, juste avant. Maman avait cent fois raison : Lujza était une fille courageuse. En repensant à tous les souvenirs que j'avais d'elle, je me suis rendu compte qu'elle était toujours sérieuse. A la réunion du Club sioniste, elle ne s'était pas mêlée aux chansons et aux danses comme les autres jeunes femmes. Au contraire, elle avait continué son travail, ses rapports, et avait seulement regardé les autres participer aux distractions de la fin de la réunion.

Après l'enterrement de Lujza, maman a mis fin à nos activités clandestines.

– Fini les voyages chez Mme Silverman. Fini les

rendez-vous au train de Komjaty. Et aussi les expéditions à Porta avec M. Schwartz. Je dois garder intact ce qui reste de la famille. Les Allemands sont rendus furieux par leurs pertes sur le front russe, et c'est sur nous qu'ils vont passer leur colère !

Cette fois-ci, elle n'a pas cédé quand M. Schwartz a essayé de la convaincre de laisser Iboya continuer à l'accompagner à Porta, et elle a même remis en question le travail d'Iboya comme caissière à la poissonnerie. Mais finalement, devant la nécessité, elle a dû s'incliner sur ce point, et Iboya a continué d'aller tous les jeudis et tous les vendredis tenir la caisse de M. Schwartz et de nous rapporter du poisson pour le dîner.

Quelques semaines plus tard, un soir de neige, Shafar est venu frapper à la maison. Il venait de recevoir l'ordre d'aller se présenter immédiatement pour travailler dans l'une des nouvelles usines de munitions de Budapest, et il voulait dire au revoir à Iboya. Maman, qui savait désormais qu'Iboya avait été aux réunions du Club sioniste, a reçu Shafar comme un des camarades de sa fille. D'ailleurs, il a eu l'air de lui plaire. La conversation est tombée sur Budapest, alors elle a parlé d'Etu et il a aussitôt promis d'essayer de la retrouver et de voir s'il pouvait l'aider. Quand il est parti, Iboya l'a raccompagné jusqu'à la rue, puis elle est rentrée en disant qu'elle avait mal à la tête et, évitant les regards interrogateurs de maman, elle est allée se coucher. A l'expression de maman, j'ai vu qu'elle se rendait compte qu'il y avait, entre Iboya et Shafar, plus que de la camaraderie.

Maman a dû commencer à gratter le fond de nos sacs de farine. Cet hiver-là, nous n'avons plus reçu de provisions de Komjaty. Nous avons appris pourquoi par une lettre de Molcha. La récolte déjà maigre de 1943 avait été confisquée pour l'effort de guerre et on n'avait laissé aux fermiers que le strict minimum. Ils avaient pris à Babi toutes ses réserves, y compris les poules. Ils avaient même cueilli ses prunes et ses raisins jusqu'au dernier grain. Les lettres de Roszi, de toute façon, cherchaient à nous rassurer; elle ne voulait pas que maman s'inquiète. « Nous nous débrouillons très bien », écrivait-elle à chaque fois. Et elle avait cessé de demander s'il y avait des nouvelles de Lilli, Lajos et Manci ou si on avait reçu une lettre de papa. Maman ne nous envoyait plus à la rencontre du facteur et avait cessé d'attendre sur la terrasse, anxieuse, à l'heure du courrier. Ça ne voulait pas dire qu'elle les croyait perdus. Je l'ai entendue très souvent discuter de ce qu'ils avaient pu devenir avec Mme Gerber. Toutes les deux, elles imaginaient que papa, prisonnier de guerre en Russie, avait dû réussir à entrer en contact avec son frère Srul, qui avait maintenant une certaine influence politique, après avoir été un communiste fervent pendant tant d'années. Mme Gerber assurait toujours à maman que l'argent qu'elle avait laissé à cette famille polonaise était sans aucun doute parvenu à Lilli; si Lilli ne pouvait pas prendre le risque d'écrire, raisonnait-elle, c'est que l'arrivée chez nous d'une lettre de Pologne aurait éveillé les soupçons.

Je n'aurais pas su dire si elles croyaient vraiment, l'une ou l'autre, à ce qu'elles disaient, ou si ces conversations avaient fini par devenir simplement un élément du rituel de leurs rencontres. En général, Mme Gerber arrivait chez nous très déprimée.

– Il fallait vraiment que je vienne aujourd'hui, disait-elle à chaque fois. Je ne pouvais plus contrôler mes idées noires, mon imagination me perdra ; je n'en peux plus, vraiment je n'en peux plus ! Et puis les enfants voulaient venir vous voir. Maman trouvait toujours quelque chose à leur offrir, une soupe de légumes ou des galettes de pommes de terre, ou des nouilles saupoudrées d'un peu de sucre et de quelques noix râpées cueillies au noyer du jardin. Mme Gerber s'émerveillait toujours de son ingéniosité et maman répondait :

– En réalité, j'ai toujours été une paysanne.

Presque tous les ingrédients de ces repas provenaient de notre propre potager, qui complétait, et souvent remplaçait les rations de plus en plus réduites. Non seulement maman faisait des conserves mais, en plus, elle replantait les carottes et les panais dans des boîtes de sable humide qu'elle gardait dans la maison. Cette méthode permettait d'avoir toujours des légumes frais et, en outre, il repoussait de nouvelles feuilles qui servaient de légumes pour la soupe pendant tout l'hiver. Maman avait aussi fait des réserves de choucroute, de concombres au vinaigre et de coulis de tomates et il y avait même un petit tonneau de harengs salés fait avec le poisson que nous donnait

M. Schwartz. Bref, elle déployait des prodiges d'imagination.

Mme Gerber, pour ne pas être en reste de générosité, arrivait de temps en temps avec un cadeau pris dans sa maison.

– Si vous continuez, disait maman, votre maison va finir complètement déserte.

– Déserte ou pas, ma maison ne me sert à rien, répondait Mme Gerber. Mais vous, vous me redonnez toujours du courage.

Judi, Iboya et moi, on avait toujours des milliers de choses à se dire, et Pali, Sandor et Joli avaient l'air de bien s'amuser ensemble. Joli avait maintenant trois ans, et c'était devenu, malgré les épreuves et le chagrin au milieu desquels elle grandissait, une belle petite fille pleine de vie. Maintenant, Sandor et elle s'entendaient bien et pouvaient jouer ensemble, et quand je les regardais je me souvenais souvent des jeux d'autrefois entre Sandor et Manci.

Je ne parlais jamais de Manci en présence de maman : je ne pouvais pas supporter la souffrance que ce seul nom réveillait au fond de ses yeux. Même l'absence de Lilli ne la blessait pas d'une douleur aussi aiguë que la perte de sa petite-fille. L'idée que Manci aurait pu être sauvée ne cessait de la tourmenter. Au fond d'elle-même, sous mille formes différentes, l'idée qu'elle aurait pu les empêcher de l'emporter renaissait toujours. Parfois, si je me réveillais pendant la nuit et que j'allais chercher un verre d'eau, je trouvais maman assise dans la cuisine glaciale. On aurait dit que je la tirais d'un rêve quand je lui disais, en lui touchant l'épaule :

– Anyuka, va te coucher, il fait froid.

– Je ne peux pas dormir, répondait-elle.

Alors, faute de pouvoir la consoler, j'allais chercher mon manteau et je m'asseyais près d'elle sans rien dire. Et nous restions souvent ainsi, en silence, à attendre le lever du jour.

Finalement, la neige de l'hiver a été nettoyée par les pluies d'un nouveau printemps et des taches de vert ont commencé à apparaître dans le jardin. Les jours sont devenus un peu plus chauds et le soleil a séché le tas de sable. Sandor et Joli ont recommencé à aller jouer dehors. Des bourgeons sont sortis aux branches du noyer. La Pâque approchait et maman a commencé sereinement les préparatifs. La tradition était si profondément enracinée en elle que ni les peines de la veille ni l'approche rapide des Allemands ne parvenaient à altérer le rite. Je l'ai aidée à sortir les plats de Pâque et à balayer à fond le *chometz;* la moindre miette de pain oubliée au fond du placard ou du garde-manger a été ramassée et brûlée avec le balai de paille. Quelques jours avant la fête, elle a retrouvé par hasard une boîte oubliée où il restait des épices de Pâque.

– Il faut les partager avec ta grand-mère Davidowitz, m'a-t-elle dit. Tu vas lui en apporter de ma part.

Et j'y suis allée aussitôt, avec des instructions formelles de rentrer immédiatement après avoir porté les épices. Quand je suis arrivée chez les Davidowitz, j'ai dû frapper plusieurs fois à la porte avant que Sanyi, l'air inquiet et troublé, sorte de la maison. Il m'a ouvert le portail et m'a fait entrer dans le jardin.

– Qu'est-ce que tu fais-là ? m'a-t-il demandé.

– Maman envoie ces épices de Pâque pour grand-mère, ai-je répondu en lui montrant la petite boîte que j'avais à la main.

– Vous n'allez pas fêter la Pâque ? ai-je ajouté d'une voix hésitante, en me souvenant de leur deuil tout récent.

– Nous partons, Piri, m'a répondu Sanyi, nous quittons le pays. Mes parents sont déjà partis, avec un messager spécial du Juden Bureau. Je suis resté empaqueter quelques affaires et je pars les rejoindre. Les Allemands seront ici d'un moment à l'autre.

J'ai senti la panique monter en moi comme une vague, et je suppose que j'avais l'air complètement bouleversée. Alors j'ai respiré à fond et j'ai réussi à demander :

– Vous allez où ?

– Je ne sais pas. C'est Lujza qui avait tout arrangé avant...

Sanyi s'est tu un instant, puis il a repris :

– Elle avait même fait faire des papiers d'identité chrétiens pour nous, et je crois qu'elle prévoyait d'en faire aussi pour toi, pour Iboya et pour les enfants. Ta mère en a depuis son voyage en Pologne pour aller chercher Lilli. Maintenant, il faut que je parte.

Alors il m'a serrée très fort contre sa poitrine.

– Dis à ta mère de s'enfuir aussi, a-t-il dit en me laissant aller.

Je n'ai rien trouvé à répondre. J'ai repassé la grille du jardin et, après m'être retournée pour le regarder rentrer dans la maison, je suis allée directement chez nous.

– Maman, ai-je commencé dès que je suis entrée dans notre cuisine, ils n'ont pas besoin des épices. Ils quittent le pays. Sanyi m'a dit de te dire de fuir aussi, parce que les Allemands arrivent.

Maman a laissé tomber l'assiette qu'elle était en train d'essuyer, et elle s'est brisée en mille morceaux à ses pieds.

– Est-ce qu'il t'a dit où ils vont ?

– Il ne sait pas. Lujza avait tout arrangé avec quelqu'un du Juden Bureau. Elle leur avait aussi fait faire des papiers de chrétiens, comme les tiens, et il dit qu'elle allait aussi en faire faire pour nous tous...

Maman n'a pas attendu que je finisse de parler, elle m'a tourné le dos et est entrée dans la chambre. Elle s'est mise à rassembler quelques vêtements pour les empaqueter, mais brusquement elle s'est détournée des piles de linge qu'elle venait de jeter sur le lit.

– Et aller où ? a-t-elle dit, en haussant les épaules. Aucun de vous n'a de papiers, et il est 2 heures et demie, presque l'heure du couvre-feu.

Elle est retournée essuyer la vaisselle et j'ai demandé :

– C'est quoi exactement, le Juden Bureau ?

Alors elle m'a expliqué :

– C'est une organisation qui regroupe les Juifs les plus reconnus. Ils servent de dirigeants à toute la communauté.

Juste à ce moment-là, Iboya est entrée dans la cuisine, portant un poisson enveloppé dans un journal.

– Tu sais quelque chose ? a demandé maman.

– On dit qu'Horthy a été séquestré par les Allemands et qu'un nouveau gouvernement va prendre le pouvoir. Une espèce de coup de force. Le nouveau gouvernement va collaborer davantage avec les Allemands. On sera obligés de porter l'étoile jaune.

Nous avons éteint les lumières tôt ce soir-là, mais nous ne nous sommes pas couchées. Maman, Iboya et moi, assises dans le noir, on est restées éveillées, tendant l'oreille au moindre bruit qui nous parvenait de la rue. Même dans l'obscurité de la chambre, je voyais le visage de maman se durcir à chaque bruit de pas dans la rue, à chaque écho de voix masculine.

– Cette nuit, vous allez dormir toutes les deux dans la cuisine du jardin. J'ai préparé quelques couvertures, vous les trouverez sur la chaise, avec deux de mes vieilles robes et deux fichus. Je veux que vous ayez l'air de deux mendiantes, comme ça, si jamais ils viennent, ils vous laisseront tranquilles. Piri, tu vas défaire tes tresses et bien cacher tes cheveux sous le fichu. Barbouillez-vous la figure avec la cendre du fourneau, rendez-vous aussi vilaines que vous pourrez. Les soldats victorieux se conduisent toujours comme des bêtes. Je me souviens de la dernière guerre ; en plus, cette fois-ci, ils sont allemands... Il faut que vous fassiez exactement ce que je vous ai dit.

– Mais toi et les enfants ? a demandé Iboya.

– Ils ne me feront rien, et ils n'ont que faire des enfants. Ce qu'ils veulent c'est du butin à piller et des jeunes femmes.

Au bout d'un moment, le feu s'est éteint, mais nous sommes restées assises, tout habillées, sur le lit de maman. Quand il a commencé à faire froid, on s'est glissées dans le lit en tirant sur nous l'édredon de plume. J'ai commencé à m'assoupir en écoutant la respiration régulière de Sandor et Joli, et j'ai posé la tête sur l'épaule de maman. Elle m'a embrassée sur le front, et puis elle a dit à Iboya :

– Emmène Piri et allez vous coucher. Mais d'abord, faites ce que je vous ai dit.

On est sorties de son lit, elle a allumé une bougie, et nous a accompagnées le long de la terrasse jusqu'à la cuisine du jardin, en protégeant du vent la flamme avec sa main. Elle a fait tomber un peu de cire sur le fourneau froid et y a enfoncé la bougie pour la faire tenir debout.

– Dès que vous aurez fini, vous éteindrez la bougie. Dépêchez-vous et couchez-vous vite, les couvertures sont là. Ne faites pas de bruit, sous aucun prétexte. Quoi que vous puissiez entendre, gardez le silence.

J'ai essayé de la retenir mais elle s'est glissée dehors, a fait tourner la clé dans la serrure et nous a laissées seules. Iboya a suivi ses instructions en se dépêchant le plus qu'elle pouvait. Elle m'a dénoué les cheveux, m'a aidée à enfiler une des vieilles robes et m'a barbouillé la figure de cendres.

– Attache le fichu, qu'il n'y ait pas un cheveu qui dépasse, m'a-t-elle soufflé. Ensuite je l'ai aidée à son tour à s'habiller. Alors, on a éteint la bougie et on s'est glissées sous les couvertures que maman avait laissées sur le lit, en tremblant de froid et aussi de peur. Iboya s'est tournée vers la cloison de bois et je me suis enroulée bien serrée contre elle, les oreilles aux aguets, écoutant les grosses voix et les bruits de bottes sur le sol, la respiration d'Iboya, et le bruit du vent. Et puis j'ai entendu d'autres bruits – une bousculade et des grignotements.

– Qu'est-ce que c'est que ça ? ai-je demandé à Iboya à voix basse.

– Des souris, je suppose.

Je me suis crispée en me serrant encore plus près d'elle. Les souris ont continué de mastiquer je ne sais quoi, et j'ai fermé les yeux et retenu mon souffle le plus longtemps que j'ai pu.

J'ai dû m'endormir car je n'ai repris conscience qu'en voyant de la lumière et en entendant le bruit de la clé dans la serrure. Maman est entrée, vêtue de vieux habits, le visage sale et les cheveux couverts d'un fichu. Pendant une seconde, j'ai oublié où j'étais et je suis restée sidérée par son aspect bizarre. Et puis j'ai vu à côté de moi Iboya qui se redressait, habillée de la même étrange façon, et je me suis rappelé ce qui s'était passé la veille au soir.

– Vous pouvez sortir maintenant, a dit maman, ça s'est calmé.

– Ils sont venus ? a demandé Iboya.

– Oui.

– Je les ai entendus, a dit Iboya.

– Ils ne sont pas entrés dans la maison, mais ils étaient dans notre rue.

Sandor et Joli ont éclaté de rire en nous voyant entrer dans la cuisine.

– Vous avez l'air drôle toutes les deux, a dit Sandor, mais Joli a cessé aussitôt de glousser et il y avait de la peur dans ses yeux bleu acier. Elle a serré ses deux petits bras autour d'elle et s'est mise à trembler.

– J'aime pas quand vous êtes comme ça.

Maman nous a apporté une bassine d'eau.

– Vous pouvez vous laver la figure maintenant, il ne devrait pas y avoir de problème pendant la journée, mais n'importe quel contact avec les Allemands peut être dangereux. Avec ou sans étoile jaune, je ne veux pas que vous sortiez de la maison. Pas avant de voir ce qui va arriver.

Vers 10 heures, maman s'est changée et a remis son déguisement : habillée comme une paysanne, avec les mêmes vêtements qu'elle avait mis pour aller chercher Lilli en Pologne. Elle nous a dit :

– Fermez la grille du jardin à clé, fermez la maison et ne laissez pas les enfants sortir. Je dois aller à la synagogue prendre les *matzos* que j'ai commandés. Peut-être que j'arriverai aussi à acheter quelque chose au marché d'à côté, en tout cas je reviens le plus vite possible. Demain, c'est le premier soir de *seder.*

– Tu ne veux pas que je t'accompagne ? a demandé Iboya.

– Non, reste à la maison avec Piri et les enfants.

Après le départ de maman, Iboya m'a dit que la veille, à la poissonnerie, elle avait entendu quelqu'un dire que les Allemands avaient pris le contrôle de Budapest.

– Qu'est-ce qu'Etu va devenir ? ai-je demandé, pendant qu'on rangeait les assiettes du petit déjeuner.

– Et pourquoi est-ce que Mme Gerber a dit à maman qu'Etu serait plus en sécurité à Budapest, et qu'elle la laisse y rester ?

Iboya m'a regardée, a commencé à répondre, puis elle a changé d'avis et a continué en silence à laver la vaisselle. Pendant que je continuais d'essuyer les assiettes, je me suis souvenue de l'époque où la guerre entre la Hongrie et l'Ukraine avait provoqué la fermeture de la frontière et où j'avais été obligée de rester à Komjaty. Je nous voyais encore, Babi, Roszi et moi, assises dans la cuisine, tendant l'oreille aux coups de feu qu'on entendait au loin. J'avais tellement peur. J'aurais voulu m'enfuir, me cacher. Mais Babi restait assise très tranquillement et lisait son livre de prières. Je regardais son visage à chaque explosion mais elle ne bronchait pas, pas une seule fois, elle se contentait de continuer à lire ses prières, très calme. Et le lendemain, quand j'avais vu les corps des soldats flotter dans la Rika et que j'avais couru, bouleversée et terrifiée, retrouver Babi à la maison, je me souvenais avec quelle gentillesse elle m'avait calmée. Et quand grand-papa était mort, elle était sortie de la chambre en disant doucement : « Dieu l'a rappelé à Lui. »

– Pourquoi est-ce qu'Il a pris mon grand-papa ? avais-je demandé.

– Parce que nous Lui appartenons tous, avait répondu Babi. Nous ne sommes ici que pour accomplir Son œuvre et, quand nous avons fini, Il nous rappelle à Lui.

A ce moment-là, j'avais pensé que Dieu devait être vraiment très égoïste mais j'avais aussi commencé à comprendre que la force de Babi venait de l'intérieur d'elle-même, de sa foi. J'avais essayé de croire, moi aussi, et de prendre la vie à sa façon sereine, mais je n'arrivais à Le sentir nulle part, et encore moins maintenant.

Chapitre 17

La voix inquiète d'Iboya a interrompu ma rêverie.

– Ça fait deux heures que maman est partie. J'aurais dû insister pour l'accompagner.

– Qu'est-ce que tu crois qu'il va nous arriver maintenant que les Allemands dirigent tout ? Est-ce qu'on va aussi devenir des réfugiées ? lui ai-je demandé.

– Il n'y a plus nulle part où s'enfuir. La Hongrie était le dernier pays à ne pas céder aux exigences d'Hitler à propos des Juifs.

Maman n'est rentrée qu'à 1 heure et demie. Quand elle est arrivée, elle était pâle, ses yeux enfoncés paraissaient plus sombres et elle avait à la main un gros paquet de papier brun retenu par une ficelle.

– Mes enfants, a-t-elle dit d'une voix grave, les Allemands sont installés dans la cour de notre temple. Ils l'ont adopté comme quartier général. Je viens de parler avec eux. J'ai discuté avec des officiers allemands !

Elle a posé par terre le paquet de *matzos* et s'est approchée de la chaise. Elle ne nous a pas regardées et a continué à parler en fixant le vide, droit devant elle.

– Quand je suis entrée dans la cour, ils étaient en train de demander s'il y avait quelqu'un qui parlait allemand. J'aurais très bien pu faire semblant de ne pas comprendre. Je ne sais pas ce qui m'a pris, mais j'ai dit : *« Ich spreche deutsch. » Vous* m'imaginez en train de me proposer pour les aider ? Un officier m'a fait signe d'entrer et m'a demandé de le conduire au Juden Bureau. J'ai commencé à lui expliquer comment y aller mais il m'a interrompue ; « Monte dans la voiture, tu vas nous montrer. » Je n'avais pas le choix. Il m'a fait asseoir devant avec le chauffeur et il s'est installé sur le siège arrière. Et me voilà dans une voiture, en train de guider deux Allemands. L'officier me posait des questions sur les endroits par où nous passions.

– Et tu arrivais à répondre à toutes ses questions en allemand ? ai-je demandé.

– Pas trop bien, mais il avait l'air de comprendre. Il m'a fait entrer avec lui au Bureau au cas où il aurait besoin d'un traducteur. Quand nous sommes entrés, les hommes m'ont jeté un coup d'œil, mais je n'arrivais pas à savoir s'ils m'avaient reconnue ou non. M. Hirsch nous a fait entrer comme si nous étions des hôtes importants et bienvenus et nous a avancé des chaises. Quand j'ai entendu M. Hirsch parler allemand, j'ai compris qu'ils n'auraient pas besoin de moi, mais je suis restée où j'étais et j'ai écouté.

– Et qu'est-ce que tu as compris ?

– Ils ont d'abord parlé des endroits où ils allaient s'installer et de l'approvisionnement pour les soldats. Puis l'officier a dit qu'ils avaient enfermé les vieillards qui étaient en train de prier dans la synagogue et qu'ils ne les relâcheraient qu'en échange d'une somme d'argent déterminée. M. Hirsch n'a pas eu l'air étonné. Dieu sait qui est là-dedans et combien de temps ils vont les y garder, mais ils en discutaient aussi tranquillement que s'il s'était agi d'une affaire commerciale à propos de n'importe quelle marchandise. Ensuite ils ont parlé de diviser la ville en districts. Ils ont étudié une carte et regardé une liste de noms que leur a donnée M. Hirsch, et l'officier allemand faisait des marques rouges sur son plan pour chacun des noms. Je n'ai pas compris la raison des marques rouges. Alors j'ai sauté sur mes pieds et j'ai dit : « Il faut que je rentre m'occuper de mes enfants. » L'officier dont le nom venait d'être prononcé plusieurs fois – von Heckendorff – a bondi aussi, m'a serré la main et a dit : « *Danke schön, Frau...* » et il a attendu que je complète avec mon nom. Alors j'ai dit : « Davi-dovitch » en prononçant à la russe. Dieu merci, notre nom n'est pas Cohen ou autre chose du même style, sinon j'aurais dû trouver un mensonge, et vite. En tout cas, je n'ai pas regardé M. Hirsch ni les autres membres du Bureau, et je suis sortie le plus vite que j'ai pu. J'ai couru sans m'arrêter jusqu'au temple, en traversant le marché et j'ai plongé directement vers les *matzos*. M. Heller n'arrivait pas à croire que j'étais venue rien que pour les chercher.

– C'est de la folie, a-t-il dit, s'ils vous attrapent avec ils comprendront tout de suite ; vos habits n'y changeront rien. Tous les paquets, empilés contre le mur, attendaient qu'on vienne les chercher. Ils avaient fini de les cuire et de les emballer avant que les Allemands arrivent. J'ai déposé mes trente *pengös,* j'ai pris mon paquet de *matzos* et je suis retournée directement au marché. Là, j'ai attendu quelques minutes derrière un étalage et, quand j'ai vu qu'il n'y avait personne à proximité, je me suis mise à courir. Heureusement, les Allemands sont tellement désorganisés et tellement épuisés par leurs beuveries d'hier qu'ils n'ont pas encore repéré l'étal de *matzos.* Mais j'ai vu des soldats qui traînaient au marché et qui faisaient main basse sur tout ce qui les tentait, alors il ne leur faudra pas longtemps pour les découvrir.

Un peu plus tard cet après-midi-là, deux étudiants sont venus demander de l'argent pour la rançon des vieillards séquestrés dans la synagogue. Maman a ouvert son porte-monnaie.

– De combien est la rançon ?

– Vingt mille *pengös*, a répondu l'un des étudiants.

Maman a retourné le porte-monnaie sur la table de la cuisine, elle a déplié quelques billets et rassemblé les pièces.

– Vingt mille *pengös* ! J'ai bien peur que mes dix-sept *pengös* plus la petite monnaie ne servent pas à grand-chose...

– Si vous pouviez donner des bijoux, ou n'importe quel objet de valeur...

– Ça fait déjà longtemps que je me suis défaite de tout ça, a répondu maman tristement, et les étudiants sont repartis en la remerciant de sa contribution.

Dans la soirée, M. Hirsch est venu nous voir de la part du Juden Bureau. Je l'ai fait entrer et maman a sursauté en le voyant apparaître sur le seuil de la cuisine.

– Mais qu'est-ce que vous faites dehors ? Le couvre-feu est passé depuis longtemps.

– J'ai une permission spéciale, a dit M. Hirsch en montrant son brassard blanc. Il s'en faut de beaucoup que nous réunissions les vingt mille *pengös,* alors nous venons faire la quête nous-mêmes en espérant que les gens seront plus généreux avec nous qu'avec les étudiants.

– Vraiment très forts, les Allemands, ils savent comment nous faire obéir ! a commenté maman amèrement. Et vous qui leur fournissez les noms des Juifs importants de la ville ! Ils arrivent même à se servir des Juifs les uns contre les autres.

– Vous croyez que nous avons le choix ? a protesté M. Hirsch. Tout ce que nous espérons, c'est que cette mission officielle nous donnera une marge de négociation – disons, au moins pour amortir le choc. Et vous, qu'est-ce que vous faisiez là-bas aujourd'hui, déguisée en paysanne ? Nous n'étions pas sûrs que c'était vous jusqu'à ce que vous ayez dit votre nom. Vous avez pris un risque énorme ! Qu'est-ce que vous faisiez dans la rue ?

– J'ai des enfants. Il faut bien qu'ils mangent, a dit maman en faisant entrer M. Hirsch au salon.

Ils sont restés là à parler un moment et, quand maman est rentrée dans la cuisine, elle n'avait plus ses perles aux oreilles. Je l'avais toujours vue avec ces boucles d'oreilles et, sans elles, elle paraissait nue.

– Tu as donné tes boucles d'oreilles ! s'est écriée Iboya qui avait aussi remarqué leur absence au premier coup d'œil.

– Je n'ai plus rien d'autre à donner, nous a dit maman en reconduisant M. Hirsch à la porte.

La veille de la Pâque, maman a décidé de m'envoyer chez les Gerber pour voir comment ils allaient. Cela me faisait peur de sortir.

– Toute seule ? ai-je demandé timidement.

– Il fait grand jour. Il reste trois heures avant le couvre-feu et tout est tranquille à présent, a dit maman. Tu es encore une enfant, ils ne te demanderont rien. Mais, à tout hasard, on va quand même te déguiser.

Elle m'a fait asseoir et a défait mes nattes. A la place de mon habituelle raie de côté, elle m'a dessiné une raie au milieu avant de refaire mes tresses. Puis elle a attrapé son lourd châle noir de paysanne et m'en a couvert la tête, en le croisant dans le dos avec un nœud au niveau de la taille. Après m'avoir examinée un moment, elle a dit :

– Enlève tes chaussures. Il vaut mieux que tu y ailles pieds nus. Il ne fait pas froid. Dès que tu auras commencé à marcher, ça va aller. Et, en cas de besoin, tu peux sautiller pour te réchauffer.

Elle m'a fait une démonstration en traversant la cuisine d'un pas sautillant. Puis elle a appelé. Iboya, assise sous le noyer sur la chaise de Lilli, et qui regardait Sandor et Joli jouer sur le tas de sable.

– Qu'est-ce que tu en penses ? a demandé maman à Iboya quand elle est entrée dans la cuisine. Je vais envoyer Piri prendre des nouvelles des Gerber. Ils ne doivent pas oser sortir de chez eux.

– Elle a les pieds trop propres. Mais sinon, elle a tout à fait l'air d'une petite paysanne.

– Parfait. J'aurais bien aimé leur envoyer des *matzos* pour leur *seder*, mais c'est trop dangereux de sortir dans les rues avec.

– De toute façon, ils ne croient pas à la Pâque, ai-je fait remarquer.

Pour marquer quand même l'occasion, maman a enlevé à la brosse les germes blancs de quatre pommes de terre toutes rabougries, a versé dans un flacon un peu d'huile de tournesol et a enveloppé le tout en un petit paquet.

– Ils pourront en faire quelques galettes. Si seulement j'avais un œuf... Ne leur dis pas que je suis allée chercher les *matzos*. Dis-leur simplement que nous allons bien et que nous nous verrons tous dès que tout sera redevenu normal. Ne passe pas devant la synagogue, prends le chemin le plus long, celui qui évite la grand-rue. Et reviens directement ! Frotte-toi les pieds de terre dans le jardin en sortant ; je vais t'accompagner et jeter un dernier coup d'œil pour être sûre que tout va bien.

Encore un peu effrayée, mais curieuse de voir si Beregszász avait changé, j'ai laissé maman me pousser dans la rue. Le soleil chauffait doucement et les marronniers qui bordaient les deux côtés de notre rue étaient couverts de bourgeons déjà gonflés et prêts à s'ouvrir en milliers de feuilles éclatantes de fraîcheur. Je sentais sous mes pieds le contact inhabituel du trottoir de ciment, dur et râpeux. Bien sûr, j'avais l'habitude de marcher pieds nus tous les étés à Komjaty, mais c'était une sensation différente. Maintenant, j'étais une petite paysanne en ville. Je me demandais si Molcha aussi se serait sentie bizarre, si elle était avec moi, et comment elle aurait regardé les maisons aux façades de brique et de stuc, aux vives couleurs, et quel effet lui feraient les vitrines modernes des magasins. Deux soldats allemands, fusil à l'épaule, ont débouché au coin de la rue et se sont approchés de moi. J'ai compris qu'il ne fallait pas que j'aie l'air effrayée, et j'ai continué à avancer du même pas. Ils m'ont dépassée en silence. En arrivant près de chez le docteur Feher, j'ai entendu des voix masculines et, en m'approchant, j'ai trouvé le jardin plein de monde. Je me suis glissée entre les gens et j'ai vite appris la raison de l'attroupement. Le docteur Feher était mort. D'après ce que disaient les gens, des soldats allemands avaient fait irruption chez lui la nuit précédente et avaient fait violence à toutes les femmes de la maison : sa femme et ses filles. Il ne pouvait plus supporter de vivre, disait-il dans une note, et s'était tiré un coup de carabine.

J'étais trop bouleversée pour rien comprendre, à part le fait que le docteur Feher s'était tué, et je suis repartie vers chez les Gerber. En marchant, je me demandais d'où étaient sortis tous ces gens que j'avais vus dans le jardin des Feher. Il y avait si peu de monde, à présent, dans ces rues autrefois si animées. Alors je me suis rappelé que c'était aujourd'hui la veille de la Pâque, la première nuit de *seder*. Les autres années, ce jour-là, les rues étaient pleines de gens qui couraient préparer la fête. Et voilà que j'apportais quatre pommes de terre ridées aux Gerber pour leur *seder*... Pour eux aussi, la vie avait changé du tout au tout, et les récits de Judi sur les réceptions élégantes qu'ils avaient l'habitude de donner à Budapest me résonnaient dans la tête comme de très vieilles légendes. Quand j'ai frappé à la porte, c'est Judi qui est venue m'ouvrir, et elle a hésité une seconde, incrédule, avant de me faire entrer.

– Qui est-ce ? a demandé, de la maison, la voix effrayée de Mme Gerber.

– Viens voir toi-même, a répondu Judi, puis, se retournant vers moi : J'ai bien failli ne pas te reconnaître. Ton déguisement est parfait.

Mme Gerber est venue à la porte et m'a regardée avec stupéfaction avant de me faire entrer dans la cuisine.

– Viens, entrons, ne reste pas là dehors.

Une fois entrées toutes les trois dans la cuisine, elle s'est retournée pour m'examiner des pieds à la tête.

– C'est ta mère qui t'a habillée comme ça ?

– Oui, elle s'inquiétait pour vous et elle voulait vous envoyer de quoi faire au moins quelques galettes de pommes de terre.

– Ta mère est incroyable ! Quelle actrice elle aurait fait !

Mme Gerber a pris le paquet que je lui tendais, en ajoutant :

– Mais quel risque elle a pris en t'envoyant ! Tu as vu quelque chose en chemin ?

– Oui, deux soldats allemands avec leur fusil sur l'épaule sont passés juste à côté de moi. Il faut que je rentre.

J'ai pensé qu'il valait mieux ne pas parler du docteur Feher.

– Est-ce que je peux la raccompagner un peu ? a demandé Judi, en attrapant son manteau sur le revers duquel brillait une étoile jaune.

– Non, ce n'est pas prudent que tu sortes avec tous ces soldats allemands qui occupent les rues.

Judi a quand même enfilé son manteau et sa mère l'a attrapée par le bras.

– Tu ne sors pas du jardin, Judi.

– Je veux parler un moment avec Piri, a dit Judi calmement.

Mme Gerber a hésité puis, enfilant aussi son manteau, elle nous a accompagnées dehors, remorquant Pali dans ses jupes ;

– Je veux lui parler en tête à tête, a dit Judi sèchement.

Et elle m'a poussée vers la porte du jardin qui était restée ouverte.

– Reste dans le jardin et ferme cette porte, a ordonné Mme Gerber.

Elle s'est retournée, a pris Pali par la main et ils sont rentrés ensemble dans la maison.

Judi a attendu que sa mère ait disparu pour demander :

– De quoi ça a l'air, dehors ?

– Il n'y a presque personne dans les rues. Mais je suis passée devant chez le docteur Feher et il est mort. Je me demande s'il faut en parler à ta mère et à la mienne. Il s'est tiré un coup de carabine. Ça veut dire quoi « faire violence » ?

Le silence de Judi m'a surprise. Elle avait l'air troublée.

– Les gens, dans le jardin, disaient que le docteur Feher s'était tué parce que les soldats allemands ont « fait violence » à sa femme et à ses filles, ai-je expliqué.

– Violer, a dit Judi. Les adultes disent « faire violence » pour qu'on ne les comprenne pas, mais ça veut dire « violer ».

J'ai mis un moment à comprendre sa réponse et puis j'ai demandé :

– Ils sont venus aussi dans ta rue, les soldats ?

– Non. On habite trop loin du centre, heureusement. J'ai entendu les voisins dire que les hôpitaux sont pleins de victimes.

– Chez nous, ils ne sont pas entrés dans la maison mais ils sont passés dans la rue. Maman avait peur qu'ils...

Je me suis arrêtée au milieu de la phrase, il valait mieux ne pas parler à Judi de la nuit dans la cuisine du jardin.

– Il faut vraiment que j'y aille.

Mme Gerber est sortie de la maison en courant.

– Apporte ça à ta mère, m'a-t-elle dit en nous rejoignant à la porte. Je sais bien que, même si le monde est en train de s'écrouler, elle va faire l'impossible pour observer le rite de la Pâque. Alors, ça décorera votre table. Et sois prudente, a-t-elle ajouté en me tendant un petit paquet.

– Maman a dit qu'on se verrait tous dès que les choses seraient redevenues normales, ai-je lancé en franchissant la porte.

En passant devant la cour de l'école publique, j'ai vu un flot de soldats allemands envahir la rue. Je ne savais pas quoi faire : si je traversais, cela pouvait éveiller leurs soupçons ; faire demi-tour et me mettre à courir ne semblait pas très indiqué non plus. Alors je me suis souvenue des sautillements que maman m'avait montrés dans la cuisine. J'ai serré le paquet contre moi et je me suis mise à courir à petits bonds vers les soldats, avec l'espoir qu'ils ne feraient pas plus attention à moi que les deux autres. Hop, hop. Hop, hop. Toute la cour de l'école était pleine de soldats et deux ou trois se sont retournés pour me regarder passer. Un des soldats s'est mis à frapper dans ses mains au rythme de mes pas, en disant d'une voix amusée : *« Hüpfe, hüpfe. »* J'ai continué à sautiller jusqu'à la porte de chez Mme Silverman et, dès que j'ai été sûre que les soldats ne me voyaient plus, je me suis mise à courir de toutes mes forces. En arrivant à la maison, j'ai dû frapper à la porte pour qu'on vienne m'ouvrir et maman m'a fait entrer, ses yeux verts rendus presque noirs par la peur. J'ai décidé de ne rien lui dire de ce qui était arrivé au docteur Feher.

– Mme Gerber m'a dit de te donner ça, ai-je dit d'un trait en lui tendant le paquet.

Elle l'a pris et a refermé la grille à clé. Une fois dans la maison, elle a défait l'emballage de papier brun et a découvert les formes effilées des jolies chandelles vert et or qui décoraient d'habitude la cheminée de Mme Gerber.

– Maintenant, sa maison est vraiment vide, nous a dit maman en hochant la tête, appréciant le cadeau.

Notre *seder,* derrière des portes closes et des volets tirés, s'est composé de soupe de légumes, de galettes de pommes de terre et d'un pudding de *lekvár* fait à partir de *matzos* écrasés. Pas de livre de prières, pas de plats traditionnels, pas de vin. Maman avait mis sur la table une nappe blanche, et les chandelles vert et or de Mme Gerber trônaient au milieu de la table, sur les branches du chandelier de cuivre comme une décoration de fête. Maman a allumé les bougies. On s'est assis tous les quatre – Iboya et moi, Sandor et Joli – autour de la table, et maman s'est assise à la place de papa et nous a tendu un *matzos* à chacun.

– Vous savez, enfants, que cette nuit, c'est la première nuit de *seder,* a-t-elle commencé. Il s'est passé bien des choses depuis la dernière Pâque, mais nous devons remercier Dieu d'être ensemble tous les cinq ce soir. La tradition veut que l'on dise, le jour de la Pâque : « L'année prochaine à Jérusalem. » Je dirai simplement que j'espère nous voir, l'année prochaine, tous réunis à Komjaty avec le reste de la famille, comme avant.

Iboya a dit « Amen », et nous avons tous répété après elle. Maman s'est levée pour servir la soupe.

Chapitre 18

Tôt le lendemain matin, M. Hirsch est venu frapper à notre porte. Maman est sortie parler avec lui au jardin et, de la terrasse, on l'a vue, Iboya et moi, enfouir le visage au creux de ses mains. Des sanglots l'ont secouée un long moment. Puis M. Hirsch lui a touché le bras avec gentillesse et s'en est allé.

– Je n'arrive pas à y croire, a dit maman lentement. Le docteur Feher s'est tué. Ils viennent juste d'obtenir des Allemands l'autorisation de l'enterrer. Pas de funérailles – nous ne pouvons pas entrer à la synagogue et ils ne veulent pas laisser sortir le rabbin. Mais de toute façon nous devons l'enterrer ; il faut que je sois au cimetière dans une heure.

Quelques minutes plus tard, maman est ressortie de la chambre, vêtue d'une jolie robe que je ne l'avais pas vue porter depuis des années, en soie noire avec une veste assortie, et elle avait à la main le chapeau qu'elle avait toujours porté avec cette robe. Je l'ai suivie au salon. Pâle mais droite, elle a ajusté son chapeau devant le grand miroir doré.

– J'ai perdu le dernier ami sûr qui aurait pu m'aider, a-t-elle dit au miroir, et j'ai remarqué l'étoile de David jaune épinglée au revers de sa veste.

– Tu vas y aller habillée comme ça ? lui ai-je demandé, étonnée. Ce n'est pas dangereux ? Je pensais que tu allais mettre un de tes déguisements.

– M. Hirsch dit qu'il n'y aura pas de problème. Les Allemands sont occupés à réorganiser le gouvernement et, quant aux soldats, ils se sont défoulés l'autre nuit.

Elle s'est arrêtée et a poussé un soupir avant de continuer.

– Sans parler des vieillards qu'ils gardent enfermés dans la synagogue... non, ils ne manquent pas de distractions. Il ne devrait pas y avoir de problème, en tout cas pour un moment, tant qu'on ne reste pas dehors après l'heure du couvre-feu.

Et elle est sortie ; je l'ai regardée ouvrir le portail et marcher dans la rue, bien droite dans sa robe de soie et ses souliers vernis. Je ne sais pas pourquoi, mes yeux se sont remplis de larmes.

Elle est revenue deux heures plus tard avec les Gerber. Ils avaient l'air changés, même Judi était silencieuse et soumise. Mme Gerber et maman se sont assises à la table de la cuisine et Mme Gerber a commencé à lui raconter le contenu d'une lettre qu'elle venait de recevoir d'un ami de Budapest.

– L'envoyé d'Hitler, Adolf Eichmann en personne, est venu avec ses officiers SS pour faire appliquer les nouvelles lois antijuives. Il a réuni les dirigeants de la communauté juive pour discuter avec eux et pour qu'ils l'aident à faire exécuter les nouveaux ordres. Et ils sont aussi en train d'expulser systématiquement les Juifs de toutes les professions. Il se passe la même chose ici. Peut-être que la décision du docteur Feher de se suicider a été due à ça aussi.

– Non, ai-je interrompu, j'ai entendu quelqu'un dire qu'il s'était tué parce que sa femme et ses filles avaient été...

– Violées, a complété Judi hardiment.

Mme Gerber a courbé la tête, découragée et impuissante.

– Et que vont devenir ces pauvres gens enfermés dans la synagogue ? Si nous ne parvenons pas à réunir vingt mille *pengös* avant 7 heures ce soir, ils menacent de les exécuter. Il nous en manque encore huit mille et les Allemands disent qu'ils ne prolongeront pas le délai accordé.

– J'ai entendu dire que beaucoup de Gentils avaient donné.

– En tout cas, sûrement pas votre M. Kovacs. Il sait que vous n'avez plus d'argent ?

– Je n'y suis plus retournée, a dit maman, et elle a fait une pause avant de continuer : M. Hirsch dit qu'on les a autorisés à porter de la nourriture aux vieillards de la synagogue. Il y en avait plusieurs qui étaient malades de frayeur et de fatigue. Le docteur Feher aurait pu nous être utile, là-bas. En un sens, il n'avait pas le droit de disposer de sa vie. Il pouvait nous rendre de grands services, tant que nous sommes encore ici.

– Est-ce que M. Hirsch a une idée de ce qui va nous arriver ?

– Il dit qu'ils auront plus d'informations d'ici une semaine.

Maman nous a regardées, Judi et moi.

– Soyez gentilles, emportez les assiettes et allez mettre le couvert sur la terrasse.

– Viens, a dit Judi, on est de trop ici.

Plus tard dans l'après-midi, bien après l'heure du couvre-feu, M. Hirsch est revenu. Il avait l'air complètement bouleversé. Il a dit à maman que les Allemands avaient commencé les derniers préparatifs pour l'exécution des hommes de la synagogue ; qu'ils allaient les fusiller ce soir-même.

– Ils croient que nous refusons de payer. Ils ne veulent pas admettre que nous n'avons plus d'argent.

– Et d'où veulent-ils que nous sortions de l'argent ? Ils nous ont privés de toutes nos sources de revenus, ils ne nous ont rien laissé ! a dit maman.

– Nous organisons une vente aux enchères, c'est la dernière chance, a repris M. Hirsch avec tristesse. Vous n'imaginez pas ce qu'il y a à vendre pour cinq *pengös*. Ça n'est pas beau à voir, mais nous sommes désespérés. Les familles des emprisonnés viennent pleurer et nous supplier de sauver leurs pères et grands-pères. Et si nous laissons faire cela maintenant, qu'est-ce que ce sera la prochaine fois ?

Maman a fait le tour de la cuisine et a attrapé les chandeliers, le mortier et le pilon de cuivre qu'elle gardait sur une étagère. Elle les a tendus à M. Hirsch.

– Est-ce que je peux aller vous aider ? a demandé Iboya.

– Pour le moment nous n'avons besoin que des garçons. Tu auras l'occasion de te rendre utile plus tard, j'ai bien peur, a-t-il répondu.

Il a remercié maman pour les objets qu'elle donnait et a promis de nous envoyer des nouvelles du résultat de la vente. Et il est parti.

Nous n'en avons pas su davantage cette nuit-là. Je suis restée longtemps réveillée dans mon lit, tendant l'oreille vers la grand-rue, croyant entendre à chaque instant le bruit de la fusillade. Cette idée me terrifiait et le silence augmentait la tension de l'attente. Mais rien ne s'est produit, je n'entendais que le bruit régulier de la respiration des enfants, et finalement je me suis endormie.

Le lendemain matin, en allant à la poissonnerie, M. Schwartz est passé dire à maman que les hommes avaient été libérés la veille à 10 heures du soir. Le même jour, M. Hirsch est venu informer maman des ordres de déportation. Eichmann avait divisé la Hongrie en six zones, et la première évacuée serait notre région : Beregszász et les villages voisins. Alors je me suis mise à penser tout à coup à Babi et Roszi et je n'ai plus rien entendu de ce qu'il disait. Quand il est parti, nous avons fini le ménage et mangé notre maigre repas. Si l'un d'entre nous avait prononcé un seul mot, on se serait tous mis à pleurer. Nous étions ensemble. Cela nous suffisait.

Tôt le lendemain matin, un bruit bizarre nous a réveillées, un remue-ménage inhabituel dans la rue. On est sorties sur la terrasse en chemise de nuit et on a découvert que la rue était transformée en un lent défilé de charrettes et de réfugiés à pied, en majorité des femmes. On est rentrées s'habiller en vitesse et habiller les enfants. Maman a dit à Sandor de rester dans la maison avec Joli et de veiller sur elle et on est descendues à la porte du jardin, Iboya, elle et moi, pour regarder passer les charrettes, presque toutes tirées par des bœufs – de temps en temps par un vieux cheval –, qui se traînaient le long de la rue. Dans les chariots, bourrés de piles de bagages, allaient les enfants, les vieillards et les malades. Des policiers hongrois et des soldats allemands les escortaient, la baïonnette au fusil. Après avoir regardé passer cette procession en silence pendant près d'un quart d'heure, sans comprendre, maman a arrêté un des policiers hongrois et lui a demandé, très poliment, d'où venaient tous ces gens et où on les emmenait.

– Ce sont les Juifs de tous les villages autour de Beregszász, a-t-il répondu avec mépris. On les emmène à la briqueterie, enfin, au ghetto.

– Qu'est-ce que c'est un ghetto ? ai-je demandé à maman dès que le policier s'est éloigné pour reprendre sa place dans le rang.

Elle m'a répondu d'une voix ferme :

– C'est un endroit où on met les gens qui ont été séparés du reste de la communauté.

Je me suis retournée pour regarder de nouveau les gens sur la route. Quelques femmes qui marchaient à côté des charrettes pleuraient en silence. L'une d'elle nous a regardées et s'est décidée à nous parler :

– Bonnes dames, je vous en prie, un peu d'eau pour mon fils qui a la fièvre.

Une autre a demandé un lange pour son bébé. Une troisième voulait un peu de pain pour son père. « Belles dames... » Les plaintes, les demandes suppliantes se succédaient sans interruption. Je ne pouvais pas les regarder en face.

C'était terrifiant à voir : leurs corps marchaient, leurs bouches parlaient, mais leurs yeux étaient vides et sans espoir. Et c'était comme une menace incompréhensible.

Maman m'a dit de tirer de l'eau au puits et d'en donner aux gens que je pourrais atteindre. Elle a fait rentrer Iboya avec elle dans la maison et, au bout d'un moment, Iboya est ressortie, apportant des langes découpés dans des draps. Je portais le seau, tendant un verre plein à tous ceux que je voyais vieux ou malades. J'essayais de grimper dans les charrettes gardées par les policiers hongrois plutôt que dans celles qu'escortaient les Allemands, mais, à part deux ou trois qui me repoussaient ou se mettaient à grogner, les soldats allemands me laissaient faire. Les gens me tendaient tous les récipients qu'ils avaient à portée de la main pour que je les remplisse de l'eau de mon seau. Et toute la journée, j'ai continué à vider le puits, et j'entendais la litanie intarissable qui me suivait sans cesse : « Jolie mademoiselle, chère petite dame, que Dieu te bénisse, la bénédiction sur ta tête... » Je n'ai fait que quelques pauses jusqu'à la tombée de la nuit, où maman nous a appelées pour qu'on rentre dans la maison. Mais la procession a continué, même pendant notre sommeil. Au troisième jour, le niveau d'eau dans le réservoir de ciment de notre puits avait beaucoup baissé, j'avais les mains tout écorchées à force de tirer sur la chaîne du seau, et j'ai dû les envelopper de chiffons. Maman, qui n'avait plus rien à donner, restait dans la maison avec Sandor et Joli. A intervalles réguliers elle sortait voir si je m'en tirais et puisait un seau d'eau.

Le jour suivant, Iboya et quelques amis ont emprunté la charrette de M. Schwartz et son cheval, qui était trop vieux pour être réquisitionné, et ils sont allés frapper aux portes de toutes les maisons juives pour collecter les choses qui manquaient aux gens enfermés dans le ghetto. Beaucoup d'entre eux avaient dû partir sans même emporter du linge de rechange, sans draps ni couvertures, et parfois même sans les médicaments qu'ils devaient prendre régulièrement. Elle est rentrée à la nuit, épuisée, après plusieurs allers et retours au ghetto.

– Iboya, ça ressemble à quoi, là-dedans ? Où est-ce que les gens dorment ? lui ai-je demandé le cinquième matin de la procession des déportés vers le ghetto, pendant qu'elle se préparait à repartir pour une autre journée de porte-à-porte.

– On ne nous laisse pas entrer, a-t-elle répondu. Le brassard blanc sert seulement à montrer que j'appartiens au groupe de jeunes travailleurs du Juden Bureau et que je ne suis pas tenue de respecter le couvre-feu. Je ne sais pas comment c'est à l'intérieur.

Après le départ d'Iboya, maman a retourné le sac de farine à l'envers pour faire du pain avec le peu de farine qui restait.

– Ce n'est pas la peine que je garde le levain pour la prochaine fournée, a-t-elle commenté, il n'y en aura pas ; il ne reste plus de farine et, de toute façon, qui sera encore là pour faire du pain ?

Un jour, j'avais demandé à maman pourquoi, tous les vendredis, au moment d'enfourner le pain, elle prélevait toujours la même petite boule de pâte levée qu'elle gardait jusqu'au vendredi suivant dans une boîte en métal décorée de fleurs. Elle m'avait alors répondu :

– J'ai apporté cette boîte avec moi de Komjaty, quand je suis venue m'installer à Beregszász. Ma mère m'avait donné une petite boule de sa propre pâte à pain pour que je l'emporte avec moi. Elle-même a reçu sa première boule de levain de sa mère. C'est comme ça que nous faisons toujours le même pain depuis des générations.

– Et quand je me marierai, tu me donneras aussi une boule de levain de ta pâte à pain ?

– Bien sûr, avait-elle répondu.

Et maintenant je me rappelais cette promesse, sans rien dire, en la regardant gratter les moindres miettes de pâte au fond de son pétrin de bois. D'un air décidé, avec la dernière boule de pâte, elle a formé la dernière miche, et l'a enfournée avec les autres. Les soirs suivants, je l'ai regardée travailler, assise devant le fourneau dont la plaque était couverte de fines tranches de pain ! Elle les retournait l'une après l'autre, patiemment, jusqu'à ce que chaque tranche soit bien dorée des deux côtés. Alors, satisfaite de les voir bien grillées, elle les rangeait dans une taie d'oreiller.

– Pourquoi est-ce que tu fais griller toutes ces biscottes ?

– Le pain moisit, mais les biscottes se conservent, a-t-elle répondu laconiquement.

Tous les jours, quand je sortais remplir mon premier seau d'eau, elle ne manquait pas de me répéter :

– Piri, n'oublie pas de demander si quelqu'un vient de Komjaty ou des environs. Et si ça arrivait, viens me chercher immédiatement.

Je savais qu'elle désespérait d'avoir des nouvelles de Babi et de Roszi.

Un de ces jours-là, j'ai couru après un chariot sur le sommet duquel reposait, appuyée sur les ballots, une vieille dame qui semblait très malade, et je lui ai tendu un verre d'eau. Elle a allongé vers moi des mains tremblantes, j'ai grimpé dans le chariot et je l'ai aidée à tenir le verre pour qu'elle ne le renverse pas. Ses mains étaient douces, tièdes et desséchées comme du cuir, comme celles de Babi. Je me suis laissé emporter par le chariot quelques dizaines de mètres, tenant sa main entre les miennes, jusqu'à ce que les gardes me forcent à descendre. J'étais très triste en revenant à mon seau abandonné sur le trottoir. Pour la première fois depuis le début de la procession je me suis laissé emporter par mes idées, et une question me revenait sans arrêt : « Où est ma Babi ? Où est-elle en ce moment ? »

La réponse est arrivée le lendemain, dans une lettre de Molcha. Elle ne portait pas l'adresse de l'expéditeur, mais j'ai reconnu du premier coup d'œil son écriture ronde et enfantine. La lettre était datée du 26 avril 1944 : elle n'avait mis que quatre jours pour arriver jusqu'à moi. La première phrase répondait à ma question :

« Nous sommes les premiers arrivés au ghetto de Szölös. Ils n'ont pas encore vidé la ville. Je vais donner cette lettre à un des policiers de notre ghetto, il a promis de la faire sortir. »

J'ai lu tout le reste rapidement. Les soldats allemands étaient venus, avec la police hongroise, les prendre jusque dans les maisons. Ils leur avaient donné une demi-heure pour se préparer et autorisaient un seul paquet par personne. Le père de Molcha avait voulu absolument emporter ses outils de rétameur, et ils ne l'en avaient pas empêché. En montant dans la charrette à bœufs devant la porte de chez Babi, Molcha et ses parents avaient entendu l'un des policiers hongrois dire aux deux soldats allemands que Babi refusait de partir. Molcha et sa mère étaient entrées voir si elles pouvaient aider à éviter un incident. Elles ont trouvé Babi assise sur sa chaise habituelle, son livre de prières à la main. Roszi pleurait, désespérée. Alors la mère de Molcha a dit à Babi : « Vous allez attirer des ennuis à tout le monde avec votre entêtement », et elle a aidé Roszi à la soulever de sa chaise et à l'emporter jusqu'à la charrette. La dernière phrase de la lettre de Molcha était une question : « Quoi qu'il arrive, est-ce qu'on peut rester amies pour toute la vie ? »

J'ai fini de lire et, malgré mon appréhension, il a bien fallu que je passe la lettre à maman. Elle l'a prise et, en la lisant, ses yeux se sont remplis de larmes qu'elle laissait couler sur ses joues pâlies.

– Ainsi, ma mère a quand même dû quitter sa terre, a-t-elle dit finalement d'une voix cassée. Toute une vie pour en arriver là ! Et tout le long du chemin, à chaque pas, cette foi absolue ! Où est la justice, ô mon Dieu ? Et ma pauvre petite Roszi !

Elle s'est assise et s'est mise à écrire désespérément, pour nos parents de Szölös, formant des plans échevelés pour sauver Babi de nouvelles souffrances. Puis elle a mis l'adresse et m'a demandé d'aller poster la lettre immédiatement.

On n'a jamais su si elle était arrivée, mais le lendemain nous avons reçu une lettre de Roszi, la dernière qui nous soit jamais parvenue, où elle nous disait qu'elles allaient bien et que Babi, toujours aussi forte et aussi ferme dans sa foi, réconfortait et tranquillisait tout le monde. Peut-être qu'ils nous enverraient tous au même endroit en Allemagne, concluait Roszi, en ajoutant qu'il lui tardait d'être enfin de nouveau avec nous.

Finalement, le vendredi, après sept jours entiers d'agitation constante, il n'y a plus eu un seul réfugié dans la rue. Plus personne n'avait besoin de mon seau d'eau. Le silence a rendu maman nerveuse, et elle cherchait fiévreusement une explication.

Pendant qu'elle attendait anxieusement le facteur, elle m'a envoyée acheter le journal au coin de la rue, et elle regardait sans cesse à droite et à gauche comme si quelque chose ou quelqu'un devait arriver d'un moment à l'autre.

– Ça fait plus de vingt ans que je vis dans cette rue et je ne l'ai jamais vue déserte aussi longtemps. Personne n'est venu me dire ne serait-ce que bonjour depuis sept jours que la procession a commencé.

En revenant avec le journal, j'ai remarqué que les bourgeons des marronniers, au bord des deux trottoirs, avaient explosé, et que les petites feuilles luisantes et fragiles commençaient à se défroisser au soleil. Au fond du jardin, Sandor et Joli, qui avaient de nouveau la permission de sortir de la maison, avaient repris leur jeu de toujours sur le tas de sable, et le grand noyer les couvrait de son ombre comme un parasol ouvert. Maman, debout, les regardait jouer. Elle m'a pris le journal des mains et s'est assise sur la chaise de Lilli. Cette chaise était devenue comme une plante du jardin. Personne ne l'avait plus bougée depuis son départ. La légère brise du printemps apportait le parfum des feuilles de marronnier mêlé à toutes les autres senteurs de la terre en plein réveil. Je me sentais un peu étourdie par tant de printemps, mais l'inactivité soudaine de maman me remplissait de malaise.

LE GHETTO

Chapitre 19

Le lendemain matin, en me réveillant, j'ai ressenti la même inquiétude vague. Maman discutait avec Iboya.

– Tu n'iras pas aujourd'hui. Je veux que tu restes avec nous à la maison. D'ailleurs, c'est le sabbat.

– Mais samedi dernier j'ai parcouru toute la ville avec la charrette et tu n'as rien dit, protestait Iboya.

– Aujourd'hui je veux que tu restes à la maison, a répondu maman.

– C'est impossible. J'ai promis de retrouver les autres au coin de la grand-rue, ils vont m'attendre. Il faut qu'on réunisse le plus possible de nourriture, de couvertures et de vêtements, il ne nous reste plus beaucoup de temps.

Et sur ces mots, Iboya est sortie.

Un peu plus tard, je suis sortie dans le jardin avec mon phonographe et, par-dessus la clôture, je l'ai tendu à Ica Molnar.

– Tiens, garde-le-moi. Si jamais je dois partir tu pourras écouter mes disques. Je vais te les chercher.

Je me suis détournée d'Ica pour ne pas voir son air stupéfait. On ne s'était presque pas vues depuis que je n'avais plus le droit d'aller à l'école publique avec elle. Et quand on se rencontrait dans la rue, on ne trouvait rien à se dire. Bien sûr, elle était toujours Ica Molnar, mais moi je n'étais plus, comme avant, son égale. J'avais été mise dans la case des citoyens indésirables – Juifs – et Ica avait appris à garder ses distances par rapport à moi. Maintenant, je lui confiais mon bien le plus précieux et devant ce geste imprévu elle ne trouvait pas de mots. On lisait son désarroi dans ses yeux bleu pâle. « Je ne voulais pas te faire de mal, ce n'est pas ma faute », disaient-ils pendant qu'elle vacillait sous le poids du lourd appareil. J'ai fait demi-tour très vite ; ça me faisait mal de voir sa détresse.

Je venais de rentrer dans le potager quand la voix de maman m'a percé les oreilles.

– Piri, Piri ! Où es-tu ? Piri !

J'ai dépassé le bûcher en courant, tourné le coin de la terrasse, et j'ai découvert que notre jardin avait été envahi. Les uniformes militaires se confondaient avec les uniformes des policiers, des voix d'hommes étrangères parlaient, posaient des questions et donnaient des ordres. Encerclée d'hommes hostiles, maman, debout, tenait Joli dans ses bras et Sandor par la main. J'ai senti la colère m'envahir, et une folle envie de pouvoir protéger ma mère et les deux petits. Un des hommes lisait à haute voix les noms que le recenseur avait placardés sur notre porte.

– Où est Etu ? a-t-il demandé.

– Elle n'habite pas avec nous. Elle est partie pour finir ses études.

Le policier hongrois a sorti un calepin.

– Son adresse ?

Maman hésitait.

– Je suis sans nouvelles d'elle depuis bien longtemps.

– Quelle adresse donnait-elle dans sa dernière lettre ?

– Je vais la chercher.

– Attendez. La suivante est Iboya. Où est-elle ?

– Va la chercher, Piri ! m'a crié maman.

Les deux enfants se serraient l'un contre l'autre, essayant de se rassurer, maman elle-même semblait tellement bouleversée que je ne voulais pas les quitter. Mais le policier à côté de moi m'a poussée vers la rue.

– Fais ce qu'on t'a dit, a-t-il grogné, et tâche de ne pas y passer la journée.

Je suis sortie de notre jardin envahi et, dévalant la rue Gyár, j'ai couru de toutes mes forces vers la grand-rue. En courant, je suis passée devant notre magasin de chaussures, et j'ai eu brusquement envie d'une paire de souliers neufs. La porte suivante était celle du marchand de fourrure et j'ai pensé à Lujza, écrasée par un train. Ma course m'a menée aussi devant le cabinet du docteur Feher et je me suis rappelé sa haute silhouette en blouse blanche. Il était mort, lui aussi. « Mort. » Je me suis répété le mot plusieurs fois en passant, toujours courant, devant la cour de notre temple. Elle était pleine de tanks allemands et je me suis aperçue soudain que je n'avais pas mis mon étoile jaune. Mais personne ne m'a arrêtée. La porte de la synagogue était ouverte, les uniformes allemands grouillaient, des bruits de voix gutturales débordaient dans la rue. Je me dépêchais de mon mieux, cherchant le chariot attelé au vieux cheval de M. Schwartz, mais il n'y avait aucune trace de la charrette, d'Iboya, ni de ses amis. J'ai jeté un coup d'œil par la porte d'un café où Lujza m'avait, un jour, acheté un gâteau. Tout avait changé, les visages et les voix. Les uniformes et les bruits de rires allemands remplissaient la salle. J'étais hors d'haleine et trempée de sueur. Où fallait-il chercher ?

Je sentais le temps passer, mon inquiétude grandissait, et, en tournant le coin d'une rue, j'ai bousculé dans ma course un monsieur qui portait une sacoche. Il a eu l'air agacé mais a repris son chemin, pressé, sans m'accorder un regard. Alors je me suis adossée au mur d'une maison pour reprendre mon souffle et je me suis mise à penser à maman et aux enfants, que je revoyais comme je les avais laissés, au milieu de tous ces étrangers en uniforme. Je me suis mise à pleurer et j'ai recommencé à courir et je sentais le goût salé des larmes au coin de ma bouche. Je n'étais pas sûre du tout d'avoir pris la bonne direction ni de chercher dans les bonnes rues. Mais finalement, alors que je venais de dépasser la boutique du cordonnier, j'ai aperçu la charrette et son vieux cheval. Un ami d'Iboya, assis sur le banc, fumait une cigarette. Derrière lui, il y avait un amoncellement de colis jetés en désordre au fond de la caisse.

– Où est ma sœur Iboya ? lui ai-je demandé.

– Dedans. Je vais la chercher.

Il m'a regardée d'un air interrogateur et, jetant sa cigarette dans le caniveau, il est entré dans l'immeuble. Quand j'ai vu Iboya sortir, je me suis enfin laissée aller.

– Ils sont venus nous prendre. Il faut que tu viennes tout de suite !

– On va vous emmener, a dit son ami en allumant une autre cigarette.

– Pas la peine. Iboya a secoué la tête. Continuez.

D'autres jeunes gens sont sortis de l'immeuble, portant des paquets.

– On vous rejoindra bientôt, nous ont-ils crié pendant qu'on s'éloignait à grands pas.

Iboya m'a regardée et, en voyant mes larmes, s'est mise à me gronder :

– Pourquoi tu pleures ? Ça servira seulement à te donner mal à la tête...

– Maman avait l'air effrayée, ils n'arrêtaient pas de poser des questions et j'ai dû courir te chercher. Et s'ils l'emmènent sans nous attendre ?

Les phrases s'échappaient de ma bouche en se bousculant.

– On sait où la retrouver.

Iboya s'est mise à courir et je l'ai suivie. J'avais besoin de toute mon énergie pour ne pas rester en arrière, et le soleil de midi tapait fort sur nos têtes. Quand on est arrivées rue Gyár, on a trouvé un chariot arrêté devant la porte de la maison, prêt à partir en direction de la briqueterie. Sur le siège, le conducteur nous tournait le dos. En passant la grille du jardin, on a vu maman assise sur un des bancs de la terrasse avec

Joli sur les genoux et Sandor à côté d'elle. Elle a sursauté en nous voyant. On est montées sur la terrasse et là, on a découvert que la maison était pleine d'hommes en uniforme qui parcouraient les pièces, regardant et touchant tout ce qui était à portée de leurs mains.

Le policier hongrois au calepin est sorti nous rejoindre.

– Iboya, a-t-il dit, en rayant son nom sur la liste de recensement de la porte. Piri. Et il a tracé une raie noire sur mon nom. Mme Ignac Davidowitz, Sandor, Joli – et à chaque nom qu'il prononçait, il le rayait d'un trait épais. Il avait aussi noté le nom et l'adresse d'Etu dans son calepin.

Iboya s'est écartée de nous, elle est entrée dans la cuisine du jardin et, en ressortant, elle portait un gros sac de toile. Le policier qui m'avait poussée dehors s'est approché d'elle.

– Défais la ficelle et vide le sac.

Maman et moi, on a regardé, stupéfaites, le contenu du sac qu'Iboya a dû étaler par terre sur l'ordre du policier : une boîte de papier quadrillé, des crayons, quelques objets de toilette, une grande boîte d'aspirine, et plusieurs livres. Iboya a rougi en voyant le policier pousser du pied son paquet de cotons absorbants et de serviettes hygiéniques, et ramasser quelques livres pour les feuilleter.

– Tu peux ramasser, a-t-il dit finalement, avec un dernier coup de pied dans le sac de toilette. Allons-y.

Alors j'ai réalisé que je n'avais pas préparé de bagage, mais c'était trop tard, je ne pouvais pas entrer dans la maison avec tous ces étrangers qui y traînaient. Iboya a fini de remettre ses affaires dans le sac. Maman a tendu la clé vers la porte d'entrée, faisant signe qu'elle voulait fermer la maison.

– Inutile. Les portes et les fenêtres vont être condamnées, a dit le policier d'une voix rude.

Alors maman a mis la clé dans son sac, déposé Joli par terre et ramassé la taie d'oreiller remplie de pain grillé et une grande valise qu'elle avait préparée depuis une semaine. Iboya et moi, on a pris tous les paquets qu'on pouvait porter. En sortant, Sandor et Joli ont fait un détour par le tas de sable. Ils ont ramassé quelques jouets et sont revenus en courant, craignant d'être punis. Quand on est arrivés à la porte du jardin, maman s'est arrêtée et s'est retournée pour regarder en arrière, comme si elle attendait quelque chose. Les soldats allemands sortaient de la maison.

– *Gehen Sie !* a dit l'un d'eux en nous rejoignant.

– *Ich will meine Tür schliessen, bitte*, a dit maman, faisant une dernière tentative pour fermer à clé.

– *Gehen Sie !* a répété le soldat en la poussant dans le dos du bout de sa crosse.

Maman a haussé les épaules et elle est montée dans la charrette. Iboya lui a passé les enfants avec leurs joujoux. Ensuite, je suis montée aussi. Iboya a ramassé le reste de nos paquets, me les a tendus, puis elle est montée avec son gros sac. Maman regardait derrière nous.

– C'est ça, regardez bien, a dit le policier d'un ton sarcastique. Ça m'étonnerait que vous puissiez la revoir.

Et il a fait signe au conducteur d'avancer, pendant

qu'il nous suivait sur le trottoir. Maman s'est assise sur la pile de paquets, tournée vers l'arrière. Joli et Sandor se serraient contre elle. Quand la charrette est passée devant chez elles, j'ai remarqué qu'Ica et sa mère regardaient, cachées par les rideaux de leur fenêtre. J'ai regardé maman ; elle avait l'air vieille et fatiguée et des cernes profonds noircissaient ses yeux verts. Je n'ai rien trouvé à dire, alors je me suis détournée et j'ai regardé droit devant.

J'avais fait ce chemin à pied des centaines de fois et ça me faisait drôle de faire le même parcours montée dans une charrette. Le cheval avançait d'un pas très lent et le conducteur ne s'est pas retourné une seule fois pour nous regarder. Après la rue Gyár, il n'y avait plus de maisons ; la route s'ouvrait à droite sur le parc et à gauche sur la scierie. En passant le long du parc, devant l'étang, je me suis souvenue du jour où j'y étais tombée, des années auparavant. Ce jour-là, je portais une robe de piqué blanc. Attirée par une touffe de petites fleurs d'un bleu délicat qui poussaient au bord de l'eau je m'étais penchée et, en les tirant par les racines de la terre mouillée, j'avais perdu l'équilibre. J'avais glissé dans l'étang, avec ma robe blanche et mes chaussures vernies. En ressortant, j'avais la robe couverte de mousse verdâtre et les chaussures débordantes de vase. Quand j'étais arrivée à la maison, maman avait dû quitter les invités qu'elle recevait pour aller me nettoyer, et ça l'avait mise en colère.

Perchée sur le wagon, je pouvais voir s'épanouir le bleu des mêmes myosotis. Personne d'autre n'y a fait attention. Maman et Iboya, crispées et muettes, étaient plongées chacune dans ses pensées. On arrivait à la briqueterie. Il y avait un nouveau portail en bois à l'entrée, des soldats patrouillaient devant et aussi dans les champs qui entouraient l'usine. Quand on s'est approchés, l'un des soldats a reconnu Iboya, qu'il avait vue apporter des colis plusieurs fois par jour.

– Alors c'est ton tour, hein, lui a-t-il dit.

Iboya a hoché la tête et essayé de faire bonne figure. Le chariot s'est arrêté et on est descendus. C'est quand le conducteur a jeté nos paquets dans la poussière de la route, que j'ai vu son visage pour la première fois. Il était vieux, avec des rides profondes et, dans ses yeux que j'ai fixés un long moment, il n'y avait pas trace d'émotion. Il avait l'air simplement fatigué et ennuyé.

Deux jeunes gens avec des brassards blancs nous ont accueillis de l'autre côté des portes et nous ont aidés à porter les paquets. Le plus jeune des deux m'a souri en se penchant pour ramasser un sac.

– Vous allez au numéro 6, a-t-il dit.

On a suivi les deux garçons en portant le reste de nos sacs et en regardant le visage des femmes et des quelques hommes qu'on croisait. Ils répondaient tous à nos regards avec sympathie et plusieurs femmes nous ont même proposé leur aide pour porter nos paquets.

Quand on est entrés dans un des hangars de maçonnerie, j'ai découvert que la briqueterie n'avait plus rien à voir avec celle que je connaissais. A la place des ouvriers, il y avait maintenant des foules de familles inoccupées. On n'entendait plus personne chanter à l'intérieur, juste un vacarme de voix assourdies. Disparus, les briques et les wagons qui servaient à les transporter. Il n'y avait, dans ce hangar, que des ballots et des gens entassés sous le toit de tuile porté par des piliers de bois. Pas de murs. Les gens restaient assis sur leurs paquets, ou debout, en petits groupes. Certains des plus âgés étaient allongés à même le sol de terre battue. Les deux jeunes gens nous ont amenés à une place vide, sur le côté gauche du hangar numéro 6 et ont posé nos bagages par terre.

– Cette zone entre les deux piliers est à vous. Vous ne devrez pas dépasser cette limite. Nous commençons à manquer de place, a dit le plus âgé des deux.

Et ils sont partis, nous laissant au milieu de la zone qu'ils venaient de nous indiquer, et qui mesurait deux mètres cinquante sur trois.

Maman s'est assise sur la valise et a regardé autour d'elle, examinant son nouvel entourage. Une femme, qui tenait par la main une petite fille de l'âge de Joli, s'est approchée timidement en enjambant les rails métalliques. Elle était plus jeune que maman et paraissait fatiguée, sale et fripée.

– Je suis madame Labovitz, et voici ma petite fille, Carla. Peut-être que nos enfants pourraient jouer ensemble, le temps que nous serons voisines ? a-t-elle commencé. Ma famille n'est pas avec moi. On n'est que toutes les deux. On a été séparées de ma mère et de mes sœurs et je n'arrive pas à savoir ce qu'elles sont devenues.

La petite fille a tendu la main vers le seau de Joli.

– D'où venez-vous ? a demandé maman.

– De Tolcsva. J'allais voir ma belle-famille et ils nous ont ramassées sur la route, la petite et moi.

Maman et moi, on a regardé par-dessus les rails, vers leur place où il n'y avait qu'une seule valise, ouverte.

La femme a suivi nos regards et a expliqué :

– C'est tout ce qui nous reste. Et vous, d'où venez-vous ?

Maman a indiqué du doigt la direction de la maison.

– Sans le tournant de la route, vous pourriez voir la maison. Elle est juste au bout de la route, là où elle croise la rue Gyár. Le nom de la rue vient justement de cette usine.

Maman est restée un instant sans bouger, regardant dans la direction de notre rue, et quand elle s'est retournée et a baissé la main j'ai vu que ses yeux étaient pleins de larmes.

– Ah, vous êtes de la ville, a dit la femme. J'en étais sûre. Vous avez apporté des draps, des couvertures et tout le reste.

– Excusez-moi, a interrompu Iboya, je peux peut-être vous trouver des couvertures. Mes amis viendront à la porte vers 5 heures. Je vais voir si je peux aller les retrouver.

– Que Dieu vous bénisse, a dit la femme. On est restées assises toute la nuit dernière, ma petite Carla et moi ; le sol est tellement dur et tellement froid.

Après avoir de nouveau examiné le hangar, maman a pris un air décidé.

– Il va falloir nous occuper, on ne va pas rester là les bras croisés.

Elle s'est mise à défaire le plus gros paquet et en a sorti les deux couvre-lits qu'elle nous a tendus, à Iboya et moi, en disant :

– Aidez-moi, je vais les accrocher, ça nous donnera un peu d'intimité.

Avec quelques clous qu'elle a sortis de son sac et une pierre en guise de marteau, elle s'est mise à suspendre un des draps aux poutres de bois qui supportaient le toit pour nous isoler de la foule du hangar voisin.

– Vous, les filles, allez me chercher quelques briques, nous allons nous construire une table et des chaises. Est-ce qu'il y a de l'eau quelque part ?

La question s'adressait aux spectateurs qui s'étaient rassemblés autour de nous.

– On ne peut pas rester assis sans rien faire, à devenir tous les jours un peu plus sales. Il faut essayer de nous prendre en charge. On ne peut pas les laisser penser que nous sommes une bande de crasseux.

Il y avait déjà tout un public qui l'écoutait. Certains étaient d'accord pour qu'on essaie de s'organiser. D'autres faisaient la grimace :

– A quoi bon ? Ça sert à quoi de nous installer ? Même si on y arrivait, on n'est ici que pour quelques jours, ils peuvent même nous transférer demain.

– Eh bien, faisons-le au moins pour aujourd'hui. C'est toujours mieux que rester là à attendre, a répondu maman.

Il y avait quelques hommes âgés dans la petite foule qui faisaient cercle autour de nous, et ils ont commencé à parler entre eux.

– Elle a raison. Ça nous donnera au moins quelque chose à faire.

Un garçon, à peu près de mon âge, a dit :

– J'ai vu un abreuvoir, au bout du hangar.

Maman a sorti du ballot ouvert un grand pot qu'elle lui a tendu :

– Va voir si tu peux rapporter un peu d'eau, que les mères puissent laver les enfants.

Mais le garçon ne bougeait pas, effrayé.

– Ça risque de m'attirer des ennuis avec les gardes. Ils surveillent tous nos mouvements.

Dans la foule, plusieurs personnes lui ont donné raison.

– C'est vrai, elle va nous attirer des ennuis, à tous.

– Qui est le responsable ici, s'il y en a un ? a demandé maman.

Un homme s'est approché.

– Je suis monsieur Shuster, et c'est moi le responsable.

Il portait un brassard blanc au bras droit. Il a écarté les gens qui entouraient maman et s'est planté devant elle, soutenant son regard.

– Ils ont raison, a-t-il dit avec autorité, nous n'avons pas le droit de nous promener. Ils veulent que tout le monde soit en permanence dans l'espace qui lui a été assigné.

Une femme est sortie du groupe et a tiré le garçon par le bras. Alors il a posé par terre le pot que maman lui avait donné, la femme l'a pris par la main et ils se sont éloignés. La foule s'est dispersée, et maman s'est remise, en silence, à déballer ses paquets. Elle a réussi à aménager un espace pour s'asseoir et un autre pour déplier ce qui nous servirait de lits. Elle a rempli une taie d'oreiller avec ses pots et ustensiles de cuisine, et a caché le ballot de pain grillé sous une couverture. Dans un coin, contre la cloison de drap, elle a installé les enfants avec leurs joujoux, et ils se sont aussitôt absorbés dans leurs jeux.

Iboya et moi, assises sur la valise, on la regardait faire. Alors elle s'est approchée de nous et nous a dit d'un air décidé :

– Demain, il va falloir que nous cherchions les Gerber. Si les Allemands ont commencé par notre quartier et progressent en ordre, ils n'arriveront pas chez les Gerber avant demain. Peut-être qu'on arrivera à obtenir qu'ils s'installent à côté de nous. Iboya, tu vas essayer de voir tes amis à 5 heures. Et toi, Piri, tu iras parler au jeune homme qui nous a amenés ici. Tu lui as plu, a-t-elle ajouté avec un sourire, et tu arriveras peut-être à obtenir un peu plus d'informations. Ça ne sert à rien de rester assis à trembler de peur comme tout le monde.

M. Shuster est revenu et a jeté un regard circulaire ; il a eu l'air très impressionné par l'ordre qui régnait dans notre campement.

– Il faut que j'affiche vos noms, a-t-il dit en me passant un crayon et une feuille de papier.

Pendant que j'inscrivais nos noms, il a sorti un clou de sa poche et j'ai appuyé la liste sur le plus proche pilier pour qu'il puisse la clouer.

– Est-ce que je pourrais avoir quelques-uns de vos clous ? lui a demandé maman. Je n'en ai apporté que deux ou trois et je les ai déjà utilisés.

Il a plongé la main dans sa poche, en a sorti quatre clous et les lui a tendus.

– Je regrette d'avoir dû couper court à votre enthousiasme d'organisation, mais j'ai reçu des ordres formels, je dois veiller à ce que chacun reste tranquille et à sa place. Ils permettent seulement d'aller aux latrines, et encore faut-il revenir immédiatement.

– Je ne comprends pas que vous ayez accepté ces ordres, a dit maman avec fermeté. Il s'agit de gens, pas de bétail. S'ils ne peuvent rien faire pour se prendre en charge, si on les oblige à rester assis à ruminer sur l'incertitude de leur avenir et à ne bouger que pour aller aux latrines, ils vont bientôt devenir exactement ce que les Allemands veulent croire que nous sommes – de la vermine crasseuse. Mais regardez donc, regardez ces pauvres femmes. Il y en a qui ont déjà commencé à se laisser aller.

– Cela fait seulement deux jours que nous sommes ici, a répondu M. Shuster. J'ai parlé avec les gens qui sont là depuis plus longtemps, et ils disent que certains d'entre eux ont obtenu quelques privilèges, à certaines heures. J'ai pensé que je pourrais peut-être en parler aux inspecteurs allemands quand ils viendront faire leur ronde tout à l'heure.

– Ma fille Iboya a travaillé avec le groupe de jeunes volontaires depuis le premier jour où ils ont converti cette usine en ghetto. Il faut que vous la laissiez aller à la porte à 5 heures voir ses amis. Elle pourra peut-être rapporter des couvertures pour cette malheureuse femme, celle qui est de l'autre côté du rail.

En parlant, maman indiquait de la main Mme Labovitz et Carla. M. Shuster a essayé de lui couper la parole mais elle a continué sans se troubler.

– Monsieur Shuster, si nous permettons qu'ils nous terrorisent, nous leur donnons nous-mêmes le pouvoir d'agir comme s'ils étaient supérieurs.

– Je ne peux pas prendre cette responsabilité, a dit M. Shuster en secouant la tête.

– Vous n'êtes pas obligé de la voir sortir.

– Madame Davidowitz, j'admire votre courage. Où qu'elle soit, j'espère que ma femme en a ne serait-ce que la moitié. Mais n'oubliez pas que je suis responsable de la sécurité de tous ces gens.

D'un grand geste circulaire du bras, il a montré toute l'étendue du hangar, puis il est parti, laissant derrière lui une traînée de cous tendus et de regards intrigués par cette longue conversation entre maman et lui.

Maman nous a dit de nous brosser les cheveux et nous a tendu à chacune une blouse propre tirée de la valise.

– Fais semblant d'appartenir au groupe de volontaires de l'intérieur et aie l'air sûre de toi, a-t-elle dit à Iboya.

– Et moi ?

– Tu peux l'accompagner un bout de chemin, et puis tu l'attendras et tu surveilleras ce qui se passe.

Nous sommes parties par le fond du hangar – chemin que les gens prenaient pour aller aux latrines – de façon à ne pas rencontrer M. Shuster. On a marché jusqu'au hangar numéro 1 et, là, on a attendu – jusqu'à ce qu'Iboya voie passer le groupe de jeunes au brassard blanc, qui se dirigeait vers la porte d'entrée. Alors elle s'est dépêchée de les rejoindre et leur a emboîté le pas. Je les ai vus s'arrêter, hésiter un instant, puis reprendre la direction du portail.

D'où j'étais, je pouvais voir les latrines. Je me suis demandé pourquoi ils avaient décidé de creuser la tranchée si près de la route, complètement exposée au regard des gardiens et des passants. Quelle honte ça devait être de s'asseoir sur cette planche, en sachant que tous ces gens pouvaient vous voir. Moi, en tout cas, j'attendrais la nuit pour y aller. J'ai regardé Iboya et les autres qui revenaient de la porte avec les paquets, et j'ai couru les rejoindre.

– On doit apporter tout ça directement à la réserve, m'a expliqué Iboya, et là les responsables décident à qui ils donnent quoi.

J'ai pris quelques-uns des ballots qu'elle portait et je les ai accompagnés en silence. Le garçon qui nous avait accompagnées à notre arrivée m'a souri à nouveau.

– Tu pourrais peut-être t'enrôler avec ta sœur et travailler dans notre groupe, a-t-il suggéré en s'approchant de nous.

– Mais elle n'a que... Iboya allait dire : treize ans, mais je me suis dépêchée de lui couper la parole et j'ai fini à sa place :

– Quatorze ans. J'ai senti que je rougissais : mon anniversaire n'était que dans deux mois.

– Je m'appelle Henri, a dit le jeune homme. Et toi ?

– Piri, ai-je répondu timidement, et on a continué à marcher en silence.

Dans le hangar où étaient stockées les réserves, il y avait des étagères pleines de vêtements, de draps et de couvertures. L'un des policiers hongrois est venu nous prendre les colis que nous apportions.

– Je voudrais vous demander un des oreillers et deux couvertures pour une femme et sa petite fille du hangar numéro 6, a dit Iboya, polie mais ferme.

– C'est nous qui décidons qui a droit à quoi, a répondu l'homme sèchement.

– Mais elles n'ont rien, elles ont dû dormir à même le sol et sans même une couverture.

– La personne responsable du hangar doit présenter une demande écrite.

Nous allions faire demi-tour quand l'un des garçons du groupe a pris la parole.

– Ce qu'elle ne vous a pas dit, monsieur Toron, c'est que cette femme est malade et il n'y a plus de place à l'infirmerie. Elle fait partie des derniers arrivants.

Le policier s'est tourné vers une étagère et y a pris une couverture râpée, qu'il a tendue à Iboya.

– C'est tout ce que je peux vous donner. Si elle veut autre chose, il faut faire établir une demande par la personne responsable de votre travée.

Iboya a fait signe qu'elle comprenait et on est ressortis. Une fois dehors, Iboya a demandé au garçon qui avait pris la parole pourquoi ils gardaient toutes ces choses en réserve au lieu de les distribuer aux gens qui en avaient besoin.

– Ils commencent par tout examiner et prendre le meilleur pour eux et, ensuite, ils laissent traîner, a-t-il répondu.

– Si j'avais su, je n'aurais pas fait autant d'efforts... a dit Iboya en colère.

– Et il y a encore beaucoup de choses que tu ne sais pas.

– J'ai deux ou trois questions, ai-je commencé. Et d'abord, il n'y a pas d'autres toilettes ? J'ai montré du doigt le fossé des latrines.

– Non, il y en a d'autres au fond mais votre groupe doit utiliser celles-là.

– Mais c'est impossible ! C'est bien trop humiliant !

– Alors il faudra vous cacher pour aller de l'autre côté sans être vues.

– Et la nourriture ?

– Ils donnent du pain au petit déjeuner, avec une espèce de boisson chaude qu'ils appellent du thé. Et la soupe arrive à peu près à cette heure-ci.

– On n'est pas suralimentés, si je comprends bien.

– Ils volent tout ce qu'ils peuvent.

– A quelle heure est le couvre-feu ?

– Avant 9 heures du matin et après 7 heures du soir, et on n'a pas le droit de sortir de certaines zones. En ce moment, tu es où tu n'as pas le droit d'être.

A ce moment-là, Henri a interrompu la conversation.

– Je vais vous raccompagner tout de suite, c'est plus prudent. Je fais partie de la police de votre zone.

– Laisse-nous d'abord aller aux latrines de ce côté-ci, a dit Iboya.

– Bon. Dépêchez-vous. C'est derrière le numéro 12. Ensuite, je vous raccompagne.

Les cinq autres membres du groupe ont pris congé de nous, *szervusz*, et sont partis de leur côté.

Avec Iboya, on a trouvé les latrines de derrière, qui n'étaient pas beaucoup mieux que celles de devant. Il y avait bien des murs, mais ouverts des deux côtés. Et c'était le même fossé étroit avec des planches posées dessus pour former une espèce de long banc percé d'une série de trous. Mais, de toute façon, on n'avait pas le choix. J'espérais seulement qu'Henri ne nous attendait pas, je ne voulais pas le voir maintenant, tout ça était vraiment trop humiliant. Mais on l'a trouvé dehors en ressortant et, pour cacher ma gêne, j'ai demandé très vite :

– Et comment c'est, la vie dans le ghetto ?

Il a hésité avant de répondre.

– Eh bien, il faut apprendre à s'habituer à la faim, au froid, à l'humidité, et surtout ne pas tomber malade – il n'y a pas de médicaments. Ils te frappent si tu désobéis, et ils te tuent si tu essaies de t'enfuir.

On est arrivés à notre place et, là, maman l'a accueilli avec une nouvelle rafale de questions.

– Et s'il pleut pendant la nuit ? On sera tous trempés immédiatement. Pourquoi ne nous laissent-ils pas construire des murs, pour avoir au moins un abri et un peu d'intimité ?

– Ils n'ont pas l'intention de nous garder ici très longtemps, a répondu Henri. Seulement jusqu'à ce qu'il y ait des trains disponibles.

– Et où vont-ils nous emmener ?

– En Allemagne. Personne ne sait rien de plus.

Maman l'a remercié et lui a dit de revenir nous voir. Puis je l'ai raccompagné jusqu'au bout du hangar.

– Je t'avais déjà vue avant, m'a-t-il dit alors, et je l'ai regardé, surprise. Tu portais un seau d'eau, tu es montée sur la charrette qui transportait ma grand-mère et tu l'as aidée à boire.

– Vous êtes passés par notre rue ? Je ne me souviens pas de t'avoir vu.

– Non, tu étais très occupée.

– Et comment va ta grand-mère ?

– Elle est à l'infirmerie. Ça te plairait d'aller la voir avec moi demain ? Je passerais te chercher.

– Oui, j'aimerais bien.

– *Szervusz.*

– *Szervusz.*

Henri est sorti et je suis retournée vers notre place où j'ai retrouvé Iboya qui racontait à maman tout ce que nous avions appris pendant notre promenade avec le groupe de jeunes travailleurs du ghetto.

Bientôt le repas est arrivé, servi par des femmes épuisées, affectées à la cuisine, qui poussaient le wagon de nourriture, escortées par des gardes allemands. Il y avait de la soupe aux navets qui ressemblait à de l'eau chaude, et le pain était rassis, mais personne n'a réclamé. D'un ton plaintif, ils demandaient seulement qu'on leur en donne un peu plus. Maman a mis toutes nos portions dans son grand pot et y a ajouté quelques condiments qu'elle avait apportés dans des bocaux. Puis elle a invité Mme Labovitz et Carla à se joindre à nous, et elle a mis aussi une pincée d'épices dans leurs écuelles. On finissait la soupe quand M. Shuster s'est approché, fumant sa pipe.

– J'aimerais vous dire quelques mots, lui a dit maman.

– A quel sujet ?

– A propos de votre liste. J'ai cru comprendre que vous devez établir une liste de nos réclamations.

– Cette tâche est nouvelle pour moi, madame Davidowitz ; soyez patiente. Je crois que vous en savez déjà plus que moi sur cet endroit.

– Mais c'est vous le responsable. Je ne cherche pas à créer des problèmes, mais je crois que nous devons défendre certains droits. Nous ne pouvons pas les laisser croire que nous sommes des moutons bêlants.

– Demain, nous pourrons aller dans les autres travées. J'ai affiché la liste et les limites à l'entrée du hangar.

– Je parle de la liste des choses dont nous avons besoin, monsieur Shuster. Mes filles ont vu les réserves, ils ont de tout en quantité, mais il faut que vous présentiez une liste.

Maman a enjambé les rails pour passer du côté de Mme Labovitz et a ramassé la couverture râpée :

– Voilà tout ce qu'ils ont donné à cette pauvre femme pour se couvrir, elle et sa fille.

Le geste de maman a causé une émotion générale, chacun voulait savoir d'où était sortie la couverture. Et ils se sont tous mis à vouloir différentes choses. Il y eut bientôt près de cinquante personnes attroupées autour de nous et il a fallu toute l'habileté de M. Shuster pour les calmer et les faire retourner à leur place.

Pendant que M. Shuster discutait avec les gens qui s'étaient rassemblés, maman s'est mise à faire de nouveaux murs, en suspendant aux poutres l'autre couvre-lit et un drap. Puis elle a pris le bloc-notes d'Iboya dans le sac de toile, en a arraché une page, a trouvé un crayon et s'est assise sur la valise pour faire une liste. L'eau venait en premier, ensuite les murs des latrines.

M. Shuster est entré dans notre tente improvisée, en se penchant pour passer sous le drap et il a regardé par-dessus son épaule.

– Si ça ne vous ennuie pas, vous pourriez mettre aussi du tabac ? a-t-il demandé d'une voix amusée, encore rauque d'avoir crié.

– Je suis vraiment désolée de ce qui vient d'arriver. Je n'avais pas du tout l'intention de provoquer une émeute, a murmuré maman. Mais si nous ne faisons pas quelque chose, nous allons tous tomber malades. On ne peut pas vivre dans ces conditions d'entassement sans un minimum de précautions d'hygiène. Il faut leur faire comprendre ça. Leur faire peur, si c'est nécessaire. On peut leur dire que, si une épidémie de typhus se déclenche, elle se répandra inévitablement dans la ville. Ils n'ont absolument rien prévu, ils ont juste entassé les gens ici comme du bétail. Mais même le bétail a besoin d'eau.

– Madame Davidowitz, comprenez qu'ils n'ont pas l'intention de nous garder ici. Ils attendent seulement qu'il y ait des trains.

– Mais il y a des gens qui sont déjà ici depuis plus d'une semaine. Ils commencent à sentir mauvais. Obtenez que les mères emmènent les enfants aux latrines au lieu de les laisser utiliser l'espace entre les hangars. Quand les Allemands voient ce qui se passe, ils disent que nous sommes des porcs et que ce n'est pas la peine de nous donner de l'eau.

– Les enfants ont peur de s'asseoir sur ces planches.

– Et pendant la nuit ? Est-ce qu'on a le droit de sortir, au moins pour ça, après 7 heures ?

– Pas après le couvre-feu.

– Vous voyez bien. Ils ne nous laissent pas le choix.

– Bon, faites votre liste, a dit M. Shuster avec un soupir résigné. On verra bien s'ils acceptent de prendre vos demandes en considération, ne serait-ce qu'une ou deux.

Il est parti avec la liste et je me suis soudain aperçue que j'étais épuisée. J'ai demandé à maman si je pouvais me coucher. Elle s'est mise à dérouler les couvertures et elle a décidé qu'il était temps qu'on essaie tous de dormir un peu.

En fermant les yeux, à la fin de cette première journée dans le ghetto, j'ai pensé que nous étions encore ensemble tous les cinq et que c'était ça l'important.

Chapitre 20

Le lendemain était un samedi, et ce qui restait de la population juive de Beregszász a commencé à se déverser dans la briqueterie comme un fleuve. Iboya, qui s'était enrôlée dans les brigades de travail du ghetto, guettait l'arrivée des Gerber. Maman avait réussi à persuader M. Shuster de la laisser réserver la zone à côté de la nôtre pour les y installer. En attendant que les Gerber apparaissent, on a regardé entrer les nouveaux arrivants. Maman courait d'une famille à l'autre, les aidant à installer leurs paquets et réconfortant les vieillards et les enfants. Sandor et Joli restaient dans leur coin, occupés à faire des trous dans la terre sale et à imaginer de nouveaux jeux.

Je me suis éloignée et, sans sortir des limites autorisées, je me suis mise à aller d'un coin à l'autre, demandant aux gens que je voyais d'où ils venaient et depuis combien de temps ils étaient dans le ghetto. J'espérais que quelqu'un pourrait me donner des nouvelles de Babi, Roszi et Molcha. Beaucoup de gens m'ont reconnue comme « la demoiselle au seau d'eau », mais personne n'a rien pu me dire. Alors je suis restée un moment devant les hangars à regarder les groupes de gens qui entraient. Est-ce qu'on avait aussi cet air-là, hier, en arrivant ? Est-ce que j'avais aussi peur ? Ils avançaient serrés les uns contre les autres, regardant de tous côtés comme s'ils s'attendaient à voir un loup ou un tigre leur sauter dessus d'une seconde à l'autre. Il n'y avait presque pas d'hommes, c'était surtout des groupes de femmes et d'enfants, et toutes les mères avaient un enfant dans les bras. Beaucoup de vieilles femmes avaient besoin qu'on les soutienne pour avancer sur la route, au milieu des tourbillons rouges de la poussière d'argile.

Alors j'ai vu Gari Weiss, le brassard blanc de la police du ghetto noué à son bras droit, qui escortait un groupe de nouveaux arrivants. Il leur montrait du doigt, d'un air important, un des hangars, à quelques mètres devant eux. Avant, quand je le voyais à l'école, ça me rendait nerveuse, j'avais énormément envie de lui parler et je n'osais pas ; mais c'était fini. Quand il est revenu, après avoir accompagné les gens jusqu'à leur place, je me suis approchée de lui et j'ai commencé à lui parler, et je n'en revenais pas de me sentir aussi à l'aise. Quelques autres jeunes volontaires nous ont rejoints et Gari m'a présentée comme une camarade de classe d'avant L.G. Je n'ai pas compris et comme je demandais ce que ça voulait dire, il a expliqué :

– D'avant Le Ghetto.

La plaisanterie a fait rire tout le monde, et puis les autres sont partis.

– Est-ce que Judi est déjà là ? a demandé Gari en rougissant un peu.

– Non. D'ailleurs, je voudrais te demander un grand service. Si par hasard tu vois arriver les Gerber, s'il te plaît, tu pourrais les accompagner jusqu'à notre travée, au numéro 6 ? Maman leur réserve une place à côté de nous.

– J'ai entendu parler de ta mère, a dit Gari.

– Qu'est-ce que tu as entendu ?

– On dit qu'elle a monté une tente à l'intérieur du hangar.

– Et alors ? Ça ne nous protège pas des courants d'air ni du froid de la nuit. Elle voulait juste nous donner un peu d'intimité.

– Hé là, ne t'emballe pas, ce n'était pas une critique ! J'ai juste dit que j'en avais entendu parler, c'est tout.

– Où est-ce qu'ils vous ont mis, vous ? Ils vous ont laissé dans la grande maison derrière l'usine comme avant L.G. ?

– Pas exactement, a répondu Gari. Maintenant, c'est les gardes allemands qui occupent la maison. Nous, on vit dans la petite maison des domestiques, derrière.

– Je suis désolée.

– Non, il n'y a pas de raison. Finalement, on est quand même mieux que les autres.

Henri et ses amis revenaient vers la porte, après avoir installé quelques nouvelles familles, et se sont approchés de nous. En passant, il a dit *szervusz* et j'ai arrêté le groupe pour demander à Henri si je pouvais l'accompagner jusqu'au portail.

– J'attends l'arrivée d'une amie, lui ai-je expliqué.

Gari a pris un air entendu et est reparti seul vers la porte d'entrée accueillir un nouveau groupe d'arrivants.

L'attitude de Gari m'a déplu, mais j'ai emboîté le pas à Henri et ses amis.

– Je ne sais pas si on aura le temps d'aller voir ma grand-mère aujourd'hui avant le couvre-feu, m'a dit Henri. On dirait qu'ils ont décidé de vider tout le reste de Beregszász avant ce soir.

– Tu connais Gari ? ai-je demandé.

– Bien sûr. On a travaillé ensemble. Il a l'air vaniteux quand on ne le connaît pas, mais il a bon cœur.

– C'est toi qui lui as parlé de la tente de ma mère ?

– Oui. Je lui ai dit que je trouve ça vraiment impressionnant, qu'elle essaie de vous installer confortablement dans des conditions aussi pénibles. C'est une dame très spéciale. Je l'admire beaucoup.

Je lui ai souri et j'ai dit :

– Les gens que j'attends sont des amis très proches de ma famille, ils s'appellent Gerber. Ils sont trois : Mme Gerber, Judi (mon amie) et son petit frère, Pali. Ma mère leur garde une place à côté de nous.

– Ta sœur a déjà alerté tous ceux de notre groupe qui sont de service à la porte, on les verra sûrement arriver.

Alors j'ai dit au revoir à Henri et je suis retournée au hangar numéro 6. Les Gerber sont arrivés cet après-midi-là vers 4 heures. C'est Gari qui les a vus entrer et il les a emmenés nous rejoindre. Ils avaient fait tout le chemin à pied et n'en pouvaient plus ; il n'y avait plus assez de charrettes, a expliqué Mme Gerber, et les Allemands les avaient obligés à marcher.

– Ils ont jeté toutes nos affaires dans un chariot, a-t-elle ajouté, j'espère qu'on les retrouvera.

Maman a sorti quelques tranches de pain grillé de sous la couverture et en a tendu une à chacun des Gerber.

– Mangez à l'intérieur de la tente. Ça ne sert à rien de provoquer encore un scandale, a dit maman, et elle s'est mise à raconter l'incident de la couverture.

Mme Gerber a mangé son morceau de pain et a regardé d'abord le nouveau tas de sable de Sandor et Joli, les lits faits de couvertures doublées de draps et soigneusement enroulés, la grande valise posée à plat en guise de table, et les autres paquets autour d'elle en guise de chaises.

– Rise, je n'arrive pas à y croire. Vous avez une naïveté et un courage inouïs ! Voilà que vous jouez à faire une maison ! Vous êtes une actrice incorrigible ; même ici, vous arrivez à trouver un rôle à jouer.

– Comment ça, un rôle à jouer ? J'essaie simplement de ne pas me rendre. Je ne veux pas devenir une des *Schweine.* Mais on parlera de tout ça plus tard. Vous êtes fatiguée, et regardez comme vos pieds sont gonflés. Il faut vous reposer. On aura tout le temps demain de parler de ce qui se passe ici.

Iboya a réussi à retrouver certains des colis des Gerber et elle s'est débrouillée pour remplacer les couvertures perdues ou volées en puisant dans les provisions apportées par ses amis.

– Tu as pris ça dans le magasin ? lui a demandé maman tout bas en la voyant entrer, chargée de paquets, dans notre tente.

– Non, je n'ai pas pu y entrer. Simplement, c'est des choses que je n'ai pas pris la peine d'apporter à la réserve.

– Ne fais pas d'imprudences, a seulement commenté maman.

Le surlendemain de l'arrivée de Judi, devant notre travée, on a regardé toutes les deux un groupe qui se chargeait de satisfaire la demande de maman à propos de l'eau. Un jeune à brassard blanc faisait mettre en rang un groupe de gens chargés de pots et d'ustensiles et les conduisait jusqu'à la pompe à eau. Chacun à son tour remplissait son pot et le rapportait à l'un des hangars. Une autre corvée clouait des planches, obtenues de la scierie, pour faire des murs aux latrines. Iboya, qui ne revenait plus au hangar que pour dormir, s'est approchée de nous, un paquet de vieux vêtements dans les bras. Elle m'a demandé de les lui tenir une minute et elle a plongé sa main libérée au fond de la poche de sa jupe, d'où elle a sorti deux aspirines. Alors, elle les a fourrées dans sa bouche et les a avalées d'un coup. Judi a fait la grimace :

– Comment fais-tu pour avaler ça sans eau ?

– On peut apprendre à faire des choses incroyables, si on est obligé, a répondu Iboya. Elle m'a repris le ballot de vêtements et nous a laissées.

– Où vas-tu ? ai-je demandé.

– Excuse-moi, pas le temps de parler. A tout à l'heure.

Et elle est partie à grandes enjambées, disparaissant rapidement entre les groupes. Alors, on a vu s'ouvrir la porte du ghetto, qui était fermée depuis l'arrivée des dernières familles juives de Beregszász, et elle a livré passage à un camion plein de soldats allemands en uniforme gris, armés de fusils, qui venaient faire leur ronde quotidienne d'inspection du ghetto. Ils ont sauté du camion et se sont mis en rang pour commencer leur tournée. Ils allaient d'un hangar à l'autre et je les ai entendus plusieurs fois répéter *Schweine* d'un air dégoûté.

Judi et moi, on regardait les jeunes volontaires à brassard blanc, comme Iboya, qui organisaient les brigades de travail. Ils recevaient des ordres des Allemands mais en même temps ils essayaient d'obtenir des concessions pour rendre la vie dans le ghetto un peu plus supportable. On aurait voulu être assez grandes pour pouvoir travailler avec eux. Quand on en a eu assez de regarder, Judi et moi, on est retournées au hangar où on a trouvé maman et Mme Gerber en train de bavarder tranquillement. Judi s'est mêlée à leur conversation mais moi je ne pensais qu'à me faire recruter parmi les volontaires du ghetto. On les entendait, parfois, chanter de vieux airs populaires en clouant des planches ou en apportant la soupe des cuisines. J'ai fouillé dans le gros sac en toile d'Iboya, j'ai pris un crayon et le bloc-notes dont j'ai arraché une page et je me suis mise à écrire de nouvelles paroles sur l'air d'une des chansons que je venais d'entendre – des paroles qui allaient mieux avec notre nouvelle vie dans le ghetto.

Au moment où je finissais d'écrire, Henri est arrivé et il m'a dit que ça ferait plaisir à sa grand-mère, qui était toujours à l'infirmerie, de revoir la demoiselle qui lui avait donné à boire le jour où on l'emportait au ghetto. Maman m'a donné la permission de l'accompagner, et nous sommes sortis. J'avais encore à la main la feuille où je venais d'écrire les nouvelles paroles pour la vieille chanson.

– Qu'est-ce que tu as dans la main ? m'a demandé Henri.

Je lui ai tendu ce que j'avais écrit. Il a pris le papier, l'a lu et m'a souri.

– Eh bien, il va falloir qu'on essaie de chanter ces paroles, a-t-il dit d'un air amusé. Maintenant, en plus de « la demoiselle au seau d'eau », on va t'appeler aussi « la chansonnière du ghetto ».

L'infirmerie était un baraquement fermé avec des couchettes de fortune alignées des deux côtés le long des murs. Quand on s'est approchés de la couchette de la grand-mère d'Henri, elle nous a vus et a fait un effort pour se redresser. Ses yeux noirs brillaient dans son visage ridé.

– Alors tu as tenu ta promesse de m'amener de la visite, Henri, a-t-elle dit doucement en yiddish. (Elle parlait tout à fait comme Babi.) Mais tu ne m'avais pas dit que ma jeune visiteuse serait justement la demoiselle qui a grimpé sur mon chariot et m'a fait boire quand j'avais soif. Quel plaisir d'avoir une invitée aussi extraordinaire. Je regrette seulement de ne pas pouvoir vous offrir du thé et des biscuits.

J'ai caressé sa vieille main couverte de taches brunes.

– Nous sommes venus pour vous voir, pas pour manger. Vous me rappelez beaucoup ma Babi.

– Elle doit être bien fière de vous. Et comment va-t-elle, votre Babi ?

– Je ne sais pas. Elle n'est pas avec nous...

Je n'ai pas pu continuer, je sentais les larmes me nouer la gorge.

Henri a raconté à sa grand-mère son travail dans le ghetto et lui a promis qu'il prenait bien soin de sa mère. Elle souriait en l'écoutant et puis elle s'est laissée aller en arrière, les yeux clos, et nous sommes partis.

Quand Henri est venu me voir l'après-midi suivant, Gari l'accompagnait et il a demandé à Mme Gerber si Judi pouvait venir se promener avec nous. Nos mères nous ont regardés partir tous les quatre d'un air surpris et plutôt amusé. Nous sommes allés jusqu'à l'ancienne maison des Weiss, qui s'élevait à l'intérieur des murs de la briqueterie. Un policier hongrois qui gardait la porte nous a laissés passer avec quelques commentaires sarcastiques sur les jeunes amoureux. En passant devant la grande maison, on a entendu des voix allemandes qui sortaient par les fenêtres ouvertes et Gari a haussé les épaules. On a continué pour arriver à une autre maison, beaucoup plus petite.

– C'est ici qu'on habite maintenant, a dit Gari.

On a monté les marches du perron et Gari nous a fait asseoir sur les chaises de bois de la terrasse en nous demandant de l'attendre. Il est entré dans la maison et en est ressorti au bout de quelques minutes avec une cruche de thé, une assiette de pain grillé, de la confiture de groseilles et quatre tasses. Ça nous a semblé un festin extravagant et Judi et moi, choquées et impressionnées, on a regardé en silence Gari poser son plateau sur la table de la terrasse, verser le thé et étaler la confiture sur les toasts. Alors on s'est rappelé nos bonnes manières et on a grignoté le pain délicatement tout en buvant à petites gorgées le thé amer, en bavardant. Judi commentait l'incertitude de notre destin à grand renfort de citations de différents auteurs et d'importantes figures politiques. Gari a eu l'air très impressionné par la quantité de livres qu'elle connaissait à fond et ils se sont lancés dans une discussion animée.

Henri et moi, on ne participait presque pas à la conversation : on se contentait d'écouter en silence, assis l'un à côté de l'autre. C'était la première fois de ma vie que j'étais assise à côté d'un garçon tellement plus vieux et qui s'intéressait à moi. Au bout d'un moment, on a complètement cessé de les écouter et on a simplement continué à boire notre thé, les yeux dans les yeux. Puis ç'a été l'heure de rentrer et on est retournés vers le hangar, derrière Judi et Gari, qui parlaient toujours en faisant de grands gestes.

Après cette première rencontre, nous sommes devenus inséparables. Henri et Gari, dès qu'ils avaient fini leur travail, venaient nous chercher Judi et moi. Maman et Mme Gerber avaient décidé de nous laisser les voir malgré la différence d'âge.

– Je suis sûre, m'a dit maman après cette première soirée tous les quatre, que tu sais te conduire comme une fille bien.

– Bien sûr, maman, ai-je répondu, mais en réalité je ne savais pas trop ce qu'elle voulait dire.

Judi et Gari échangeaient des livres et des idées, tandis qu'Henri et moi, on se contentait de jouir du plaisir d'être ensemble. Après quelques jours, j'ai eu la surprise d'entendre Judi me dire avec un grand soupir :

– Vous avez bien de la chance d'en être déjà à vous tenir la main. Je crois que la guerre sera finie avant que Gari ait le courage de prendre la mienne. Il est tellement timide !

– Timide, Gari !

Je n'en croyais pas mes oreilles, je n'aurais jamais pensé à appliquer cet adjectif à Gari.

– Et le pire, a continué Judi sans faire attention à mon commentaire, c'est qu'il tient vraiment à moi. Mais, si c'est moi qui fais le premier pas, ça va le choquer.

– Ça y est, encore tes interprétations. Tu lis trop, Judi !

Le lendemain soir, comme on marchait, Henri et moi, main dans la main, à quelques pas derrière Gari et Judi, j'ai demandé à Henri s'il trouvait Gari timide.

– Pas plus que ton amie Judi. Si elle arrêtait seulement cinq minutes de parler, qu'elle se conduise naturellement, et qu'il puisse voir qu'elle n'est qu'une fille tout simplement, ça serait bien plus facile pour tous les deux.

Je ne sais pas lequel des deux a arrêté de parler le premier, mais un peu plus tard cet après-midi-là, alors qu'on était tous les quatre sur la terrasse de Gari, je me suis aperçue que c'était Henri et moi qui parlions et que Gari et Judi se taisaient. Il y avait des nuages, la nuit commençait à tomber et, dans la pénombre de la terrasse, Gari avait posé le bras sur l'épaule de Judi. Une brusque bouffée de vent a porté jusqu'à nous les voix des Allemands et j'ai frissonné. Henri a dû penser que c'était la fraîcheur du vent qui me faisait trembler car il a enlevé sa veste et me l'a posée sur les épaules.

Quand la sirène de l'usine, qui avant marquait la fin de la journée de travail et à présent le début du couvre-feu, a retenti, nous nous sommes levés à contrecœur pour rentrer au hangar. Gari et Judi marchaient devant, à quelques pas. Henri m'a serrée contre lui et enfermée entre ses bras. J'ai senti un nouveau frisson, mais cette fois c'était une vague d'émotion inconnue qui me parcourait des pieds à la tête. Henri a desserré ses bras et a pris mon visage entre ses deux mains ; on est restés comme ça un instant et puis il s'est penché pour embrasser doucement mes lèvres, d'une brève caresse. Je ne savais plus où j'étais et j'ai passé sans m'en rendre compte devant les voix allemandes qui retentissaient toujours dans la grande maison, et devant les soldats hongrois de garde à la porte.

Cela faisait déjà une semaine que nous étions enfermés dans le ghetto et le moral de maman commençait à donner des signes de découragement. Elle essayait toujours de rendre service chaque fois qu'elle le pouvait mais, malgré tout, elle comprenait bien la futilité de ses efforts pour exiger des Allemands un traitement humain. Elle avait cessé de harceler M. Shuster avec les plaintes et les réclamations des habitants du hangar numéro 6. Elle avait aussi dû admettre que cela ne servait à rien d'essayer de convaincre les femmes de maintenir à tout prix les apparences. Ces gens avaient faim et froid, ils n'en pouvaient plus de peur et de fatigue. La terre était constamment trempée à cause des averses du printemps et la plupart souffraient de rhumes ou de rhumatismes. Leurs pauvres couvertures ne les protégeaient guère, ils dormaient dans une humidité constante et pouvaient à peine se sécher au cours de la journée. Maman se rendait compte qu'en leur demandant de maintenir une apparence de dignité, elle risquait en fait d'aggraver leur misère. Ces derniers après-midi, j'avais remarqué qu'elle passait de plus en plus de temps à lire son livre sur le théâtre, le seul qu'elle ait emporté. Mme Gerber était toujours fatiguée et dormait beaucoup dans la journée. D'après Judi, c'était sa façon à elle de s'évader de la réalité du ghetto.

Mais ce soir-là, le soir de mon premier baiser, en arrivant dans le hangar avec Judi, on a entendu les voix de nos mères, absorbées par leur conversation. On est restées hors de la tente, à les écouter.

– La seule chose qui rend le théâtre meilleur que la vie normale c'est les répétitions, disait maman. Prenez par exemple le jour où ils sont venus chercher Lilli.

A travers le drap, dans la faible lumière du baraquement, on a vu la silhouette de Mme Gerber se voûter, comme si elle pensait, résignée : « Encore cette scène ! »

– Écoutez-moi, Charlotte, continuait maman, laissez-moi vous dire encore une fois, une seule fois. Vous savez que je n'ai pas cessé de retourner cette scène dans ma tête. Plus j'y pense, plus je me dis que j'aurais dû agir autrement, qu'il ne fallait pas les laisser emporter Manci, je devais la garder avec moi, malgré tout ce que pouvait dire Lilli. J'aurais pu convaincre Lajos de me la laisser. S'il y avait eu une répétition, si j'avais pu revoir toute cette demi-heure et toutes les erreurs que je commettais, alors au moment de la vraie représentation j'aurais su tenir mon rôle de grand-mère, de matriarche, et j'aurais joué mon rôle comme il le fallait, sans me laisser effrayer par l'idée que Lilli allait m'en vouloir. J'aurais eu assez confiance en moi pour faire ce que je voulais, parce que j'aurais su que, plus tard, quand Lilli aurait le temps d'y réfléchir, elle comprendrait que je m'inquiétais seulement du bien-être de l'enfant, et pas de la dominer, elle. Et j'aurais pu aussi faire en sorte que Lajos montre sa vraie force. Après tout, tout son malheur est venu parce qu'on l'a dénoncé pour avoir pris une position et critiqué tout haut les officiers hongrois. Oui, Charlotte, si seulement il nous était donné de voir à l'avance les moments cruciaux de notre vie, si on avait le temps de réfléchir au lieu de devoir agir à la hâte, on ne devrait pas ensuite traîner toute la vie le remords de ne pas avoir agi correctement. C'est ça, la grande différence entre la vie et le théâtre : les répétitions !

– Vous ne vous débrouillez pas si mal avec la vie telle qu'elle est, a répondu Mme Gerber, de l'autre côté du drap. Sûrement beaucoup mieux que les autres. Vous devez finir par vous pardonner cette défaillance, la seule de votre vie. Et d'ailleurs il n'y a pas de raison de désespérer. Regardez autour de vous, regardez-nous tous : nous voilà tous enfermés dans ce ghetto et vous parvenez encore à faire de la vie un théâtre.

Maman a agité les bras, et elle a répondu :

– Je ne sais pas si c'est du théâtre, mais je sais que nous ne pouvons pas renoncer. Rien ne pourrait leur faire plus plaisir. Il nous faut essayer de les battre à leur propre jeu.

C'était bien sa voix qui prononçait ces paroles, qui flottaient jusqu'à nous à travers la tente, mais elle ne semblait plus aussi convaincue qu'avant. Elle voulait, tout simplement, la même chose que tout le reste des gens du ghetto : survivre avec ce qui restait de sa famille.

Quand on est entrées dans la tente, Judi et moi, j'ai vu qu'elle portait, sur le corps et sur le visage, la trace d'une terrible lassitude.

– Cela fait des heures que vous êtes parties, les filles, nous a-t-elle grondées.

– On était avec Henri et Gari, a répondu Judi.

– Est-ce qu'ils ont des nouvelles ? a demandé Mme Gerber.

– Non, on attend toujours les trains.

Alors maman est allée laver les mains et le visage des enfants avec l'eau qu'elle gardait en réserve dans la cruche. Puis elle les a couchés sur leurs grabats de couvertures.

Le lendemain matin, après le petit déjeuner et le départ d'Iboya, maman m'a demandé de rester surveiller Sandor et Joli pendant qu'elle ferait chauffer de l'eau pour me laver les cheveux. Pour la première fois, depuis huit jours que nous étions là, j'ai vraiment regardé les enfants. Ils avaient maigri et pâli, et n'avaient plus guère d'énergie pour jouer.

– On joue au papa et à la maman, tu veux, c'est moi qui fais le papa ? a demandé Sandor à Joli, en prenant son seau et sa pelle pour creuser le sol au coin de la tente.

– Si tu veux, a répondu Joli, sans enthousiasme.

– Je fais la maman, ai-je proposé, espérant que ça leur remonterait un peu le moral.

Ils ont souri tous les deux, immédiatement.

– Tu vas faire le dîner ? a demandé Joli timidement.

Elle a ramassé par terre, dans la poussière, quelques cailloux et me les a tendus en disant :

– Ça, c'est la viande pour mettre dans la soupe.

Sandi m'a tendu le seau et la pelle.

– Je suis le papa alors il faut que j'aille à la guerre mais je rentre pour le dîner.

Et sur ces mots, il s'est glissé sous le drap pour sortir de la tente.

– Moi je suis le bébé, alors je joue avec ma poupée, a dit Joli en berçant sa poupée dans ses petits bras pâles, couverts de taches de boue.

Je me suis souvenue du jour où Lilli avait rapporté cette poupée de Prague, neuve et resplendissante avec ses longs cheveux blonds, son visage de porcelaine peinte, sa jolie robe rose et ses souliers vernis. Maintenant elle avait les cheveux sales et emmêlés, le visage éraflé, sa robe rose tachée de boue, déchirée, et elle n'avait plus de chaussures. Mais Joli n'y faisait pas attention. Elle a déplié un torchon sale et l'a drapé autour de la poupée, puis elle l'a reprise dans ses bras et a recommencé à la bercer. J'ai mélangé un peu de poussière aux cailloux et je me suis mise à remuer la soupe.

– Tu as oublié de mettre du sel et du poivre !

Joli a posé sa poupée par terre et ramassé une

pincée de poussière qu'elle a saupoudrée au-dessus du seau. Puis elle a refait la même chose avec une deuxième pincée de terre.

– Voilà, maintenant tu tournes tout ensemble, m'a-t-elle expliqué.

Sandor a soulevé un coin de la tente pour entrer.

– Papa est rentré de l'armée. Est-ce que le dîner est prêt ?

Il gonflait la poitrine et marchait au pas de l'oie, imitant non pas notre père mais, tout simplement, les gardes allemands. J'ai senti un frisson me glisser dans le dos. J'ai pensé à maman et à ce qu'elle venait de me dire : « Je vais faire chauffer de l'eau pour te laver les cheveux. »

J'ai dit à Sandor et à Joli de m'attendre.

– Restez-là, je vais voir maman, je reviens tout de suite.

Je suis allée jusqu'au bout du baraquement et j'ai vu que maman avait construit une espèce de socle de pierres au-dessus d'un tas de brindilles, dans un trou, et fait prendre un petit feu. Elle avait installé le pot d'eau sur les pierres et, à genoux, elle soufflait sur les brindilles.

Je me suis approchée et lui ai touché l'épaule doucement :

– Anyuka, tu vas t'attirer des ennuis.

– Essaie de trouver M. Shuster et demande-lui s'il peut te donner une allumette. Il m'en reste encore une mais ces branches sont mouillées et ça brûle mal. Ne lui dis pas ce que je vais en faire.

Le temps que je trouve M. Shuster et que je revienne avec l'unique allumette qu'il m'avait donnée en grognant, maman avait déjà réussi à faire prendre son feu. Elle le regardait, debout, le visage rayé de traînées de suie.

Un policier hongrois nous a vues et s'est approché.

– Qu'est-ce que vous faites cuire ? a-t-il demandé d'une voix rude.

– Je fais seulement chauffer de l'eau pour laver mes enfants, a répondu maman avec un calme forcé.

Il a approché du feu la crosse de son fusil, et maman a continué, du même ton tranquille :

– Vous n'allez sûrement pas refuser à une mère le droit de baigner ses enfants.

– Il est interdit de faire du feu, a-t-il répliqué avec brusquerie.

Maman s'est mise entre le feu et lui.

– Si c'était votre mère qui chauffait de l'eau pour vous donner un bain, est-ce que vous détruiriez son feu ? Quel mal y a-t-il à vouloir rester propres ? L'eau va être chaude dans un petit instant et j'éteindrai le feu moi-même, je vous le promets. Personne d'autre ne s'inquiète de ce que je fais. Je vous en prie, jeune homme, soyez généreux.

Le policier, qui n'était pas beaucoup plus vieux qu'Henri, a levé les yeux sur le visage de maman tout taché de suie, et a secoué la tête.

– Je reviendrai dans dix minutes. Si votre feu n'est pas éteint à ce moment-là, je l'éteindrai moi-même.

– Merci, officier. (Maman gardait le même ton tranquille, sans paraître s'émouvoir.) Vous êtes bon et généreux.

Il s'est éloigné et maman a jeté dans le feu le reste de ses branches.

– Retourne avec les enfants, et prends le savon et les serviettes. J'arrive tout de suite. Il va falloir faire vite, l'eau ne restera pas chaude longtemps.

Quand elle est arrivée, portant la cruche d'eau chaude, j'avais tout préparé. Elle a mis de l'eau de côté pour le rinçage et a couvert le pot avec une serviette pour garder l'eau au chaud. Je me suis penchée en avant, elle a versé l'eau sur mes cheveux et m'a savonné le crâne énergiquement. Je sentais ses doigts décidés s'activer dans mes cheveux. Quand elle en a eu fini, elle m'a aidée à me laver le cou, les bras et les jambes. Puis elle s'est mise à frotter aussi Sandor et Joli. J'étais heureuse d'avoir les murs de toile pour nous protéger des regards.

Ensuite elle nous a emmenés au soleil pour que nos cheveux sèchent et a sorti une grande paire de ciseaux de la poche de son tablier.

– Je vais te couper un peu les cheveux, ils seront plus faciles à entretenir, m'a-t-elle dit.

J'ai failli protester, mais en voyant son visage soucieux j'ai compris qu'elle était obligée de le faire et je me suis simplement assise par terre sans rien dire, pendant qu'elle se laissait tomber à genoux à côté de moi. J'ai écouté, en me mordant les lèvres, le bruit sec des ciseaux qui coupaient mes cheveux humides. Les mèches qui tombaient par terre faisaient bien dix centimètres, et je me demandais combien de temps il faudrait pour qu'elles repoussent. J'ai regardé autour de nous. Les gens passaient, sans prêter attention à ce que nous faisions.

Maman faisait son travail très soigneusement. Après avoir fini, elle m'a peignée plusieurs fois minutieusement, puis s'est redressée et m'a dit de me lever. Elle s'est écartée de quelques pas pour examiner le résultat de son travail, les sourcils froncés. Enfin, elle a sorti de sa poche un petit miroir et me l'a passé.

– Regarde-toi. Je trouve que cette longueur te va bien. Ça te donne l'air plus adulte, tu ne trouves pas ?

Elle attendait mon approbation avec anxiété. J'ai desserré les dents et senti un goût de sang dans ma bouche. Il y avait une petite coupure sur ma lèvre inférieure et j'y ai passé la langue en suçant le sang. Dans le miroir, j'ai vu que mes cheveux, déjà à moitié secs, étaient coupés au niveau du menton. Les pointes se retournaient naturellement, encadrant mon visage, et cela faisait paraître mes yeux plus grands que d'habitude.

– Ça me plaît bien, ai-je dit. Je crois que ça va plaire aussi à Judi. Comme ça, j'ai l'air plus « moderne », comme elle dit.

– C'est une critique sévère, ton amie « petite miss Budapest ».

– C'est un drôle de nom, pour Judi, mais ça ne lui va pas mal.

– Oh, Piri, tu es vraiment chic avec ta coiffure moderne ! s'est exclamée maman, imitant la façon de parler de Judi, un peu snob et exagérée.

J'étais un peu gênée qu'elle se moque de mon amie mais son imitation de la voix et des gestes de Judi était si parfaite que j'ai éclaté de rire.

On riait encore quand le jeune policier est revenu voir si le feu était éteint ; il nous avait donné presque une heure. Il s'est arrêté à quelques pas de nous, et a écouté avec curiosité nos derniers gloussements joyeux.

– Vous ne voulez pas voir la nouvelle coiffure de ma fille ? lui a dit maman. J'ai fait du bon travail, vous ne trouvez pas ?

Le policier a fait quelques pas vers nous et puis il a hésité.

– Je suis juste venu m'assurer que vous aviez bien éteint le feu. Et il va falloir vous débarrasser de tous ces cheveux, a-t-il ajouté, de loin, en élevant la voix.

– Je m'occupe des cheveux. Et encore merci pour m'avoir laissée chauffer l'eau, a répondu maman.

Il a hoché la tête d'un mouvement sec d'approbation et s'est retiré. Maintenant, c'était au tour de Joli. Maman l'a fait asseoir par terre et s'est accroupie à côté d'elle, les ciseaux à la main, mais Joli a caché ses longues mèches dans son corsage, en protestant :

– Non, pas les miens.

– Ça ne fait pas mal, tu vas voir, a promis maman.

– Tu ne veux pas avoir l'air chic comme moi ? ai-je

dit pour l'apprivoiser, en m'agenouillant aussi à côté d'elle.

Maman m'a jeté un regard amusé et je me suis aperçue que je venais, moi aussi, d'imiter Judi. On a éclaté de rire toutes les deux, et Joli s'est mise à rire avec nous et a lâché ses cheveux.

– Je les veux pareils que Piri, a-t-elle annoncé alors très sérieusement.

Maman lui a fait une coupe un peu plus courte que la mienne et lui a attaché les cheveux sur le côté avec une barrette rouge qu'elle a sortie de la poche de son tablier. Alors Joli s'est regardée dans le petit miroir de poche que maman lui a tendu, elle a approuvé, et a couru trouver Sandor pour lui montrer sa nouvelle tête.

On ne s'était pas trompées : Judi a trouvé ma nouvelle coiffure très à la mode.

– Comme ça, tu ressembles tout à fait à mes amies de Budapest, a-t-elle commenté en me considérant d'un air approbateur quand nous nous sommes toutes retrouvées sous la tente cet après-midi-là. Ta mère a fait du bon travail.

– Tu crois que ça plaira à Henri ? ai-je demandé, un peu nerveuse.

– Sûrement. Ça te donne l'air plus vieille, plus sophistiquée.

Ce soir-là, quand Henri et Gari sont venus nous chercher, j'ai regardé les yeux d'Henri pour voir sa réaction au grand changement. Il a eu d'abord l'air surpris et puis il a souri largement.

– Tu t'es coupé les cheveux. Ça te change beaucoup.

– Elle a l'air plus sophistiquée, a suggéré Judi. Maintenant, elle ressemble plus à une fille de Budapest qu'à une petite provinciale. Allez, dis-lui que ça te plaît.

– Oui, ça me plaît, a répondu Henri, mais j'aime bien aussi les petites provinciales.

Judi s'est écartée de nous d'un air agacé, et Gari l'a suivie. On leur a emboîté le pas, Henri et moi, et on a tous pris le chemin de nos promenades habituelles. Henri avait pris une grande importance dans ma vie, et j'attendais avec impatience les moments qu'on passait ensemble. Parfois, on oubliait même la réalité de notre vie actuelle dans le ghetto et on faisait des projets d'avenir.

– Je pourrais demander à mes parents de me laisser continuer mes études à Beregszász, ou entrer comme apprenti chez un artisan. Comme ça, on pourrait continuer de se voir, me disait-il.

Et moi, je proposais :

– On pourrait aller au cinéma ensemble.

Et je me rappelais comme j'avais envié les filles plus âgées qui allaient au cinéma avec leur petit ami. Maintenant, moi aussi, je pourrais y aller avec un garçon.

Quand on est arrivés à la maison de Gari, ce soir-là, ses parents n'étaient pas là. Ils étaient sortis rendre visite à des amis dans un des hangars. Gari, pour la première fois, nous a invités à entrer. En passant au salon, j'ai remarqué l'élégance des meubles, et Gari a expliqué :

– C'est ceux de la grande maison.

Mais tout était sens dessus dessous, comme s'ils étaient en plein déménagement – il y avait de la vaisselle et des vêtements plein les chaises et les tables. Gari a suivi mon regard qui parcourait la pièce en désordre.

– Comme vous pouvez le voir, nous vivons sans domestiques... il n'y a personne pour ramasser derrière nous, a-t-il commenté sur un ton d'excuse ironique.

Il a écarté des vêtements d'une table, les a jetés sur une chaise et a dévoilé un phonographe.

– C'est tout ce qu'ils nous ont laissé prendre comme musique. Le piano est toujours dans la grande maison, même s'ils ne s'en servent pas, et, évidemment, les Allemands ne permettent pas d'avoir de radio. J'ai réussi à sauver quelques-uns de mes disques en les roulant dans une couverture quand on a déménagé. Venez, on va fermer les fenêtres et mettre un disque.

J'ai senti un petit pincement en me souvenant du moment où j'avais donné mon phonographe à Ica, mais ça n'a pas duré et j'ai aidé les autres à fermer les fenêtres et à dégager un espace pour danser au centre de la pièce. Je ne me sentais pas très tranquille. J'avais déjà dansé avec d'autres filles, à l'école, et je m'étais aussi entraînée avec Iboya, mais je n'avais encore jamais dansé avec un garçon.

Quand la musique a commencé, Gari et Judi se sont mis à danser les premiers. J'ai reconnu le rythme du fox-trot, et je sentais les battements bondir au fond de moi. Gari frappait du pied en cadence et regardait Judi dont tout le corps ondulait suivant la musique. Elle a tendu les mains et Gari les a prises. Très écartés l'un de l'autre, ils se regardaient au fond des yeux en dansant. Judi semblait absorber la musique de tout son corps et la suivait avec une grâce innée. Gari la regardait en souriant, très rouge d'émotion.

Quand le deuxième disque a commencé, il s'est tourné vers nous.

– Allons vous deux, qu'est-ce que vous attendez ?

Judi a retiré ses mains des siennes et s'est glissée dans ses bras. Henri s'est mis à rire.

– Pas devant deux professionnels comme vous !

Puis il m'a pris la main et a demandé doucement :

– Tu veux essayer ?

– Je n'ai jamais dansé, sauf avec des filles, enfin, surtout avec mes sœurs.

Gentiment il m'a fait lever et nous avons commencé petit à petit à suivre la musique. Je commençais à prendre un peu d'assurance quand le père de Gari est entré dans la pièce. Il a vivement refermé la porte derrière lui.

– Je n'en crois pas mes yeux ! a-t-il dit, et Gari l'a salué de la main sans cesser de danser, serrant toujours Judi qui a ralenti le mouvement de son corps. Ne vous arrêtez pas pour moi, a dit M. Weiss, je venais seulement chercher une couverture. Mais baissez un peu le volume. Ce n'est pas la peine qu'ils entendent. Il a indiqué de la main la maison occupée par les Allemands.

Gari a murmuré quelque chose à l'oreille de Judi et ils se sont tous les deux arrêtés de danser.

– Papa, est-ce que tu danserais un tango avec Judi ? a demandé Gari. C'est une excellente danseuse.

M. Weiss a hésité avant de répondre.

– Pourquoi pas ? Ça fait bien longtemps que je n'ai plus dansé. Faites place, a-t-il plaisanté, en déroulant et reboutonnant ses manches.

J'avais toujours admiré la belle allure de M. Weiss. C'était, comme mon père, un homme grand et fort, mais ils étaient aussi différents que possible de teint et de couleurs. Au lieu des rudes cheveux blond sable de mon père et de sa peau tannée, lui avait des cheveux d'un noir profond rayés de gris sur les tempes. Son visage aux pommettes saillantes avait un air de santé qui s'ajoutait à sa haute taille pour donner l'impression d'une énergie débordante. Il s'est redressé et s'est mis à jouer avec sa moustache noire bien soignée. Gari a changé le disque. Le tempo lent et précis du tango a rempli la pièce et M. Weiss s'est approché de Judi avec une profonde et respectueuse révérence.

– M'accorderez-vous cette danse ? a-t-il demandé en présentant le bras.

Judi a fait signe que oui et s'est glissée devant le bras étendu qui s'est recourbé autour de sa taille élancée. Elle a posé une main sur son épaule et a mis l'autre dans celle qu'il lui tendait. Elle semblait toute petite à côté de son corps massif, mais ils glissaient légèrement sur le plancher. Il la tenait fermement, légèrement penché en arrière. Elle a incliné la tête pour le regarder bien en face. Ils avaient l'air d'accorder, tous les deux, la même attention concentrée à leur attitude et à leurs pas.

Gari, adossé à la porte, regardait les danseurs avec respect, et Henri et moi, assis sur le sofa, on les suivait des yeux avec stupéfaction. L'aisance et le calme de Judi me semblaient incroyables. Je l'avais toujours vue plutôt gauche, inquiète et mal à l'aise, et voilà qu'elle dansait avec une grâce et une souplesse parfaites. Comment avait-elle pu me cacher ça si longtemps ? Quand la musique s'est tue, M. Weiss a salué profondément et a raccompagné Judi jusqu'à Gari.

– Où avez-vous appris à danser ainsi, jeune fille ? lui a demandé M. Weiss.

Judi a retrouvé toute sa timidité et a rougi jusqu'aux yeux.

– C'est mon père qui m'a appris. Je dansais avec ses amis quand il y avait des réceptions à la maison, à Budapest.

M. Weiss lui a souri amicalement.

– J'espère que vous serez bientôt de retour à Budapest, et que vous pourrez danser tant que vous voudrez, et pas seulement avec votre père et d'autres vieux messieurs.

Alors il a ramassé une couverture dans un coin, nous a dit de continuer à danser jusqu'à l'heure du couvre-feu et nous a laissés.

Après son départ. Judi a dit à Gari en riant :

– Je savais que ton père devait être un merveilleux danseur.

Et moi, j'ai senti un peu d'envie mais surtout une grande tristesse en pensant à tout ce que Judi avait perdu à cause de la guerre.

Chapitre 21

Chaque soir, maintenant, en rentrant à notre hangar, on trouvait Mme Gerber dans notre tente avec maman. Elle ne quittait notre alcôve improvisée que pour dormir.

– C'est si confortable, là-dedans, l'ai-je entendue dire à maman un matin en entrant la voir.

Je n'en revenais pas. Chaque matin, j'attendais avec impatience le moment de sortir de la tente après avoir roulé les couvertures, avalé le thé tiède et le pain rassis, ce qui était une épreuve que je supportais difficilement. Je la trouvais, moi, tout à fait déprimante.

Maman avait fait des cintres avec des bouts de bois recouverts de bandes de toile découpées dans un drap pour y pendre nos vêtements et elle les accrochait au clou d'une des poutres. Elle ne soignait plus autant son apparence, mais s'obstinait à nous tenir propres. Elle me brossait les cheveux et les inspectait tous les matins, et me faisait changer de chemisier tous les deux jours. Elle rinçait nos vêtements à l'eau froide et les étendait sur l'herbe au soleil, pour les faire sécher.

Ne pas nous laisser nous négliger, c'était son obsession. « Tant que vous serez propres, vous ne tomberez pas malades », répétait-elle inlassablement.

Un matin, en quittant la tente, j'ai trouvé les enfants en train de jouer dehors. Pali et Carla étaient avec eux. J'ai entendu Sandor qui disait à Pali :

– Je serais un inspecteur allemand, et on dirait que je viens faire l'inspection de ta place. Je serais fou et je t'appellerais *Schwein;* ça veut dire « cochon ».

– Non, a crié Carla qui était à côté de lui, et elle a couru se jeter dans les bras de sa mère qui était restée seule à sa place.

La mère de Carla ne se joignait presque jamais à maman et Mme Gerber, qui parlaient continuellement de théâtre ou des souvenirs de leurs maris et de leur vie d'avant la guerre, et échangeaient les recettes de leurs plats favoris. Je n'arrivais pas à comprendre comment elles pouvaient parler de cuisine alors qu'on avait tous tellement faim. Elles rendaient souvent visite à d'autres femmes du hangar et essayaient de les aider à résoudre les problèmes infinis de la survie dans le ghetto. De temps en temps, M. Shuster venait nous voir et apporter de nouvelles rumeurs sur l'évolution de la guerre. Toutes les informations politiques dont on disposait indiquaient, d'après lui, que les Russes étaient en train de gagner.

– Si seulement ils pouvaient se dépêcher et arriver ici avant que les trains nous emportent ! répétait maman à chaque fois.

Vers la fin de notre deuxième semaine de ghetto, j'ai demandé à Henri de m'emmener revoir sa grand-mère à l'infirmerie. En entrant, on a vu M. Weiss qui était en train de parler à un groupe d'hommes près du cagibi du docteur. Ils ont fait signe à Henri de les rejoindre.

– Va voir ma grand-mère, je vous rejoins tout de suite, m'a dit Henri.

Quand il est venu me retrouver près du lit de sa grand-mère, il avait l'air troublé et grave.

– Il faut que je retourne à la grille, a-t-il dit brusquement après avoir embrassé sa grand-mère. Je reviendrai tout à l'heure si j'ai le temps. Et il est parti en courant.

Je suis restée un long moment avec sa grand-mère et, quand enfin je l'ai quittée pour retourner au hangar, j'ai vu six hommes qui descendaient le chemin en direction de la grille. Henri et Gari marchaient à côté d'eux, et ils étaient tous profondément absorbés dans leur conversation. Sidérée, j'ai reconnu parmi eux M. Hirsch du Juden Bureau. Quand j'en ai parlé à maman, elle a eu l'air terrifiée.

– Alors ils les ont amenés ici aussi. Tout doit être fini dehors. Les Allemands n'ont plus besoin d'eux.

Depuis qu'on était dans le ghetto, je ne l'avais jamais entendue parler aussi fort. Mme Gerber est venue voir ce qui se passait.

– Ils ont dû terminer de ratisser toute la ville, a conclu maman après avoir raconté à Mme Gerber ce qui se passait.

– Ou bien c'est que les trains arrivent finalement, a répondu Mme Gerber.

– Ça revient au même.

Maman s'est tournée vers les enfants, puis elle m'a demandé :

– Où travaille Iboya aujourd'hui ?

– Aux cuisines.

– Va voir si elle sait quelque chose, et que personne ne t'entende.

En allant vers les cuisines, j'ai aperçu un autre groupe d'hommes qu'on faisait entrer. Quand ils se sont approchés, j'ai reconnu M. Schwartz, le poissonnier. Je l'ai salué en disant *szervusz*, et M. Schwartz a essayé de s'écarter du groupe mais les deux volontaires qui l'accompagnaient l'ont fait revenir.

– Je vous verrai plus tard, ai-je crié.

– Comment va ta mère ? Salue-la de ma part, m'a-t-il répondu, en agitant vers moi son bras unique.

Maintenant, les gens se rassemblaient à l'entrée des hangars pour regarder entrer les nouveaux arrivants, et on voyait la peur se refléter sur leurs visages pendant que leurs yeux brillaient de questions sur ce que signifiait la présence dans le ghetto de ces dirigeants. J'ai entendu un vieil homme dire à une femme qui regardait, à côté de lui :

– S'ils parquent avec nous même ceux qui ont des privilèges spéciaux, ça doit être le début de la fin.

En approchant des cuisines, j'ai vu Iboya qui bavardait avec un jeune homme. J'ai réalisé, à ma grande surprise, que c'était Shafar, son ami des réunions sionistes.

– Tu te souviens de Shafar ? m'a demandé Iboya quand je les ai rejoints.

– Oui, il t'a écrit toutes ces lettres de Budapest.

Leurs visages crispés se sont détendus et ils ont éclaté de rire.

– Tu viens d'arriver, avec les autres, c'est ça ? lui ai-je demandé.

– Oui, a-t-il répondu brièvement sans donner d'explications.

Alors je me suis tournée vers Iboya.

– Maman m'envoie te demander si tu sais ce qui se passe, pourquoi ils ont amené brusquement tous ces hommes dans le ghetto. Ça l'inquiète beaucoup.

– Je ne peux pas parler maintenant, a répondu Iboya, il faut que je retourne aux cuisines.

Shafar s'est penché pour l'embrasser sur le front, et elle nous a laissés.

– Je vais aller parler à ta mère, m'a-t-il dit alors en me passant un bras sur les épaules, mais il faut que je passe d'abord à l'infirmerie.

Il a laissé tomber son bras et nous nous sommes mis en marche. J'aurais voulu lui demander comment il était arrivé au ghetto de Beregzsász mais j'avais peur qu'il ne me trouve indiscrète. Quand on est arrivés à l'infirmerie, M. Weiss et le groupe d'hommes étaient toujours là, près du cagibi du docteur, en train de discuter. Ils parlaient tout bas, mais l'agitation se lisait sur leurs visages. Quand on s'est approchés, ils ont levé les yeux vers Shafar, puis m'ont regardée d'un air interrogateur.

– Attends-moi à l'entrée, a dit Shafar, j'en ai pour une minute.

Je suis retournée à la porte du baraquement et j'ai attendu en regardant les malades. Des jeunes femmes du ghetto, de l'âge d'Iboya ou un peu plus, avec des brassards de la Croix-Rouge, s'activaient entre les grabats, essayant de donner un peu de confort à leurs occupants. J'aurais voulu, encore une fois, avoir quelques années de plus pour pouvoir servir à quelque chose. Puis Shafar m'a rejointe et on est repartis vers le hangar numéro 6.

Sur l'arrière du hangar, on a trouvé Judi, assise par terre, adossée à un pilier et plongée dans un de ses gros livres. Elle a sauté sur ses pieds en nous voyant et m'a embrassée sans quitter Shafar des yeux.

– C'est Judi, ma meilleure amie, et lui, c'est Joska, Shafar, l'ami d'Iboya. Shafar est venu avec moi pour parler à maman, ai-je expliqué à Judi, et on est entrés tous les trois sous le toit de brique.

Quand on a pénétré dans la tente, maman et Mme Gerber, qui étaient assises et bavardaient comme d'habitude, ont levé les yeux, surprises de la présence de Shafar.

– Tu te souviens de Shafar, maman ?

Il s'est incliné poliment et a baisé la main des deux femmes l'une après l'autre. A l'intérieur de cette tente, ce geste routinier de bonne éducation paraissait exagéré et déplacé.

– J'espérais ne pas vous voir ici, lui a dit maman. Je pensais que votre travail vous permettrait d'y échapper.

– J'ai bien peur que personne n'y échappe. Ils parquent les gens qui n'ont qu'un seul parent juif, et même ceux qui ont été baptisés, et Dieu sait où ils s'arrêteront.

Maman lui a demandé si par hasard il avait eu des nouvelles d'Etu avant de quitter Budapest. Il a répondu que cela faisait déjà plus d'un mois qu'il n'avait pas de nouvelles, mais ça pouvait être bon signe. La dernière fois qu'il l'avait vue, elle espérait obtenir des papiers de chrétienne par des camarades d'école.

– Ça peut même très bien être pour ça qu'elle n'est plus venue me voir, a conclu Shafar.

– Espérons-le, a dit maman avec ardeur.

Mme Gerber s'est mise alors à interroger Shafar sur ce qui se passait à Budapest.

– Est-ce qu'ils parquent les Juifs là-bas aussi ? Comment ont-ils réagi à ce qui est arrivé aux Juifs dans le reste de la Hongrie ? Est-ce que la situation est meilleure à Budapest qu'à Beregszász ?

Shafar répondait patiemment à toutes les questions, mais toutes ses réponses se ressemblaient. La situation était partout la même pour les Juifs, et le reste des gens s'en désintéressaient, occupés par leur propre peur et leurs problèmes de survie. Judi et moi, on est sorties, laissant Shafar et nos mères à leur discussion. J'ai raconté à Judi que j'avais vu le père de Gari en train de parler avec les autres hommes à l'infirmerie.

– Ils avaient l'air bouleversés par les nouveaux événements.

– Tu veux dire, l'arrivée de ces hommes ?

– Oui, mais je crois qu'il y a aussi autre chose. Ils avaient l'air de conspirer. Ils n'ont pas voulu que j'écoute ce qu'ils disaient à Shafar. En tout cas, Henri est au courant.

– Tu as vu Gari avec eux ?

– Non. Mais quand je suis allée à l'infirmerie avec Henri un peu plus tôt, il m'a dit de te dire que Gari était occupé et viendrait te voir dès qu'il pourrait.

– Et cet ami d'Iboya ? Qui est-ce ? Tu crois qu'il sait quelque chose ?

– Sûrement, je l'ai vu parler avec eux.

Alors j'ai raconté à Judi qu'Iboya avait rencontré Shafar au Club sioniste, qu'il était parti à Budapest travailler dans une usine de munitions parce qu'il ne pouvait pas servir dans l'armée et qu'Iboya et lui avaient continué de s'écrire.

– Mais je ne sais pas pourquoi il est ici, ai-je conclu.

Alors Shafar est sorti aussi du hangar. Il est parti vers l'infirmerie, et on est allées avec lui.

– Qu'est-ce qui se passe ? lui a demandé Judi avant que j'aie eu le temps de lui demander pourquoi il était dans notre ghetto et pas dans un de ceux de Budapest.

– Est-ce qu'on va finalement quitter ce charmant endroit ? a demandé Judi d'un ton sarcastique en désignant d'un geste circulaire les hangars et les latrines.

– On ne sait pas au juste, lui a répondu Shafar, mais l'arrivée des trains est imminente, pour dans un ou deux jours au plus.

Il regardait à l'intérieur des hangars devant lesquels on passait et secouait la tête avec sympathie.

– Tu crois que ça sera pire ? a demandé Judi d'une voix tremblante.

– Ça sera l'Allemagne. Ça peut difficilement être pire.

On arrivait à l'infirmerie, Shafar est entré en s'inclinant légèrement pour prendre congé de nous, et on est restées à se demander ce qui pouvait bien se passer entre les hommes à l'intérieur.

– Il est très beau, a dit Judi. C'est le seul homme de vingt ans ici, je crois bien, a-t-elle continué, et j'ai acquiescé distraitement de la tête : le commentaire de Judi me paraissait un peu bizarre à la lumière de notre situation actuelle. Pourtant, je devais reconnaître qu'elle avait raison. Et je m'en voulais aussi de ne pas avoir demandé à Shafar pourquoi il était au ghetto de Beregszász.

Après le dîner, M. Hirsch est venu nous voir. Maman, au début, l'a reçu assez froidement.

– Alors ils vous ont enfermé ici aussi, a-t-elle dit en l'accueillant.

– Nous n'avons jamais douté une seconde qu'ils finiraient par nous mettre ici avec tout le monde, a-t-il répondu. En les aidant à organiser les choses, on a gagné deux semaines de plus, c'est tout. C'est peu mais, en deux semaines, nous avons pu faire entrer ici une quantité de choses indispensables.

– Occupe-toi des enfants, m'a dit maman, je vais faire quelques pas avec M. Hirsch.

Judi a regardé sa montre, fait la grimace et quitté la tente. Je savais qu'elle attendait que Gari et Henri viennent nous chercher et, dès que maman est revenue, je l'ai suivie, mais je me suis arrêtée en voyant approcher M. Schwartz, un sac en papier à la main. Il avait l'air plus vieux et marchait plus lentement qu'avant. J'ai couru à sa rencontre et pendant qu'il m'embrassait, son bras unique bien serré autour de mes épaules, j'ai remarqué qu'il ne sentait plus le poisson. En réalité, on aurait presque dit que ce n'était plus le même M. Schwartz ; ses vêtements flottaient autour de lui, ce qui lui donnait un peu l'air d'un clochard.

On est retournés ensemble vers notre place sous le hangar et il m'a tendu le sac en papier :

– Tiens, Piri, tu partageras avec la famille. J'espère que ta maman et les enfants vont bien ?

– Tout le monde va bien, merci, monsieur Schwartz.

En arrivant à la tente, j'ai soulevé un coin du drap pour laisser entrer M. Schwartz, surpris. Maman aussi a paru surprise, et heureuse de le voir. Elle s'est levée d'un bond et l'a serré dans ses bras. Puis elle a fait deux pas en arrière pour le regarder.

– Vous avez l'air à bout de forces, lui a-t-elle dit. Asseyez-vous. Elle lui a désigné un des colis.

Il s'est assis lentement, et elle s'est installée à côté de lui.

– Vous avez été malade ?

– Malade, non, a-t-il répondu, simplement inactif. Depuis qu'ils ont fermé mon magasin, j'ai essayé d'aider au Juden Bureau mais, comme je ne parle pas allemand, je ne pouvais pas servir à grand-chose. Rester sans rien faire, avec tout ce qui se passe, c'est dur.

– Je vous comprends, a dit maman. Nous aussi, ça fait bientôt quinze jours qu'on n'a rien d'autre à faire que de rester assis.

M. Schwartz a regardé autour de lui, intrigué.

– Et pourquoi avez-vous installé cette espèce de tente ?

– Juste pour avoir un peu d'intimité.

Alors j'ai tendu à maman le sac en papier.

– Vous nous avez apporté un poisson ? a-t-elle demandé, et ils ont ri tous deux d'un petit rire mélancolique.

– Ils nous ont autorisés à utiliser nos derniers tickets de pain avant de nous amener, et c'est tout ce qui restait à la boulangerie.

Sandor et Joli ont émergé de leur coin pour venir voir ce qu'il y avait dans le sac. Maman l'a ouvert et en a sorti un petit pain au sucre qu'elle a coupé en deux avec les mains, puis elle a fait manger les enfants dans ses mains, car les leurs étaient couvertes de la terre sale dans laquelle ils jouaient. M. Schwartz regardait Sandor et Joli dévorer leur demi-pain.

– On n'a pas tous les jours un pareil festin, a expliqué maman. Je vais garder le reste pour demain, pour fêter l'anniversaire d'Iboya.

Sandor et Joli se sont approchés de M. Schwartz et, pour le remercier, ont planté chacun un baiser sur ses joues piquantes. Il les a attrapés tous les deux de son seul bras et s'est penché pour les embrasser, ce qui les a fait glousser de rire, et puis ils sont retournés à leur jeu en courant. Alors M. Schwartz s'est levé en disant qu'il devait s'en aller, et maman l'a accompagné jusqu'au bout du hangar. Je suis restée devant la tente, à les regarder, eux et tous les yeux curieux qui suivaient maman et l'homme manchot.

Quand maman est revenue, Mme Gerber nous a rejointes sous la tente.

– Beaucoup de visites pour une seule journée, a commenté maman.

– Est-ce qu'il a pu vous dire quelque chose ?

– M. Schwartz dit que Beregszász a l'air d'une ville fantôme. Les gens ne sortent de chez eux que s'ils ne peuvent pas faire autrement.

A ce moment-là, Judi, qui depuis une heure ne cessait pas d'arpenter le hangar, entrant et ressortant à chaque instant, s'est glissée dans la tente et m'a dit à l'oreille qu'elle venait de voir Henri et Gari déboucher sur la route, de retour de l'infirmerie. Ils sont arrivés quelques minutes plus tard et ont salué nos mères comme d'habitude, mais ils avaient l'air troublés et inquiets.

On est partis tous les quatre et dès qu'on est sortis de la tente, Gari, qui avait remarqué le regard blessé de Judi, s'est excusé de leur retard.

– Je t'en prie, lui a demandé Judi d'une voix pressante en posant les mains sur ses épaules, je t'en prie, dis-nous ce qui se passe à l'infirmerie.

Gari a jeté un coup d'œil interrogateur à Henri, qui a hoché la tête en murmurant :

– Oui, on peut leur dire, mais pas ici. On risquerait de nous entendre.

– Allons chez toi, a suggéré Judi en regardant Gari.

Quand on s'est approchés de la maison, on a vu M. Weiss, seul sur la terrasse, les yeux fixés au loin. Il était profondément plongé dans ses pensées et notre arrivée l'a fait sursauter. Il nous a salués distraitement, a sorti une montre de sa poche pour regarder l'heure et est rentré dans la maison.

Alors Gari a commencé, à voix basse :

– Nous avons formé un groupe de résistance et nous envisagions la possibilité d'une insurrection. Maintenant que les hommes sont arrivés, ils veulent se joindre à nous. Ils n'ont pas plus d'idées que nous sur ce qu'on pourrait faire mais la plupart pensent qu'il faut faire quelque chose. Ils nous ont aidés à faire entrer clandestinement quelques fusils et des munitions, et ils savent mieux que nous comment les Allemands ont organisé la ville. Pour l'instant, on en est à échanger des idées.

On écoutait en silence, Judi et moi, stupéfaites mais fascinées, et Gari a continué :

– Ils ont travaillé avec les Allemands. Maintenant ils savent qu'on ne peut pas leur faire confiance, et on ne croit pas un mot de ce qu'ils racontent sur les camps de travail et les meilleures conditions de vie qu'on y aurait. Les hommes sont décidés à faire quelque chose, même si ça ne devait servir qu'à leur montrer qu'on n'est pas une bande de lâches. Nous savons aussi bien qu'eux que finalement ils feront ce qu'ils ont décidé et que rien ne pourra les en empêcher ; mais nous ne pouvons pas non plus rester les bras croisés. C'est impossible.

– Parmi les jeunes travailleurs, qui fait partie de la résistance ? ai-je demandé, et je savais bien que tous les deux en faisaient partie.

– Pratiquement tous les travailleurs du ghetto, a répondu Gari.

– Depuis combien de temps durent ces discussions ? a demandé Judi.

– On a commencé à parler de former une résistance, d'une façon ou d'une autre, depuis qu'ils ont commencé à nous regrouper et à nous enfermer. Mais nous n'avions rien, pas une arme, a répondu Henri, et son visage et sa voix étaient graves.

– Et maintenant vous en avez ? ai-je demandé.

– Quelques fusils hongrois, plusieurs boîtes de munitions et un peu de dynamite.

– Comment vous avez eu tout ça ?

– On a réussi à acheter certains des fusils aux paysans hongrois du coin et on les a fait entrer discrètement. Le plus difficile, ce n'est pas de les acheter, c'est de les introduire ici et de les cacher. La surveillance et les perquisitions des Allemands sont très serrées et c'est justement ça qu'ils cherchent, des fusils ou d'autres armes. D'ailleurs c'est l'ami de ta sœur, Shafar, qui nous a procuré presque tous les fusils, a confié Gari, et je viens juste de prendre en charge la dernière « cargaison », il y a deux heures à peine.

– En plein jour ! s'est écriée Judi, inquiète.

– On ne peut pas faire autrement, a répondu Gari en riant, heureux de la voir s'inquiéter pour lui.

– Mon Dieu, a continué Judi, vous allez finir par vous faire tuer.

A ce moment-là, la sirène du couvre-feu a retenti et on s'est tous levés d'un bond automatiquement. M. Weiss est apparu dans l'entrebâillement de la porte.

– Raccompagne les filles et reviens ici directement, a-t-il dit à Gari. Tu en as assez fait pour aujourd'hui.

En marchant vers le hangar, je me suis accrochée au bras d'Henri et je l'ai serré très fort en demandant :

– Qu'est-ce que vous allez faire avec tout ce matériel ?

– Personne n'arrive à se mettre d'accord sur rien. En un sens, c'est absurde de prétendre faire quoi que ce soit : on n'est qu'une petite poignée d'hommes, et les Allemands ont une supériorité numérique écrasante : rien que contre ceux qui sont dans le ghetto, on serait un contre dix, et il y a le reste du bataillon qui stationne dans la ville, une armée complète avec des tanks et des armes automatiques – un coup de téléphone et ils sont là en un clin d'œil. Et ce n'est pas tellement pour nous-mêmes qu'on s'inquiète : mais qu'est-ce qui arrivera aux autres, aux femmes et aux enfants ? Quel que soit le plan qu'on adopte, finalement, il ne peut pas nous mener bien loin.

– Mais alors à quoi bon essayer ? ai-je demandé, inquiète.

– Parce qu'on ne peut pas rester les bras croisés et

regarder ce qu'endurent nos familles sans au moins essayer de faire quelque chose pour les protéger. Certains des hommes, les plus vieux, disent qu'il est plus sage de ne rien faire, que tout ce qu'on tentera ne fera qu'empirer les choses. Mais tous les autres pensent que n'importe quelle action de résistance vaut mieux que rien du tout.

– Et toi, qu'est-ce que tu en penses ?

– Je ne sais vraiment pas, Piri. Je crois que même si on pouvait faire sauter les trains au moment de leur arrivée, ça ne ferait gagner que quelques jours, le temps que d'autres trains arrivent. Et qui sait de quoi sont capables les Allemands en représailles pendant ce temps.

A ce moment-là, Judi et Gari nous ont rattrapés, et Gari, qui avait entendu les derniers mots d'Henri, l'a interrompu avant qu'il ait pu achever ce qu'il voulait dire.

– Même si on n'arrive qu'à gagner du temps, ça peut en valoir la peine. D'après ce que disent les hommes qui viennent d'arriver, la fin de la guerre pourrait n'être plus qu'une question de semaines, et les Russes peuvent arriver d'un jour à l'autre.

– Mais, a répliqué Henri, même en admettant ces quelques jours, justement, Dieu sait ce que les Allemands sont capables de faire s'ils sortent de leurs gonds. Et c'est sans doute pour les gens qui sont à l'infirmerie que ça sera le pire. Ils vont trop mal pour pouvoir résister à de nouvelles épreuves.

J'ai compris qu'Henri pensait à sa grand-mère. Ils

se sont lancés, Gari et lui, malgré notre présence, dans une discussion véhémente, mais un policier hongrois s'est approché de nous et les a interrompus brusquement :

– Embrassez-les et rentrez à vos places. L'heure du couvre-feu est passée.

Gari et Henri ont souri, faisant semblant de prendre l'avertissement du policier pour un conseil amical ; puis ils nous ont embrassées sur la joue et s'en sont allés en sifflotant une des chansons pour lesquelles j'avais écrit de nouvelles paroles. Judi et moi, on est rentrées lentement au hangar, en silence, chacune essayant de cacher sa peur à l'autre. Plus tard, sous la tente, je me suis retournée sur mon grabat un long moment sans trouver le sommeil et j'entendais Judi s'agiter aussi, de l'autre côté de la cloison de toile.

Le lendemain matin, quand le petit déjeuner est arrivé, maman m'a dit d'aller inviter les Gerber à nous rejoindre dès qu'ils auraient reçu leur thé et leur tranche de pain dur. Quand on a été tous rassemblés, elle a sorti le sac de petits pains apporté par M. Schwartz et nous en a donné à chacun une moitié pour fêter l'anniversaire d'Iboya :

– Aujourd'hui, c'est le 1er mai : Iboya a seize ans, a-t-elle dit en souriant.

Iboya a rougi, mais elle avait l'air contente en remerciant maman. Elle allait partir quand Mme Gerber l'a retenue :

– Attends une minute, Iboya, j'aimerais te donner

quelque chose pour ton anniversaire, moi aussi. Ça nous fera du bien à tous. Peux-tu revenir avant qu'ils apportent le dîner ?

– Je vais essayer, a dit Iboya en se glissant dehors.

Dès qu'on a pu s'éloigner de nos mères, je suis sortie avec Judi jusqu'à la limite de la zone autorisée, autour des hangars, et on s'est mises à marcher de long en large en parlant très bas de la seule chose qui nous importait vraiment : le danger que nos amis allaient courir, un danger qui nous menaçait tous. Judi pensait que de toute façon, quoi que décident les hommes, nous n'avions aucun avenir devant nous.

– S'ils décident de faire quelque chose, ça sera un désastre pour eux et pour nous tous, mais surtout pour eux. Mais ils ne perdraient pas leur temps à discuter de plans aussi inutiles s'ils ne pensaient pas que, si on doit aller en Allemagne, on n'a plus aucun espoir.

– Tout ce qu'ils pourraient faire se retournera forcément contre eux, alors j'espère bien qu'ils ne feront rien, ai-je répondu. Je préfère encore prendre le risque d'être emmenée en Allemagne et de travailler dans leurs usines. Maman dit que même en mettant les choses au pire il faudra bien qu'ils nous nourrissent, on ne peut pas travailler sans manger.

– Manger, il n'y a pas que ça qui compte, a rétorqué Judi. Au point où j'en suis, je n'ai même plus faim. Si seulement j'étais un homme ! Eux, au moins, ils peuvent faire des plans, essayer de faire quelque chose. Ils ne restent pas assis les bras croisés comme nos mères, comme nous.

– Mais, Judi, même si on était des hommes, on n'a que treize ans !

– L'âge non plus, il n'y a pas que ça qui compte. Moi, je me sens bien plus vieille que treize ans, et je ne veux pas qu'on me sépare de Gari. La nuit dernière, il m'a dit que les volontaires du service d'ordre resteraient pour aider jusqu'à ce qu'on ait tous été transférés et qu'ils seraient les derniers à partir d'ici. Il ne nous reste peut-être qu'un jour ou deux ensemble, et je ne suis pas prête à le quitter.

Judi s'est tue et je me suis sentie soudain pleine de tristesse en pensant que j'allais être séparée d'Henri.

– Faisons un pacte, a repris Judi. On va promettre de se conduire comme des femmes s'ils viennent nous chercher ce soir. Ce serait bien si on pouvait danser ensemble encore une fois. Mais, en tout cas, il faut qu'on se conduise comme des adultes : on n'en aura peut-être plus l'occasion.

– Je crois que je vais rentrer à la tente écrire un poème pour l'anniversaire d'Iboya, ai-je dit, sautant du coq à l'âne.

– Bonne idée. Je vais regarder si je trouve un livre à lui donner parmi ceux que j'ai apportés, a dit Judi.

L'après-midi, on s'est tous retrouvés sous la tente pour fêter, à nouveau, l'anniversaire d'Iboya. Shafar l'a ramenée de la cuisine à 4 heures. Il lui avait fait cadeau de sa bague de collège et il s'était aussi débrouillé pour qu'un des gardes hongrois lui échange quelques cigarettes contre une grosse miche de pain. Maman a accepté le pain, l'a rompu en neuf morceaux et nous en a donné un à chacun. Mme Gerber avait son cadeau à la main et, avant de le donner à Iboya, elle a fait un discours de présentation :

– Voici un cadeau pour une merveilleuse et courageuse jeune femme, avec la promesse que, quand la guerre sera finie, je t'organiserai une vraie fête, le genre de fête que tu mérites, à Budapest, dans la maison de mon père, et il y aura du champagne, de la musique et de vrais cadeaux.

Alors Iboya a pris le sac en papier brun, l'a ouvert, et en a sorti le châle blanc en soie brodée de Mme Gerber. Elle l'a jeté sur ses épaules et s'est mise à virevolter au milieu de nous, nous frôlant au passage du bout des longues franges soyeuses. On la regardait tous, admiratifs, et puis on l'a embrassée l'un après l'autre en lui souhaitant un bon anniversaire. Je lui ai donné le poème que j'avais écrit et Judi lui a donné un gros bouquin. Shafar a dû partir, en disant qu'il reviendrait plus tard.

Ce qui fait que ce soir-là, après le dîner, c'est trois jeunes hommes qui sont venus nous chercher, tous rasés de frais. Maman les a regardés tous les trois et son visage s'est éclairé d'un grand sourire. Ils l'ont saluée en s'inclinant avec un bel ensemble et nous sommes partis tous les six. Iboya avait soigneusement drapé son nouveau châle sur ses épaules. En arrivant à la grille qui fermait la résidence des Weiss, les gardes ont voulu empêcher Shafar et Iboya de passer. Mais Shafar a sorti deux paquets de cigarettes de sa poche intérieure, un pour chaque garde, et ils lui ont fait signe qu'il pouvait entrer.

M. Weiss était sur la terrasse et il nous a invités à entrer dans la maison. A l'intérieur, dans le salon, Mme Weiss, vêtue d'une élégante robe d'intérieur, remuait, dans une carafe, une boisson aux framboises. Elle nous a souhaité la bienvenue comme si nous étions ses amis les plus chers et nous a aussitôt expliqué :

– Il me restait un peu de sirop, alors j'ai préparé un punch en l'honneur de l'anniversaire d'Iboya. J'ai aussi un peu de confiture, ça ne sera pas une réception très élégante mais c'est tout ce que j'ai pu faire, vu les circonstances.

J'ai jeté un coup d'œil à Iboya, en pensant que les nouvelles allaient vite dans le ghetto. M. Weiss a coupé quelques tranches de pain et les a partagées en petits morceaux. Puis il est allé chercher des verres et Mme Weiss nous a versé à chacun un peu de punch.

Alors M. Weiss a levé son verre.

– Faisons comme si c'était du champagne. Je porte un toast à Iboya et à un avenir libre où les jeunes amours pourront s'épanouir librement.

Pendant qu'on choquait nos verres les uns contre les autres, j'ai porté mon propre toast en silence – semblable à celui de maman le jour du *seder* – qu'on soit tous ensemble, l'année prochaine, à Komjaty. Pendant qu'on buvait le punch et qu'on dégustait les petits morceaux de pain nappés de gelée de groseille vert émeraude, M. et Mme Weiss ont fait des compliments à Iboya sur la bague que Shafar lui avait offerte et sur le châle de Mme Gerber. Après le goûter, M. Weiss a emmené Henri, Gari et Shafar dans l'autre pièce et a refermé la porte derrière eux.

– Ah ! les hommes ! a soupiré Mme Weiss, agacée, il faut toujours qu'ils fassent des petites cachotteries avec leurs histoires de guerre et de jeux.

J'ai remarqué le regard admiratif d'Iboya qui suivait les gestes gracieux de Mme Weiss, et c'est alors que je me suis aperçue que la mère de Gari était vraiment belle et élégante. Elle a ramassé les verres et a traversé la pièce d'un pas léger, sa robe d'intérieur flottant doucement au rythme de ses pas, pour aller les déposer sur une table basse appuyée contre le mur. Puis elle s'est assise avec grâce sur le divan à côté d'Iboya et s'est mise à parler avec elle.

– J'ai entendu dire que votre Shafar est un homme extraordinaire. Il serait venu à Beregszász, à ce qu'on m'a dit, après s'être enfui de Budapest, et serait allé lui-même se livrer. Il n'y a pas beaucoup de gens qui auraient le courage d'aller à l'état-major allemand pour dire : « Je suis prêt, emmenez-moi au ghetto. » Je crois qu'il leur a raconté qu'il avait trop peur pour continuer à fuir. Un garçon intelligent. Où l'avez-vous connu ?

J'étais heureuse d'avoir enfin la réponse à ma question sur l'apparition subite de Shafar au ghetto de Beregszász. Iboya a commencé à raconter comment elle avait rencontré Shafar au Club sioniste avant son départ pour Budapest.

– Il est vraiment d'une beauté frappante, a dit Mme Weiss, et si courageux. Je suis sûre que son travail de Budapest n'était qu'une couverture pour d'autres activités. Si j'avais su qu'il y avait des hommes de ce calibre au Club sioniste, je l'aurais bien rejoint, moi aussi.

Elle a accompagné ces derniers mots d'un petit rire, comme s'il ne fallait pas la prendre au sérieux, mais je ne savais pas trop si c'était vraiment une plaisanterie.

L'atmosphère du salon s'est tendue ; personne n'osait plus parler de peur de dire juste ce qu'il ne fallait pas et Mme Weiss s'est tournée vers Judi.

– Et vous, jeune fille, j'ai entendu dire que vous êtes une excellente danseuse ?

– Merci. Quand nous vivions à Budapest, il y avait souvent des réceptions à la maison, a réussi à articuler Judi.

– Oui, a soupiré Mme Weiss, je sais ce que vous voulez dire. Nous aussi, nous recevions beaucoup dans la grande maison. Comme tout ça paraît loin. Bientôt, nous ne nous en souviendrons même plus.

Sur ces mots, elle est allée au phonographe, a mis un disque et tourné la manivelle. Un air de valse a rempli la pièce. Elle a tendu les bras à un cavalier imaginaire et attendu la mesure ; alors, elle s'est mise à tournoyer, traçant des arabesques autour des tables et des chaises. La porte de l'autre pièce s'est ouverte et les hommes sont rentrés dans le salon. Surpris d'abord, puis amusés, ils ont regardé Mme Weiss glisser avec aisance au rythme de la valse.

Elle a dansé vers Shafar et lui a tendu les bras. Il a hésité et puis il a passé le bras droit autour de sa taille, en disant :

– Bon, je vais essayer, mais ce n'est vraiment pas mon fort.

– C'est facile, a-t-elle répondu en baissant les yeux pour regarder leurs pieds. Comptez les pas avec la musique, un, deux, trois ; un, deux, trois...

Pendant qu'ils décrivaient des cercles autour de nous, M. Weiss a vérifié que les fenêtres étaient bien fermées. Alors, il a ôté quelques chaises pour dégager le milieu de la pièce et il s'est approché d'Iboya pour l'inviter à danser. Son visage a pris un rouge assorti à celui des roses brodées sur son châle mais elle s'est levée et s'est placée avec grâce au creux du bras tendu de M. Weiss. Son corps restait raide mais ses pieds suivaient la musique avec aisance.

– Je ne savais pas que tu dansais la valse, Iboya, où as-tu appris ? a demandé Shafar quand la musique s'est arrêtée.

– C'est Lajos, mon beau-frère, qui m'a appris.

Gari a remonté le phonographe, a retourné le disque et a invité Judi. Ils avaient toute la piste pour eux, tous les autres les regardaient. C'est à peine si les pieds de Judi touchaient le plancher pendant qu'ils valsaient, tourbillonnant sans effort autour du salon, et sa jupe se soulevait en vagues qui soulignaient sa taille menue. M. Weiss s'est mis à applaudir et on l'a tous imité. Mais à ce moment-là, la sirène a sonné le couvre-feu. Nous nous sommes levés pour dire au revoir et remercier M. et Mme Weiss, et nous sommes partis tous les six, Henri et moi en tête, suivis de Shafar et Iboya et, un peu en arrière, Gari et Judi. Et pour souhaiter la bonne nuit à nos cavaliers, on a essayé de se sentir aussi seuls et invisibles que c'était possible.

Henri s'est adossé a une poutre du hangar et m'a attirée contre sa poitrine. J'entendais son cœur battre, je me sentais à la fois très triste et, pourtant, complètement apaisée. On est restés comme ça sans bouger quelques minutes. Puis Henri a relâché son étreinte, pris mon visage entre ses mains et a déposé doucement un baiser sur mes lèvres. Alors, brusquement, il a laissé tomber ses mains, s'est retourné et s'en est allé.

Je suis rentrée tout droit dans le hangar sans regarder en arrière.

Chapitre 22

Le lendemain matin, dès qu'on s'est retrouvées dehors, Judi m'a dit qu'en se séparant, Gari et elle s'étaient embrassés à la façon des grandes personnes, en ouvrant les lèvres.

– Il faut absolument que tu essaies ça, si tu as encore l'occasion.

Sa franchise m'agaçait, même si elle réveillait aussi ma curiosité. Mais elle avait raison de penser qu'il n'y aurait plus d'occasion. Alors qu'on était devant le hangar, on a vu passer M. Shuster et on l'a suivi jusque dans notre tente. Maman et Mme Gerber, frappées par son air sombre, l'ont écouté dans un silence tendu raconter qu'il venait de recevoir l'ordre de nous faire préparer pour partir.

– Oh, mon Dieu ! s'est écriée maman.

Mme Gerber a pâli et n'a rien dit.

– Je vais afficher les instructions à l'entrée du hangar, et j'aurai besoin d'aide pour organiser ces femmes. Bien sûr, on s'y attendait, mais ça sera quand même un choc pour elles. J'espère que je peux compter sur votre aide pour exécuter ces instructions dans l'ordre.

Il sortait juste de la tente, accompagné de nous quatre, quand un officier allemand est entré dans notre baraquement, avec deux policiers hongrois. L'officier a crié d'une voix forte en allemand : « *Achtung* », et le silence s'est fait instantanément, comme par magie. L'un des policiers hongrois a pris la parole :

– Les trains sont attendus pour aujourd'hui ou demain. On vous envoie travailler dans des usines allemandes où vous serez bien traités, il n'y a donc aucune raison de vous en faire. Emballez vos affaires et mettez des étiquettes adressées au *Camp de travail numéro 500. Allemagne.* Écrivez soigneusement vos noms et l'adresse : vos bagages seront expédiés par le train suivant. M. Shuster vous aidera, mais vous devez coopérer sans réserve pour l'exécution de ces ordres.

En terminant, il a claqué les talons à l'allemande et salué l'officier qui avait gardé les yeux fixés sur la foule de femmes sidérées. Puis ils sont sortis tous les trois.

Iboya est arrivée en courant. Elle tremblait en nous rejoignant au bout du hangar, autour de M. Shuster qui clouait les ordres à une des poutres.

– Ils m'ont renvoyée, a-t-elle crié en se jetant dans les bras de maman. Nous sommes du premier convoi. Ils nous envoient par ordre alphabétique.

– Ils vont nous séparer ? a demandé Mme Gerber d'une voix blanche.

– Il va y avoir trois ou quatre convois. Les jeunes

volontaires et les infirmières seront les derniers à partir.

– Je ne veux pas partir sans vous, a dit Mme Gerber à maman, et elle s'est mise à pleurer.

Judi et moi, on s'est regardées et nos yeux se sont remplis de larmes.

– Viens, m'a dit Judi, allons les chercher, et nous sommes sorties ensemble du hangar.

Iboya nous a couru après.

– Ce n'est pas la peine d'aller les chercher, a-t-elle dit en nous rejoignant, ils sont à une réunion. Ils viendront ici ensuite si c'est possible. Sinon, la soirée d'hier était un au revoir. Il faut que nous aidions ces femmes à se reprendre et à s'organiser.

J'ai parcouru le hangar du regard et j'ai vu que certaines des femmes commençaient à rassembler leurs enfants, pendant que d'autres s'affairaient sans but au milieu de leurs ballots. M. Shuster s'était éloigné jusqu'au fond du hangar et Mme Gerber l'a suivi.

– Ne les laissez pas nous séparer, l'a-t-elle supplié. Il faut que nos deux familles restent ensemble.

– Si ça dépend de moi, on ne vous séparera pas. Mais je ne peux rien promettre, a-t-il répondu à voix basse.

Alors elle est retournée à sa place et a commencé à plier ses couvertures.

Iboya a décroché le mur de drap et s'est mise à le découper en petits carrés.

– Tenez, nous a-t-elle dit, voyant qu'on restait là à la regarder sans comprendre, faites passer ces étiquettes à tout le monde, dites-leur d'écrire leurs noms en majuscules et comme adresse : *Camp de travail numéro 500,* et de les coudre sur leurs ballots. Il nous reste quelques aiguilles et un peu de fil pour celles qui en auraient besoin.

Enfin, on avait une chance de se rendre utiles. Non seulement on a distribué les petits carrés de toile entre les femmes mais on les a aidées aussi à y inscrire leurs noms et l'adresse avant de les coudre sur les paquets. Tout en travaillant, on tendait l'oreille à tous les bruits qui nous parvenaient du dehors. Une fois les étiquettes finies, je suis sortie avec Judi sur-le-champ, devant les baraquements, et on a regardé les rails déserts, de l'autre côté du champ. Mais non, ils n'étaient plus déserts, ils étaient pleins de cheminots en plein travail.

– Ils les préparent pour l'arrivée des trains, a commenté Judi.

En rentrant dans le hangar, on a trouvé les gens assis sur leurs paquets, comme s'ils s'attendaient presque à voir le train entrer directement jusqu'à eux. M. Shuster marchait de long en large à grandes enjambées, suçant sa pipe, troublé, évidemment, par l'étrange silence qui régnait sur le hangar numéro 6. Il a fini par sortir, et on l'a suivi. On l'a vu alors regarder, comme nous, au-delà des champs, les ouvriers qui s'affairaient sur les rails. Puis on s'est tournées vers l'infirmerie dans l'espoir de voir sortir Gari et Henri. Mais il n'y avait personne sur le chemin. Judi a remarqué que M. Shuster regardait sa montre.

– On dirait que vous avez hâte de voir le train arriver, lui a-t-elle lancé, agressive.

– S'il faut partir, autant que ça soit le plus vite possible, a-t-il répondu. Cette attente ne fait de bien à personne, tu ne crois pas ?

– Je ne suis pas spécialement pressée, a répondu Judi d'un ton sarcastique.

Alors j'ai décidé de poser à M. Shuster les questions qui me tracassaient depuis qu'on nous avait annoncé l'arrivée des trains. En regardant tous ces gens s'empresser d'exécuter les ordres des Allemands et laisser toute leur vie derrière eux, je ne pouvais pas m'empêcher de me demander ce qui se passerait si on n'était pas tous si obéissants.

– Monsieur Shuster, ai-je commencé en hésitant un peu, qu'est-ce qui se passerait si on refusait de monter dans les trains quand ils seront là ?

M. Shuster s'est tourné vers moi, sans cesser de mâchonner sa pipe, en soupesant ma question. Judi a précisé :

– Elle veut dire, si on opposait une résistance ?

Il a enlevé la pipe de sa bouche et l'a gardée dans le creux de sa main en répondant :

– Je crois que la réponse est évidente, jeunes filles, mais je vous répondrai par une question. A votre avis, pourquoi est-ce que les policiers hongrois et les gardes allemands ont des baïonnettes à leurs fusils ? Je comprends ce que vous ressentez mais, malheureusement, je crois que nous n'avons pas le choix.

– L'homme a toujours une alternative, un choix possible, a rétorqué Judi. Ç'a été démontré tout au long de l'histoire, dans toutes les guerres passées.

– Démontré, peut-être, mais rarement accompli. Pour pouvoir résister il faut avoir une position comparable à celle de l'ennemi. Ils ont une armée blindée, et nous, nous n'avons même pas d'hommes.

– Beaucoup de groupes de résistance bien connus ont été formés par un très petit nombre de gens, a insisté Judi.

– Regarde autour de toi, Judi. Dis-moi, qu'est-ce que tu y vois ?

M. Shuster a désigné les hangars d'un grand geste du bras, avant de continuer :

– Une foule de femmes et d'enfants morts de peur avec quelques hommes âgés perdus au milieu. On ferait un joli groupe de résistants.

– Mais il y a aussi quelques hommes jeunes et plusieurs femmes qui ne sont pas mortes de peur, a continué Judi.

– Judi, le courage est une qualité très respectable, mais la témérité peut avoir de très graves conséquences. Je pensais que c'était courageux de ma part de déserter de mon groupe de travail pour partir à la recherche de ma famille. Mais ils m'ont repris avant que je la trouve et, maintenant, je ne suis pas avec ma famille et je ne suis plus avec mes camarades.

A mon grand étonnement, Judi a eu l'air touchée.

– Je suis vraiment désolée, monsieur Shuster, ça doit être dur pour vous, a-t-elle dit d'une voix qui avait perdu toute son agressivité.

Eh bien, s'il se satisfait de cette réponse, c'est son affaire. Mais pas moi.

– Mais alors, qu'est-ce que tu vas faire ? ai-je demandé, espérant qu'elle n'allait pas aussi baisser les bras, comme l'avait fait M. Shuster et comme ma mère commençait à le faire.

Judi me faisait de la peine. A cause de son éducation libérale, elle avait fini par croire qu'elle pouvait vivre librement, sans entraves, sans limitations. On lui avait dit qu'elle était hongroise et, maintenant, elle découvrait qu'elle était Juive. Sa fausse sécurité s'effondrait et elle ne pouvait se raccrocher à rien, elle n'avait plus d'identité.

Son visage a pris un air de concentration croissante et ses épaules se sont voûtées.

– Si seulement j'étais un homme ! Si seulement j'étais plus vieille ! J'ai horreur d'être laissée à l'écart de ce qui se passe.

Sa voix était pleine de rage et, en allant rejoindre nos mères et les enfants, elle lançait des coups de pied furieux à tous les cailloux du chemin.

Le hangar était plein d'une foule de gens silencieux, assis sur leurs ballots. Quand on est arrivées à notre place, maman nous a tendu discrètement à chacune un dernier morceau de pain grillé. On a mâché nos biscottes jusqu'à ce qu'elles soient complètement détrempées et on a fini par les avaler, malgré le nœud dans la gorge. Sandor et Joli ramassaient leurs jouets et maman, après en avoir nettoyé la boue argileuse du ghetto, rangeait dans un paquet les seaux, les pelles et les vieilles cuillers. Iboya a sorti son bloc-notes du gros sac de toile et s'est mise à dessiner des animaux pour amuser les enfants. Henri est venu me voir juste avant le dîner.

– Il n'y a toujours pas trace des trains, nous a-t-il dit, nous pensons qu'ils ne viendront sans doute plus aujourd'hui.

– Est-ce que tu crois qu'ils nous feraient embarquer de nuit ? a demandé maman avec inquiétude.

– Non. Ils ne prendraient pas le risque que quelqu'un puisse leur filer entre les doigts. Si les trains ne sont pas arrivés dans une heure, le plus probable est que nous ne partirons pas avant demain.

– Eh bien, ça va être une nuit agréable ! a dit Judi amèrement. Tout le monde a tout emballé. Il va falloir dormir assises, la terre est trop froide pour qu'on puisse s'y coucher. Où est Gari ? a-t-elle ajouté, changeant brusquement de sujet.

Iboya a laissé son bloc pour venir nous rejoindre.

– Tu n'as pas vu Shafar ?

– Ils guettent le train, tous les deux. Ils l'entendront arriver de deux kilomètres.

– Comment ça ? a demandé maman.

Privée des murs en draps de notre tente, je me sentais mal à l'aise, vulnérable, comme si tous les yeux et toutes les oreilles du hangar nous suivaient pendant qu'on se pressait autour d'Henri. Il a répondu à la question de maman, à voix très basse :

– Ils ont simplement une façon spéciale d'écouter.

Puis il a repris sa voix normale pour dire, en regardant sa montre :

– Non, je ne crois plus qu'ils viennent aujourd'hui. Ce sera sans doute pour demain.

J'ai regardé les gens assis tout autour de nous. Ils semblaient s'affaisser sous le coup de la déception et j'entendais des bribes de remarques anxieuses : « Mais comment va-t-on dormir ? », « C'est pourtant eux qui nous ont dit de faire les paquets », « Et le dîner ? »

Judi et moi, on est sorties avec Henri et, dès qu'on s'est trouvés seuls, on lui a demandé en même temps :

– Qu'est-ce qui a été décidé ?

– On n'a rien pu décider.

– Alors à quoi bon guetter l'arrivée des trains ? a demandé Judi aigrement, mais Henri a répondu d'une voix calme :

– Pour être prévenus un peu à l'avance.

Alors Judi a demandé plus doucement :

– Est-ce que tu pourrais dire à Gari que je voudrais le voir avant le couvre-feu ?

– Je lui dirai, mais je ne peux rien te promettre.

Judi a sorti une lettre de sa poche et l'a tendue à Henri.

– Donne-lui ça, s'il te plaît, mais dis-lui qu'il ne l'ouvre qu'après notre départ.

Henri a mis la lettre dans sa poche et il est parti. Nous sommes allées retrouver nos familles dans le hangar. Maman et Mme Gerber parlaient à voix basse ; Iboya s'était remise à faire des dessins et à écrire des mots pour les enfants ; on s'est assises toutes les deux sur nos paquets avec l'impression soudaine d'être complètement à bout de forces, même simplement pour se parler. Shafar et Gari sont passés nous voir peu après le dîner et nous ont dit qu'un important renfort de gardes allemands venait d'arriver de la ville. La garde de nuit du ghetto avait aussi été doublée. Gari et Henri devraient rester postés à côté de la police hongroise. Judi a demandé à Gari s'il pourrait se faire affecter à notre baraquement.

– Je n'ai aucun poids auprès des Allemands.

– Tu parles leur langue et tu t'appelles toujours Weiss, a rétorqué Judi.

– Il me reste encore quelques paquets de cigarettes, si tu crois qu'ils peuvent t'être utiles, a proposé Shafar.

Gari a pris les deux paquets de cigarettes que Shafar lui tendait et les a glissés dans la poche de sa chemise. Shafar a dit à Iboya qu'ils essaieraient de revenir nous voir, mais que, maintenant, ils devaient partir. Nous les avons suivis des yeux jusqu'à ce qu'ils disparaissent par l'arrière du hangar. Jamais il n'y avait eu une telle atmosphère de dépression dans le hangar numéro 6. Les enfants, épuisés et déconcertés, se sont mis à pleurer. Maman et Mme Gerber allaient déballer des couvertures quand elles se sont aperçues qu'elles n'auraient peut-être pas le temps de refaire les paquets. Alors maman a simplement aplati quelques ballots et installé dessus Sandor et Joli. Pendant que les enfants dormaient, nous sommes toutes restées assises, à somnoler par instants, à chuchoter, et surtout à tendre l'oreille pour entendre arriver les trains. Maman et Mme Gerber se racontaient, une fois de plus, des souvenirs de leurs vies passées, et nous les écoutions en silence, étonnées de découvrir que nous ignorions presque tout de l'enfance de nos mères.

C'était une grande surprise pour nous d'apprendre que, quand elles avaient notre âge, elles avaient eu des sentiments, des expériences si proches des nôtres. Maman parlait de notre père, le premier homme qu'elle ait jamais aimé d'amour. Mme Gerber racontait qu'elle avait toujours voulu être écrivain, et comment elle gardait son journal caché dans un tiroir. Tous leurs secrets, tous leurs espoirs revivaient dans l'obscurité de cette nuit. Pour la première fois Iboya nous a même parlé de Shafar. Elle pensait qu'elle ne le reverrait pas, en tout cas pas avant la fin de la guerre.

– Nous nous sommes vraiment dit au revoir hier soir, et nous nous sommes promis de nous attendre.

Judi a raconté ce qu'elle avait écrit à Gari.

– Je lui demande de ne pas risquer sa vie parce que je veux le revoir quand la guerre sera finie, pour qu'on continue notre relation, mais comme des adultes. Je veux vivre avec lui toutes les sensations d'une vraie histoire d'amour – tout ce que j'ai vu raconter dans les livres. Je veux que la vie remplisse toutes ses promesses sans tricher.

Une fois de plus, j'ai envié l'attitude sophistiquée de Judi devant l'amour. Henri et moi, on s'était promis simplement d'essayer de rester en contact où qu'on nous envoie l'un et l'autre.

En nous écoutant et en se confiant à nous, Iboya nous avait traitées comme des égales. Mais elle avait deux ans de plus que nous et un caractère réservé. Elle se confiait difficilement et, quand Judi lui a demandé quel effet cela faisait d'être avec un homme adulte, elle a répondu simplement :

– Je ne crois pas que l'âge soit le plus important. Ce qui compte, c'est les individus et les circonstances.

– Mais, Shafar et toi, vous avez l'âge de vous marier, a insisté Judi. Vous pouvez faire ce que vous voulez, vous n'êtes pas obligés d'étouffer vos désirs.

Je voyais bien que l'insistance de Judi agaçait un peu Iboya mais elle lui a répondu avec patience :

– Shafar est un homme raisonnable et réservé.

– Raisonnable ! a sifflé Judi en élevant un peu la voix. A quoi ça sert d'être raisonnable quand tout ce qu'il y a autour de nous est complètement absurde ? Et si on ne les revoit jamais ? Tu te rends compte de tout ce qu'on aurait manqué ? Tu ne le regretterais pas ?

– Je ne peux pas lire l'avenir, a répondu Iboya qui commençait à perdre patience. Je fais simplement ce qui me paraît le mieux en ce moment.

Tout d'un coup, on s'est rendu compte qu'un bruissement s'élevait autour de nous dans tout le hangar. Notre discussion nous avait tellement absorbées qu'on n'avait pas remarqué que la nuit commençait à s'éclaircir, qu'une lumière grise perçait l'obscurité. Dans tout le baraquement, les gens s'agitaient, se redressaient et gémissaient en étirant leurs membres engourdis. M. Shuster est arrivé et a parcouru le hangar, s'assurant que nous avions tous survécu à la nuit.

Il semblait hagard et des cernes profonds cerclaient ses yeux fatigués.

On revenait juste de notre tour aux latrines, Iboya, Judi et moi, quand on a entendu le bruit grinçant du train qui approchait de l'usine. J'ai senti que je l'entendais avec tout mon être – ce n'était pas un bruit, mais une expérience de tous les sens, et la terreur m'a envahie. Je me suis mise à trembler. On a essayé de courir mais on se sentait clouées au sol et quand le train a été en vue, on s'est rendu compte que ce n'était pas le genre de train qu'on avait imaginé. Au lieu des wagons de passagers habituels, avec leurs sièges et leurs fenêtres, il y avait une longue file de voitures couleur de rouille, comme celles où on transporte les vaches. Tous les wagons étaient hauts et fermés, avec juste quelques petites ouvertures au ras du plafond.

Quand on a enfin été capables de bouger, j'ai couru retrouver maman, et je sentais la chaleur envahir mon corps et la sueur ruisseler sur mon visage. Elle n'était pas à notre place. Tout le monde s'était rassemblé à l'entrée du hangar pour regarder le train arriver. Je l'ai retrouvée au milieu d'un groupe de femmes, et l'une d'elles disait :

– Alors c'est vrai... je croyais que c'était juste une rumeur.

Mais personne n'a eu le temps de lui demander ce qu'elle voulait dire car les soldats allemands commençaient à fendre, à coups de coude, la foule attroupée devant l'entrée. J'en ai regardé un, et la première chose sur laquelle mes yeux ont buté c'est le ceinturon noir et luisant qui soutenait son arme, et puis ils ont parcouru lentement son uniforme gris pour arriver finalement au regard bleu comme de l'acier, glacial, qui ne reconnaissait rien.

« Nous sommes tous des enfants de Dieu », disait Babi, en parlant à la fois des Juifs et des chrétiens. Mais est-ce qu'elle voulait aussi parler des Allemands ? J'aurais voulu pouvoir lui demander. Ils avaient l'air de n'être les enfants de personne et ils ne nous regardaient pas, ils regardaient droit à travers nous comme si on n'existait pas.

Brusquement, j'ai compris avec un coup au cœur que j'avais attendu notre départ pour l'Allemagne comme s'il s'agissait d'une nouvelle aventure. Mais maintenant, je ne voulais plus rien savoir de l'aventure qui nous attendait.

– *Macht schnell !* Préparez-vous au départ. Vous n'avez le droit d'emporter que ce que vous portez sur vous. Vos affaires seront envoyées par le train suivant.

Je ne croyais plus un mot de ce qu'ils disaient à propos de nos affaires.

– Ils ne vont pas nous séparer, a soupiré Mme Gerber, soulagée.

Nous sommes tous sortis des baraques les mains vides, et nous nous sommes mêlés à la foule qui sortait des autres hangars et marchait vers le train. Les gardes au brassard blanc essayaient de nous ranger par lignes de cinq. Nous nous sommes pris par la main tous les cinq – Maman, Iboya, Joli, Sandor et moi – en avançant. Mme Gerber, Judi et Pali étaient juste devant nous, et Carla et sa mère complétaient leur groupe de cinq.

J'ai remarqué que Judi tournait la tête de tous côtés comme moi et j'ai compris qu'elle cherchait Gari exactement comme j'avais essayé d'apercevoir Henri. Mais il y avait tant de monde qu'il était impossible de distinguer quelqu'un en particulier. Des familles en exode traversaient les champs, avec, au milieu, des officiers hongrois et allemands. Tout avait l'air complètement irréel.

La procession a ralenti, s'est arrêtée, a recommencé à avancer très lentement. Joli s'est mise à pleurer doucement et maman l'a soulevée dans ses bras. Gari est sorti de la foule. Il a touché l'épaule de Judi du bout de son bâton, et elle est sortie du rang et s'est arrêtée à côté de lui. Elle lui a pris la main et a demandé, anxieuse :

– Tu as lu ma lettre ?

– Oui. La nuit dernière. Une seconde, j'ai quelque chose à demander à madame Davidowitz.

Il s'est tourné vers maman.

– Madame Davidowitz, j'ai entendu une discussion entre deux cheminots et l'un deux a mentionné un mot que je ne connais pas : *Auschwitz.* Vous parlez mieux l'allemand que moi, est-ce que vous savez ce que ça veut dire ?

– Non. Je vais essayer de demander à M. Shuster.

Alors il s'est retourné vers Judi et ils ont continué de parler ensemble jusqu'à ce qu'un des gardes allemands viennent faire rentrer Judi dans les rangs. Gari est reparti vers les premières lignes. Je n'étais plus très sûre de vouloir voir Henri maintenant ; je me sentais moite, égarée par le manque de sommeil, et la peur de l'avenir me donnait le vertige.

Les rangs de cinq, devant nous, commençaient à se désintégrer et nous avons avancé jusqu'au moment où nous avons vu un groupe de soldats allemands arrêter la rangée juste devant les Gerber et fouiller les gens, mettant la main dans leurs vêtements et en dessous. Puis ç'a a été le tour des Gerber. L'un des soldats a attrapé Judi et passé la main dans son corsage. Alors maman a posé Joli par terre et nous a attirées contre elle, Iboya et moi.

– *Nein !* Vous ne toucherez pas à mes filles ! a-t-elle déclaré en allemand, et elle l'a répété en hongrois, d'une voix pleine de peur et de colère.

Ils lui ont ri au nez et, quand on est arrivées en première ligne, trois des Allemands nous ont traînées hors des rangs, maman, Iboya et moi. J'ai eu soudain la nuque emprisonnée dans une griffe d'acier et j'ai senti une main rugueuse descendre rudement le long de ma poitrine et sur chacun de mes seins, faisant sauter les boutons de ma blouse. Penché sur moi, si près que je sentais l'odeur de saucisse de sa bouche et que je voyais les traînées de nicotine sur ses dents, le soldat a mis la main dans ma culotte et a inspecté l'intérieur de mes parties intimes. Mes yeux se sont mis à piquer, je ne savais pas si c'était de douleur ou de honte. Il m'a fait signe d'avancer. Quand j'ai levé les yeux vers le train, j'ai vu Henri, sur le quai, à quatre mètres à peine, et j'ai tourné la tête très vite en espérant qu'il ne nous avait pas vues passer à la fouille. Les Gerber, avec Carla et sa mère, étaient déjà à bord du wagon de marchandises, et, debout, elles nous regardaient, dans un silence terrifié ; Mme Gerber tendait la main à maman. Le wagon avait l'air complètement plein, et on a attendu sans bouger. Mais les Allemands nous ont poussées pour nous faire grimper. M. Shuster et quelques-uns des jeunes gens à brassard blanc, dont Gari, nous ont aidées à monter et on s'est finalement retrouvées entassées dans le wagon, écrasées contre les autres. Maman s'est penchée pour demander à M. Shuster :

– Est-ce que vous savez ce que ça veut dire : *Auschwitz* ?

Mais avant qu'il ait pu répondre, les gardes allemands ont hurlé : « *Achtung ! Rein ! Rein !* », et maman a rentré la tête juste à temps pour éviter de recevoir le choc de la porte qui se fermait avec un claquement métallique.

POSTFACE

Mme Davidowitz, Piri, Iboya, Sandor et Joli arrivèrent à Auschwitz le 9 mai 1944. Iboya et Piri furent séparées du reste de la famille le jour même et ne l'ont jamais revue. En septembre, elles furent sélectionnées pour travailler à la cuisine du camp de concentration de Christianstadt, dont les prisonniers travaillaient dans une usine de munitions. Cela leur permit finalement de survivre. Face à l'approche rapide de l'armée russe, les Allemands leur firent quitter Christianstadt en janvier 1945 et elles durent marcher jusqu'à Bergen-Belsen. Le voyage dura jusqu'au début du mois de mars. Le 19 avril, la première armée du maréchal Montgomery libéra le camp. En juin, Iboya et Piri furent emmenées en Suède par la Croix-Rouge suédoise et, là, elles commencèrent à reconstruire leurs vies. Elles immigrèrent aux États-Unis en 1948. Aranka Siegal, la Piri du livre, vit maintenant à New York.

GLOSSAIRE

Rosh ha-Shana : fête du nouvel an juif. Nous sommes actuellement en l'an 5747 du calendrier juif.

Pessah : Pâque juive, qui dure une semaine.

Seder : repas rituel, qui a lieu les deux premiers soirs de *Pessah.*

Haggadah : livre narratif qu'on lit à haute voix, et qui raconte l'histoire de l'esclavage d'Israël et la sortie d'Égypte.

Haggadah signifie aussi « légende » : tout le matériel folklorique, allégorique, parabolique et anecdotique du Talmud.

Simhat Torah : ou joie de la Torah. Grande fête qui a lieu en automne. On finit la lecture du dernier chapitre de la Torah et on recommence au premier : on danse et on défile avec les Torahs : c'est la fête du Livre.

Jeu de Dreidle : un jeu de hasard qui se joue pendant la semaine de Pâque. Le dreidle est une toupie à quatre côtés sur lesquels sont inscrits les initiales d'une phrase rituelle : *un Grand Miracle a eu Lieu Là-bas.* On commémore ainsi le miracle de la lampe à huile du Temple, qui brûla huit jours durant. On fait tourner la toupie et on gagne ou on perd selon la lettre qui apparaît.

Yontif : à caractère sacré.

Tsimmes : purée de légumes et de fruits, patates douces et carottes, ou petits pois, pruneaux... Comme *tsimmes* implique le temps du mélange, on emploie aussi ce mot au sens figuré pour signifier contretemps, ou drame : n'en fais pas un *tsimmes...*

Matzos, Matzos brei : pain azyme, pain azyme trempe et sucré.

Hanoukka : fête des Dédicaces ou fête des Lumières, qui dure huit jours.

Goy – goyim : non-juif – Gentil.

Pengös : monnaie hongroise.

Kasher : nourriture préparée selon les règles de la Kasherout.

ARANKA SIEGAL

L'AUTEUR

Aranka Siegal est née en Hongrie en 1929. *Sur la tête de la chèvre* est son histoire, du début de la guerre de 1939 jusqu'à la déportation de sa famille en mai 1944 à Auschwitz. Un second volume raconte Auschwitz, la libération et l'errance de Piri – Aranka Siegal – et de sa sœur Iboya. D'abord recueillies par la Croix-Rouge suédoise, elles sont restées trois ans en Suède où elles ont recommencé une vie. En 1948, elles sont parties aux États-Unis où Aranka Siegal vit aujourd'hui, à New York. Elle est mariée et mère de deux filles.

Sur la tête de la chèvre. L'explication du titre est à lire dans cette citation de la Bible :

Et Dieu dit à Moïse : Une fois achevée l'expiation du Sanctuaire de la Tente de Réunion et de l'autel, il fera approcher la chèvre encore vivante. Aaron posera les deux mains sur sa tête et confiera à sa charge toutes les fautes des enfants d'Israël, toutes leurs transgressions et tous leurs péchés. Après avoir ainsi chargé la tête de la chèvre, il l'enverra au désert et la chèvre emportera sur elle toutes les fautes en un lieu aride.
Lévitique 16

ALLEMAGNE
GRANDE
CRACOVIE
AUSCHWITZ
POLOGNE
BERLIN
PARIS
VIENNE
BUDAPEST
UKRAINE
Ruthénie
TCHECOSLOVAQUIE
SLOVAQUIE
KOSICE
VIENNE
BRATISLAVA
AUTRICHE
ANNEXION 1938
ANNEXION 1939
BEREGSZASZ
KOMJATY
MISKOLC
GYOR
BUDAPEST
Tisza
DEBRECEN
ANNEXION 1940
DEJ
HONGRIE
CLUJ
ANNEXION 1941
KAPOSVAR
Danube
SVEGED
PECS
ROUMANIE
Drave
CROATIE
YOUGOSLAVIE
NOVI SAD
SERBIE
HONGRIE
HONGRIE APRÈS ANNEXIONS
Pendant la seconde guerre mondiale, la Hongrie, alliée de l'Allemagne nazie, s'étend au détriment de ses voisins et participe à la destruction des Juifs d'Europe.
Vincent BRUNOT

Note historique

A travers les yeux de Piri revit le monde juif d'Europe centrale d'avant la Seconde Guerre mondiale, dans une région située à l'est de la Hongrie, proche de l'Ukraine et de la Tchécoslovaquie, disputée entre ces trois États.

Ce monde était uni par la religion, des fêtes, des règles de vie particulières, et même une langue, le yiddish. Pourtant ceux qui le formaient étaient extrêmement différents : des paysans, et des citadins ; des commerçants comme les parents de Piri, et des industriels comme les Weiss ; des gens très pieux, méfiants envers les non-Juifs ou au contraire désireux de vivre en oubliant les traditions ; refusant énergiquement de quitter leur terre ou songeant à s'exiler aux États-Unis ou même à s'installer en Palestine, comme les sionistes...

En 1939, quand commence cette histoire, ce monde vit ses derniers instants car Hitler et les nazis, qui ont pris le pouvoir en Allemagne en 1933, ont décidé de le détruire. D'abord en empêchant les Juifs de vivre normalement. Puis, en 1941, par la mise en place de la « solution finale », qui consiste à les tuer et à faire disparaître leurs corps, c'est à dire un « génocide ». Le piège s'est donc impitoyablement refermé sur les Juifs d'Europe à l'occasion de la Seconde Guerre mondiale.

En Hongrie, de très nombreux Juifs servaient régulièrement dans l'Armée, comme le père et l'oncle de Piri. Et pourtant, ce pays dirigé par un vieux maréchal, le régent Horthy, choisit de s'allier à l'Allemagne nazie. C'est qu'il y a là une occasion de récupérer des terres. Et, en effet, les armées de Hitler étant d'abord victorieuses, une région qui appartenait à la Tchécoslovaquie, l'Ukraine sub-carpathique – là où vit Babi, la grand-mère de Piri – redevient hongroise. Mais tout change pendant l'hiver 1942-1943 : les armées de l'URSS stoppent les nazis et commencent à les repousser vers l'ouest. Pourtant, loin de s'arrêter, la « solution finale » s'en trouve accélérée. En Hongrie, ce sont d'abord les partisans des nazis qui prennent le pouvoir en septembre 1943, puis les Allemands eux-mêmes en mars 1944 : plus rien ne s'oppose à l'extermination des Juifs.

Comme pour tous les Juifs d'Europe, la nasse se referme inexorablement sur Piri et sa famille. L'espace se resserre jusqu'à cette briqueterie, en attendant d'être entassés dans un wagon qui les conduit vers la mort. On peut suivre les étapes de ce terrifiant mécanisme. Les Juifs sont d'abord distingués des autres par un signe – l'étoile jaune – isolés au sein de la population, affamés, battus, rançonnés, humiliés... maintenus dans l'ignorance du sort qui leur est réservé. Puis, les nazis décident de les regrouper dans des ghettos, ici à

Beregszász. Ceux qui survivent sont méthodiquement éliminés par les mauvais traitements, ou exécutés en masse : d'abord fusillés, puis asphyxiés dans les « chambres à gaz » de camps d'extermination installés pour la plupart en Pologne, comme Auschwitz.

Seulement, comme le dit Primo Levi, un autre rescapé de cette effroyable aventure, c'est résistant un homme, cela ne se laisse pas si facilement dépouiller de sa dignité. Et le lecteur n'oubliera pas de sitôt cette farouche volonté de vivre, d'aimer, de protéger les siens. De la mère de Piri qui refuse jusqu'au bout d'être ravalée au rang d'animal, des jeunes gens qui tentent d'organiser la résistance, jusqu'aux responsables qui tentent de négocier avec les Allemands alors qu'ils savent que la fin est proche… tous montrent à Piri la voie de l'honneur.

Thierry Aprile

Composition : Firmin-Didot

Loi n°49-956 du 16 juillet 1949
sur les publications destinées à la jeunesse
ISBN 2-07-055632-8
Numéro d'édition : 124403
Numéro d'impression : 65436
Dépôt légal : octobre 2003
Imprimé en France sur les presses de la Société Nouvelle Firmin-Didot